CHRISTINE NEUMEYER

Der Kuss des Kaisers

Gedruckt mit freundlicher Unterstützung von Stadt Wien Kultur.

Klimaneutral
Druckprodukt
ClimatePartner.com/17357-2211-1003

FSC
www.fsc.org
MIX
Aus verantwortungsvollen Quellen
FSC® C106954

Grafische Gestaltung: Dorothea Löcker, Wien
Umschlagabbildung: © Alexandre Cappellari / Arcangel Images
Druck und Verarbeitung:
Florjančič Tisk d.o.o., Maribor
ISBN 978-3-7117-2136-5

Informationen über das aktuelle Programm
des Picus Verlags und Veranstaltungen unter
www.picus.at

CHRISTINE NEUMEYER

Der Kuss des Kaisers

EIN HISTORISCHER WIEN-KRIMI

PICUS VERLAG WIEN

KAPITEL 1

1. JUNI 1908

K. u. k. Amtssekretär Josef Krzizek war im Auftrag Seiner Majestät, des Kaisers von Österreich unterwegs. Er musste den Erwerb des neuen Gemäldes von Gustav Klimt, »Der Kuss«, in die Wege leiten, bevor Seine Hoheit, Thronfolger Franz Ferdinand von einer Ungarnreise nach Wien zurückkehrte. Heute bot sich eine günstige Gelegenheit. Hunderte Künstler, man beachte, ein Drittel davon Frauen, stellten zwischen Schwarzenbergplatz und Stadtpark in einem für die Kunstschau von Architekt Josef Hoffmann geplanten Areal von Pavillons, Höfen und Gärten ihre Werke dem Publikum vor. Der bekannteste unter ihnen war zweifelsohne Gustav Klimt. In wenigen Augenblicken würde der Meister die Eröffnungsrede halten.

Josef Krzizek war vorbereitet. Er hatte sich erkundigt. Dieser Klimt war ein interessanter Mann, konnte allein mit der Malerei sein Leben finanzieren. Viele Damen der jüdisch-bürgerlichen Gesellschaft ließen sich von Herrn Klimt porträtieren. Der kleine Skandal vor acht Jahren um die pikant freizügigen Frauenporträts für den Festsaal der Wiener Universität hatte dem Ansehen des Künstlers ebenso wenig geschadet wie die Verbreitung erotischer Studien unter den Ladentischen, für die er angeblich minderjährige Mädchen anheuerte. Dieser Gustav Klimt führte ein erstaunlich freies und unabhängiges Leben, wenn man den Klatschspalten in den Zeitungen glauben durfte. Tief durchatmend steuerte Krzizek auf den Eingang des Gebäudes zu. An der Tür blieb er stehen und betrachtete das Plakat zur Ausstellung. Ein Frauenkopf mit langen blond gewellten Haaren. Offenbar war das Motiv mit wenigen Strichen und Farbklecksen zu Papier gebracht worden. Was sollte er von dieser Art von Kunst halten? Ungern galt er als altmodisch, aber in Sachen Kunstgeschmack stand er dem Erzherzog Franz Ferdinand, der die Nase rümpfte bei allem, was als modern galt, näher als dem Kaiser. Krzizek schnalzte mit der Zunge. Wie auch immer. Er würde den Auftrag des Ministeriums vorschriftsmäßig ausführen. Das umstrittene Gemälde war schon so gut wie im Staatsbesitz. Er straffte die Schultern, richtete den steifen Hemdkragen und wischte mit dem Ärmel den Schweiß von der Stirn. Verdammt heiß war es in Wien für Anfang Juni. Entschlossen trat er in den kühlen Vorraum. Aufmerksam musterte er die Damen in langen, saumgebauschten Kleidern und ausladenden Hüten. Viele der Herren waren in Frack und Zylinder. Er selbst trug einen schlichten Gehrock. Schließlich war er im Dienst und nicht zum Vergnügen hier. Weiter ging es in den hellen, mit schwülem Damenparfum erfüllten Raum. Da trat der Meister in sein Blickfeld. Herr Klimt stach allein durch seine Körpergröße aus der Menge heraus. Mit unbedecktem Haupt unterhielt er sich mit einer Gruppe älterer Männer. Krzizek suchte sich ein ruhiges Plätzchen, um die Szenerie ungestört überblicken zu können. Niemanden aus dem Hofstaat konnte er entdecken, keine einzige blaue Uniform. Die Innenarchitektur des eigens für die Künstlergruppe um Klimt errichteten Gebäudes war für eine Veranstaltung im Jahr des Kaiserjubiläums auch kaum angemessen ausgestattet. Auf schlichten Wänden verloren sich blasse Blumenranken wie billige Bordüren auf einem Bauernkittel. Da fuhr ein ehrfürchtiges Raunen durch die Menge. Gustav Klimt trat an das Rednerpult.

»Wir sind keine Genossenschaft, keine Vereinigung, kein Bund«, begann Klimt, »sondern haben uns in zwangloser

Form eigens zum Zweck dieser Ausstellung zusammengefunden, verbunden einzig durch die Überzeugung, dass kein Gebiet menschlichen Lebens zu unbedeutend und gering ist, um künstlerischen Bestrebungen Raum zu bieten, dass auch das unscheinbarste Ding, wenn es vollkommen ausgeführt wird, die Schönheit dieser Erde vermehren hilft, und dass einzig in der immer weiter fortschreitenden Durchdringung des gesamten Lebens mit künstlerischen Absichten der Fortschritt der Kultur begründet ist.«

Krzizek runzelte die Stirn. Wollte der Meister die ganze Welt mit seiner Kunst beglücken? Prüfend spähte er ins Publikum und staunte, wie andächtig die Leute der Ansprache lauschten. Zum Schluss bezeichnete Klimt die Ausstellung als Kräfterevue österreichischen Kunststrebens und als Präsentation der vielfältigen Kultur im Reich. Das gefiel ihm. Einer Förderung der Heimatliebe durch die Kunst stimmte er zu. Vielleicht wäre dieses Gemälde doch eine schöne Ergänzung zu den dunklen Landschaften der traditionellen Meister und den düsteren Porträts der Habsburger in der Galerie des unteren Schlosses, überlegte er. Gold war die Farbe der Sonne. Gold galt auch als Farbe der Macht, der Erhabenheit und der Würde. Möglicherweise sah dies auch der Thronfolger so und seine Sorge um die Intervention gegen den Ankauf war gänzlich unbegründet, sinnierte er weiter.

Freundlicher Applaus begleitete Gustav Klimt, als er vom Pult stieg und sich dem Publikum im Saal zuwandte. In diesem Moment trat Krzizek auf den Künstler zu, streckte sich und raunte dem groß gewachsenen Mann ins Ohr, dass er im Auftrag des kaiserlich-königlichen Kultusministeriums den Ankauf des Gemäldes heute abzuwickeln gedenke.

»Nach der Führung können wir im angrenzenden Verwaltungsraum verhandeln«, antwortete Klimt kühl.

Aha! Verhandeln will er, dachte der Amtssekretär und zwang sich zu einem gefälligen Lächeln. Keinesfalls wollte er dem Künstler durch seine Mimik verraten, dass das k. k. Ministerium für Kultus und Unterricht jeden Preis zu zahlen bereit war. Krzizek fühlte sich als beeideter Beamter der Sparsamkeit verpflichtet. »Ich freue mich darauf, Herr Klimt«, heuchelte er. »Bittschön geben S' mir ein Zeichen, wenn Sie so weit sind.«

Klimt nickte, drehte sich um, ließ den Amtssekretär stehen und deutete den Gästen mit der Hand, ihm zu folgen. Krzizek schluckte die kleine Demütigung hinunter und schloss sich der Führung an.

»Hier sehen Sie Sonja Knips mit dem roten Skizzenbuch. Es war ein außerordentliches Vergnügen, das Fräulein im Garten ihrer Eltern unter einem blühenden Rosenstrauch zu malen. Die Amseln zwitscherten, Insekten surrten und dennoch regte Sonja keine Miene, blieb beharrlich in der Position, um die ich sie gebeten hatte. Trotz der sommerlichen Hitze trug sie das langärmelige, um den Hals geraffte Kleid mit bewundernswerter Würde. Kein einziger Schweißtropfen benetzte ihre Haut bis zum Ende des ersten Entwurfs.«

Krzizek musterte das Gemälde. Die Porträtierte saß in leichter Vorbeuge in einem hellen Lehnstuhl, die Kante des blutroten Skizzenbuchs in ihrer rechten Hand berührte das bedeckte Knie. Wach, neugierig, vielleicht ein wenig zu stolz für ein so junges Fräulein, blickte sie von der Leinwand auf jeden hinab, der sie betrachtete. Gustav Klimt bat weiter in den nächsten Raum. Neben der Tochter eines adeligen Offiziers sah man die enge Vertraute Klimts, Emilie Flöge, eine stadtbekannte Schneiderin. Auch sie im Freien gemalt. Das war ungewöhnlich. Wohlhabende Bürger ließen sich bevorzugt im Inneren ihrer Häuser und Wohnungen porträtieren. Auf einem

Gemälde zeigte sich Frau Flöge in einem weit geschnittenen Kleid aus wild gemustertem Stoff. Selbst ihr dichtes schwarzes Haar zeigte Wildheit. Krzizek musste sich eingestehen, dass er von den lebendigen Frauendarstellungen Klimts angetan war. Ginge es nach seinem Geschmack, hätte er eines der Frauenbilder für die Staatsgalerie angekauft, nicht den »Kuss«. Den Thronfolger hätten die schönen Damen wohl auch mehr angesprochen. Das Gemälde Klimts mit dem Kuss gefiel Krzizek am wenigsten. Nicht, weil das Bild unvollendet war, was die meisten bestimmt erst auf den zweiten Blick bemerkten. Hier, wo er es nach den Schwarz-Weiß-Abbildungen in der amtlichen Korrespondenz im Zuge des Ankaufs zum ersten Mal in natura sah, verstörte ihn der Anblick der in grellen Farben dargestellten eng aneinandergedrückten Körper. Der Mann war einzig an dem schwarz behaarten Hinterkopf als solcher zu erkennen. Die Gestalt der Frau war höchstens zu erahnen, wobei der Künstler wenigstens ihr entrücktes Gesicht zeigte. Ein hässlich bunter Stoff ohne konkretes Motiv verhüllte das Paar fast zur Gänze. Erneut fragte er sich, was in aller Welt an diesem Bild so bemerkenswert sein solle. Abgesehen von dem vielen Gold.

Langsam bewegte sich die Gruppe weiter in einen Raum mit Bauern- und Blumenbildern. Danach folgte das Gemälde mit der Witwe Judith aus dem Alten Testament. Wieder sah man viel Gold. Und, man staune, eine entblößte Brust. Auch diese Dame trug das schwarze störrische Haar in Wangenhöhe. In allen Gesichtern der dargestellten und nach Krzizeks Empfinden meist zu spärlich bekleideten Personen erkannte er jüdische Züge. Das Dunkle und Unergründliche eines sich in Wien epidemisch ausbreitenden Volkes.

»Herr Klimt, darf ich Ihnen eine Frage stellen?« Ein älterer Herr trat an den Künstler heran. »Herr Klimt, was halten Sie von der Fotografie? Wird diese neue Technologie die Malerei ersetzen?«

Gustav Klimt lächelte. »Nein, denn die Hand des Künstlers kann der Wirklichkeit etwas Sichtbares hinzufügen, das in der Seele des Modells verborgen liegt. Die Technik der Fotografie wird die Geheimnisse der Seele niemals in gleicher Intensität erfassen können.«

»Hochinteressant.« Der Herr bedankte sich mit einer angedeuteten Verbeugung.

»Meine Herrschaften!« Die klare Stimme erfüllte den Raum. »Bittschön, erkunden S' weiter die anderen Exponate. Ich muss mich kurz entschuldigen wegen dringender Geschäfte.« Er deutete eine Verbeugung an und wandte sich dem Amtssekretär zu. Klimt ging mit ihm in einen Raum im hinteren Teil des Gebäudes. Zwischen Kisten mit Flaschen kam es nun endlich zum Gespräch über den Ankauf des Klimt-Gemäldes für die Moderne Galerie im unteren Teil des Schlosses Belvedere.

»Sie wissen, dass ich noch etwas Zeit für die Fertigstellung benötige«, sprach Klimt. »Frühestens im November kann das Bild verfrachtet werden. Zuvor möchte ich die Räumlichkeiten am Rennweg begutachten. Ich behalte mir das Recht vor, den Verkauf bei ungenügender Aufstellungsqualität und Sicherheitsbedenken rückgängig zu machen.«

»Selbstverständlich, Herr Klimt. Schicken Sie mir bitte eine kurze Nachricht, sobald es Ihnen genehm ist. Ich werde Sie zu jeder Tages- oder Nachtzeit durch die Räume führen.«

»Nur bei Tag, Herr Krzizek.« Klimt lachte gepresst. »Ich möchte die Lichtwirkung zu den Öffnungszeiten prüfen. Im Moment kann ich mir leider nicht vorstellen, wo das Bild in den düsteren Zimmern des Unteren Belvedere entsprechend zur Geltung käme.«

»Selbstverständlich, Herr Klimt. Zu Ihren Diensten. Ich werde mich um alles kümmern. Das Licht lasse ich nach Ihren Wünschen richten. Auch für die Sicherheit wird gesorgt sein.«

»Fünfundzwanzigtausend Kronen«, sagte Klimt und fügte in einem Tonfall hinzu, der signalisierte, dass er keinen Widerspruch duldete. »Bar auf die Hand bei der Übergabe.«

Krzizek hüstelte. »Der österreichische Staat hat sparsam zu haushalten.« Unter verhandeln hatte er sich etwas anderes vorgestellt, aber das k. k. Kultusministerium wollte das Bild zu jedem Preis.

»Fünfundzwanzigtausend Kronen, Herr Krzizek.« Die Miene blieb hart.

»Ja dann. Fünfundzwanzigtausend Kronen, Herr Klimt.«

Der Sekretär kramte ein gefaltetes Blatt Papier aus der Seitentasche des Gehrocks, entfaltete es mit zittrigen Fingern und trug in die freie Stelle des vorab von ihm gestempelten und unterzeichneten Kaufvertrages die genannte Summe ein. *Bar bei Übergabe,* kritzelte er hinzu.

Klimt schrieb *mit Vorbehalt* unter den Text und fetzte mit rascher Hand seine Signatur darunter. »Habe die Ehre, Herr Krzizek. Nun muss ich mich wieder meinen Gästen widmen.«

Der Sekretär faltete den Kaufvertrag und steckte ihn in die Innentasche des Gehrocks. Er schwitzte und verspürte großen Durst. Der steife Kragen drückte gegen seine Kehle. Torkelnd trat er aus der Kammer und nahm ein mit Weißwein gefülltes Glas vom Tablett eines vorbeigehenden Dieners. Er trank es in einem Zug aus.

»Ah, da is ja mein Freund, der Josef!«, hörte er eine ihm vertraute Stimme im Rücken. Erleichtert drehte sich Krzizek um und stand vor Major Brosch, dem Leiter der Militärkanzlei am Rennweg. Endlich ein Mann in Uniform!

»Ich hab grad einen unglaublich hohen Preis für ein unfertiges Bild bezahlt«, raunte Krzizek, »was soll ich machen, wenn das Ministerium den hohen Staatsschulden zum Trotz stante pede diesen ›Kuss‹ von Klimt besitzen will.«

Brosch hob die Augenbrauen. »Geh Josef, um die Staatsschulden brauchst dich nicht zu sorgen. Das Bankhaus der Rothschilds wird's schon richten. Komm, trink was.« Der groß gewachsene Brosch hielt seinem Freund ein Sektglas vor die Nase. »Sei unbesorgt. Nichts im Staate Österreich geschieht ohne den Willen unseres unfehlbaren Kaisers. Auf die Monarchie!«

Obwohl er kein Freund von Sprudelwasser war, schon gar nicht um diese Tageszeit, nahm Krzizek das Glas und trank. »Fünfundzwanzigtausend Kronen, Brosch. Ich weiß nicht, wie ich das Bild versichern soll, trau mich dem Klimt nicht zu sagen, dass unsere Räumlichkeiten in der Nacht unbewacht sind. Unsere Mittel reichen nicht für einen Nachtwächter.« Krzizek fand Gefallen an den blubbernden Sektperlen, die ihm in die Nase stiegen und auf der Zunge kribbelten. Er nippte gleich noch mal. »An der Zeit, dass der geplante Museumsbau am Karlsplatz verwirklicht wird. Der Sicherheit der Kunstwerke wird dort oberste Priorität eingeräumt, hat man mir zugetragen, und es soll mehrere Nachtwächter geben.«

»Wien mausert sich neben Paris zu einer Stadt der Kultur«, sagte Brosch und hob das Sektglas an seine Lippen hinter dem Schnauzbart. »Das Moderne hat neben den Sammlungen des Hauses Habsburg ein ebenso prominentes Platzerl verdient. Ein neues und freundliches Museum tät dieser Stadt gut, lieber Josef.«

Krzizek nickte und trank von dem Sprudelwasser.

»Ich fürcht, bis sich in Wien das Moderne gegen das Traditionelle durchsetzt, ist der Papst ein Weibsbild«, scherzte Brosch.

Da musste Krzizek herzhaft lachen. »Der Papst ein Weib! Das werden wir nie erleben. Im Ernst, vorn und hinten wird's zu eng in unserer Galerie. Von jedem halbwegs bekannten lebenden Künstler können wir maximal ein bis zwei Werke ausstellen, und das nur gedrängt. Der Rest wird im Keller verstaut.«

»Unsere Militärkanzlei platzt genauso aus den Nähten. Die Akten stapeln sich bis zu den Decken hinauf.«

»Soll ich dir was sagen, Alexander«, nuschelte Krzizek. »Es gibt zu viele Leut in Wien. Das ist das Problem. Es sollte mehr Gebäude und weniger Menschen geben.«

»Aber was«, Brosch lachte, »die doppelte Staatsführung ist das Dilemma. Solange es einen Kaiser und einen Thronfolger mit zwei konkurrierenden Beamtenebenen gibt, wird sich die Lage nicht bessern. Alle Pläne für Erneuerungen liegen auf Eis. Verdammt teuer kommt uns die Doppelführung.«

»Mir scheint, du wünschst dem alten Kaiser gar den baldigen Tod«, scherzte Krzizek. »Pass nur auf, dass sie dich nicht wegen Hochverrats hängen.«

Der Major verzog das Gesicht. »Du als ziviler Hofbeamter hast es auch nicht leicht. Du musst dich mit zwei Befehlshabern mit gegensätzlichem Kunstgeschmack herumschlagen. Meine Aufgabe am Rennweg ist wenigstens klar umrissen. Ich habe alles Nötige für die Thronbesteigung von Erzherzog Franz Ferdinand vorzubereiten. Mit dem alten Kaiser in der Hofburg habe ich nichts zu schaffen.«

»Mit dem Thronfolger ist es in der Tat nicht leicht für mich. Niemals hätte er die Räumlichkeiten im unteren Schloss Belvedere für moderne Kunst zur Verfügung gestellt. Ginge es nach ihm, hätte ich ein verstaubtes Antiquariat im Neobarock zu führen.« Dem Sekretär entfuhr ein Rülpser. »Oh Pardon.«

»Du hast recht«, pflichtete der Major seinem Freund bei. »Vielleicht gelingt es mir ja, ihn ein wenig für das Neue zu öffnen. Ich glaub, er hört ein bisserl auf mich.«

»Das wär schön, lieber Alexander.« Krzizek räusperte sich. »Apropos. Dürft ich dich um einen kleinen Gefallen bitten?« Der Sekretär sah zu seinem Freund auf.

»Nur zu, Josef. Was liegt dir auf dem Herzen?«

»Du bist doch für das Protokoll des Thronfolgers zuständig und über jeden seiner Schritte informiert. Kannst mich nicht vorwarnen, wenn der Erzherzog die Absicht hat, die Galerie zu besichtigen? Letzte Woche hat er bei einem überraschenden Besuch meine Angestellten verstört, indem er sich über die Hängung einer seiner Ansicht nach obszönen Malerei echauffiert hat. Wegen a bisserl blanker Haut, meine Güte! Vor Zorn geschrien soll Seine Exzellenz haben. Ich selbst hab den Auftritt nicht erlebt, mir wurde vom Portier der Vorfall danach allerdings sehr bildhaft geschildert.«

»Willst leicht die modernen Bilder, die du für den amtierenden Kaiser ankaufst, vor dem künftigen Kaiser verstecken?« Brosch lachte.

Krzizek zog die Schultern hoch bis zum Hals. »Der Kaiser und das Ministerium verlangen, dass ich die Neuerwerbungen zu gleichen Teilen neben die alten Meister hänge, der Thronfolger will ausschließlich die alten Schinken in den vorderen Räumen sehen, das Neue will er, wenn überhaupt, ganz hinten haben. Ich bin nur ein kleiner Beamter, der sich an Weisungen und an Vorschriften zu halten hat. Also werd ich halt in Gotts Namen die beanstandeten Bilder abhängen, wenn der Erzherzog vorbeikommt, damit er nicht wieder seine Wut bei uns auslässt.« Krzizek, der Alkohol schlecht vertrug, redete wie aufgezogen.

Dem Major standen Tränen der Belustigung in den Augen. »Gut, ich werde dir helfen und meiner Kanzlei Anweisung erteilen, dich vor jedem geplanten Besuch des Thronfolgers in der Galerie zu warnen.«

»Ich dank dir von Herzen, Alexander. Jetzt muss ich aber los. Hab eine Menge zu tun im Büro. Grüße an die liebe Gemahlin.«

»Dank dir, Josef. Auch deine verehrte Freifrau lass grüßen, hoffe, es geht ihr wieder einigermaßen. Und pass auf, dass der Janaczek nichts von unserer Abmachung erfährt.« Alexander Brosch hob mahnend den Zeigefinger. »Der alte Schleimer ist imstand und verpetzt mich beim Thronfolger. Meine Karriere wäre im Arsch.«

»Lieber Alexander, wo denkst du hin? Mit dem Haushofmeister vom Franz Ferdinand red ich überhaupt nicht. Der ist mir aufs Tiefste zuwider, weil mit Verlaub, der stinkt nach nassen Fetzen, so wie unser verehrter Thronfolger Allerhöchstderselbe auch an manchen Tagen.«

Major Brosch zog den Kopf ein und blickte um sich. »Hoffentlich hat uns grad niemand belauscht.«

KAPITEL 2

12. JUNI 1908

Erna Kührer stand seit acht Uhr Früh an der Wiener Ringstraße und wartete auf den Kaiser. Wenn sie sich auf die Zehenspitzen erhob, konnte sie über beinahe alle Köpfe hinwegsehen. Fremd klingende Sprachlaute flogen um ihre Ohren, ein Gemisch von Schweiß und unterschiedlichen Parfumnoten wehte um ihre Nase. Plötzlich vernebelte ein leichter Schwindel ihre Sicht. Die frühe Hitze in diesem Jahr war unerträglich. Sie hätte eine Flasche mit Wasser einpacken sollen. Erna strich mit der Zunge über ihre trockenen Lippen und atmete tief durch. Da kündigte ein Paukenschlag das Nahen des Festzugs an. Erna vergaß auf den Moment der Schwäche und reckte neugierig den Hals. Im Takt des Radetzkymarsches bewegten sich bunt gekleidete Schausteller entlang der eisernen Einfriedung der Ringstraße. Zwischen den darstellenden Gruppen thronten die vom Sonnenlicht gedämpften blau-schwarzen Uniformen der Gardeoffiziere auf ihren Pferden. Gleichmäßiger Hufschlag donnerte über das Kopfsteinpflaster. Erna staunte mit großen Augen. Etwa eine Stunde später endete der historische Teil mit dem Aufmarsch der strammen Tiroler Schützen. Lange Federn wippten von Hüten, schwere Waffen hingen an breiten Männerschultern. Der Vergangenheit folgte die Zukunft, die passenderweise mit der Jugend dargestellt wurde. Mit berüschten Kniestutzen, bunten Bändern über straff gescheitelten Frisuren bewegten sich etwa zwanzig Fräulein im zackigen Schritt. Hinterher eine Gruppe von Buben und Mädchen mit

Rosensträußen in den Händen. Über das hübsch anzusehende Schauspiel wachten drei hagere Frauen mit gelegentlichen Ordnungsrufen. Die Säume ihrer bodenlangen blauen Kleider flogen über die Pflastersteine. Blumengeschmückte Hüte beschatteten ihre Gesichter.

Erna kamen Tränen der Rührung. Der Anblick ließ sie an ihre einzige Tochter, Klementine, denken. Keines der Mädchen im Festzug hatte nur annähernd die helle Schönheit ihrer Tochter. Keines hatte so glasklare Augen und eine so weiße Haut, wie Schnee an einem sonnigen Bergwintertag. Erna blickte in Reihen von sonnengebräunten, derben Bauerngesichtern. Sie lächelte wehmütig. Nicht selten blieben die Menschen auf der Straße stehen und starrten auf ihre Klementine. Dabei ahnte das naive Kindlein gar nicht, wie besonders es geraten war. Still und zurückhaltend mied es die Gesellschaft von Fremden, Freundschaften schloss es schwer. Erna stieß einen seligen Seufzer aus. Da fuhr ein Raunen durch die Menge. Sie streckte sich und spähte neugierig zum Ring hinüber. Der Jubilar, Seine Kaiserliche und Königliche Apostolische Majestät Franz Joseph, näherte sich, flankiert von den Generälen in mit Orden behängten Uniformen. Tobender Applaus setzte ein. Mit kerzengeradem Rücken saß Seine Majestät auf dem gefleckten Schimmel. Und das bei einem Alter von siebenundsiebzig Jahren. Die schlanken Schenkel drückte er wie ein Junger in die Flanken, die Arme winkelte er straff an seine Seiten. Alles an seiner Haltung zeigte Disziplin. Das einzig Verspielte war der Helm mit den weißen Federbuschen, die fast seine Augen verdeckten. Erna versuchte, sich jedes Detail einzuprägen, damit sie es später dem Franzl berichten konnte. Zackig hob der Kaiser die Hand. Die Musik verstummte. Der Monarch verbeugte sich vor seinem Volk, winkte gar. Erna hielt den Atem an. Dann hörte man die Pauken wieder schlagen. Unter

Jubelgeschrei führten die Generäle den Zug in Richtung Prater. Vor zehn Jahren war Erna schon einmal hier an ähnlicher Stelle gestanden, um dem Kaiser zu huldigen. Damals, zum fünfzigjährigen Regierungsjubiläum, flatterten von sämtlichen herrschaftlichen Prachtbauten und auch von vielen bürgerlichen Fassaden unzählige Fähnchen und Flaggen in Rot und Goldgelb. Erna sah sich um. Heuer, zum sechzigjährigen Jubiläum, schien die Begeisterung im Volk für Fähnchen und Flaggen nachgelassen zu haben. Nur vereinzelt wehten schwarz-goldene Stoffe von den Mauern. Dafür hatte sich Wien mit Blumen geschmückt. Überall standen Tröge oder hingen Kisten mit Blüten in Gelb und Violett. Trotz des Gedränges hatte Erna den Eindruck, weniger Menschen als bei den Jubiläumsfeierlichkeiten vor zehn Jahren zu sehen. Dem Kaiser von Österreich und König von Ungarn die Ehre zu erweisen, schien etwas aus der Mode gekommen zu sein. Obwohl es vermutlich nicht mehr viele Gelegenheiten geben würde, Seine Majestät Franz Joseph I. leibhaftig zu erleben. Nach dem Selbstmord des Sohnes und dem Mord an der geliebten Gemahlin Sisi zeigte sich der Kaiser immer seltener seinem Volk. Erna stimmte in den Jubel mit ein. Schad, dass ihr Franzl nicht da war. Er mochte den alten Kaiser. Mehr noch als sie. Aber dann war sie es gewesen, die sich in aller Herrgottsfrüh aufgerafft hatte, um dem Huldigungszug beizuwohnen. Dem lieben Gatten war es heute zu heiß. Auch die Kinder waren zu Hause geblieben. Dabei hätte es in Schönbrunn eine Parade mit dem Kaiser für die Jugend gegeben. Erna blinzelte. Ein Sonnenstrahl brach sich an einem Kupferdach und blendete. Sie hob die Hand an die Stirn und blickte in die Rücken der vorbeiziehenden Tiroler Schützen in Kniehosen und Waffenröcken. Mit ihren Gewehren feuerten sie Salven ab. Deutlich spürte Erna ein kollektives Zucken durch die Körper der Passanten rund um sie. Jemand hinter ihr kreischte: »Ein Hoch dem Kaiser! Ein Hoch dem Reich!« Viele stimmten mit ein. »Ein Hoch dem Reich!« Ein drängelnder Ellbogen stieß so heftig gegen Ernas Rücken, dass ihr kurz der Atem stockte. Sie hatte genug von der Hofparade. Mit an den Körper gepressten Armen drängte sie sich durch die zunehmend unruhig werdende Menge. Der Widerhall der Marschmusik dröhnte noch in ihren Ohren, als sie vom Kärntner Ring über den Schwarzenbergplatz auf den Rennweg einbog. Auf der Höhe des Unteren Belvedere hörte sie den Wirbel von der Parade nur mehr dumpf. Erna bewegte sich im Schutz einer hohen Mauer zügig voran. Beim imposanten Haupttor mit seinen Steinfiguren fiel ihr Blick in den menschenleeren Ehrenhof. Über den weißen Kies flimmerte das Sommerlicht. Erna schwitzte. Mit schwerem Atem dachte sie an Seine Exzellenz, den Thronfolger Franz Ferdinand. Im Huldigungszug hatte sie ihn vermisst. War er am Ende zu stolz, um dem alten Onkel die kaiserliche Ehre zu erweisen? Die Antipathie zwischen dem Kaiser und dem Erzherzog war allgemein bekannt.

Der Klang hart gegen das Pflaster schlagender Pferdehufe ließ sie herumfahren. Da schau her, die Frau Gruber aus der Vorstadt, mit ihrem fetten Töchterlein, fein aufgebrezelt. Was der Pöbel für Aufwand betrieb, um etwas darzustellen. In einem billigen Einspänner, der Gaul so mager, dass man das Gerippe durch die Haut sehen konnte. »Grüß Sie, Frau Gruber!« Erna hob die Hand und winkte.

Die Mutter des Mädchens, das vor ihrem Umzug neben Klementine die Schulbank gedrückt hatte, reckte das Kinn, öffnete den geschminkten Mund und wachelte behandschuht zurück. »Haben S' leicht scho g'nua g'sehn vom Kaiser, Frau Kührer?«

»Bleder Trampel«, murmelte Erna mit gesenktem Kinn und tat, als hätte sie die krächzende Stimme ebenso wenig wie das hämische Grinsen aus dem fetten Gesicht des Töchterchens wahrgenommen. Einen Einspänner könnte sie sich leicht von ihrem Lohn als Bedienerin in der Galerie des Unteren Belvedere leisten, wenn sie nur wollte, selbst wenn der Franzl momentan keine Arbeit in Aussicht hatte. Auf dem Heimweg bis in die Ungargasse Nummer zwei ärgerte sie sich über den protzenden Trampel aus der Vorstadt. Erst als sie nach dem Schlüssel in ihrem Beutel kramte, beruhigte sich ihr aufgewühltes Gemüt. Tief durchatmend strich sie eine Haarsträhne hinter das Ohr, trocknete den Schweiß auf der Stirn, straffte den Rücken, betrat den dunklen kühlen Flur und stieg die Treppen in den vierten Stock hinauf. Die schöne Zweizimmerwohnung in der feinen Gegend mit den Fenstern nach hinten zum ruhigen Hof hatte ihr der Herr Amtssekretär vor fünf Jahren vermittelt. Josef Krzizek wohnte unten in der Beletage mit der gnädigen Frau Gemahlin. Eine Freifrau von adeligem Blut, wie es hieß. Eigentlich wusste Erna nicht, wie die Frau des Amtssekretärs aussah. Bei den seltenen Gelegenheiten, bei denen Erna der feinen Dame im Stiegenhaus begegnet war, hatte diese stets ihr Gesicht hochmütig hinter einem Schleier versteckt. Selbst bei großer Hitze sah man die schmale Gestalt nie mit blankem Haupt. Das Eheleben des Amtssekretärs ging sie ja nichts an, obwohl sie sich schon manchmal wunderte, dass er ihr immer wieder an die Wäsche wollte, obwohl er eine viel Jüngere, Edlere zu Hause sitzen hatte. Nichtsdestotrotz war sie dem Herrn Krzizek verpflichtet. Wegen der schönen Wohnung in der Ungargasse und für die Arbeit im Unteren Belvedere, ohne die sie jetzt, nachdem der Franzl arbeitslos geworden war, in einem Armenhaus Tag für Tag um eine heiße Suppe anstehen oder als Mörtelmischerin auf einer der vielen Baustellen in Wien arbeiten müsste. Dass dem Herrn Amtssekretär manchmal die Hand zwischen ihre Brüste und unter den Rock rutschte, brauchte keiner zu erfahren, schon gar nicht ihr Franzl. Erna warf den Kopf in den Nacken und stieß einen Schwall heißer Atemluft aus. Bis zum Herbst würde alles wieder gut sein. Bis zum Herbst würde der Franzl wieder eine Arbeit haben.

Seufzend sperrte sie die Tür zur Wohnung auf. Ihr Ehemann saß gebeugt in der Küche am Esstisch, die Arme aufgestützt, die Hände an die Schläfen gelegt. Ein Stich fuhr ihr in die Magengegend, als sie die Schuppen um Mund und Kinn sah. Auch an der Nase bis hinauf zu den Brauen und bis zum zurückgewichenen Haaransatz klebten sie. Erna schlug die Hände zusammen. Ihr Franzl wurde wieder zum Reptil.

»Jessas, was ist denn passiert?«

»Ich hab einen Schub«, sagte er schulterzuckend.

»Diese verdammte Krankheit!« Erna rutschte zum Franzl und nahm seine Hand. Immer wenn er sich aufregte, stieß sein Körper die Haut in kleinen Stückchen ab, als wäre sie vergiftet. Im Gesicht und an den Händen fing es an, später befiel es manchmal den ganzen Körper. Armer Franzl!

»Was ist denn los? So sag was!« Erna griff an seine Schulter. Als er den Blick hob, sie in seine hellen, großen Augen schaute, stieg ein schrecklicher Verdacht in ihr auf. »Wo sind die Kinder?« Erna sah sich suchend um. Auf dem Tisch lagen neben der Schere Bastelbögen. Die Kronen Zeitung hatte zum Jubiläum das Kaiserpaar samt edler Garderobe zum Ausschneiden herausgebracht. Die Zwillinge liebten diese Spielerei.

»Wo sind die Kinder?«, wiederholte Erna etwas lauter.

Franzl hob die Hände von der Stirn und richtete sich auf. »Unseren Kindern geht's gut. Klementine ist mit den Zwillingen im Hof.«

Erleichtert atmete Erna aus. »Ich hab den Kaiser gesehen«, sagte sie, »alt ist er worden. Sehr alt.« Sie streichelte über seine Hand. »Was ist geschehen, Franzl? Warum schuppt deine Haut schon wieder?«

»Der Daniel ist zurück«, presste er hervor.

»Der Daniel?« Erna riss die Augen auf. »So sag, wo ist er, unser Ältester?«

»Beim Wirten zum Alten Heller hockt er. Die Umstände, hat er g'sagt, hätten ihn zurückzwungen nach Wien. Er hätt ka Geld mehr und möcht wieder bei uns wohnen. Sein Haar ist dunkler worden und der Ausdruck im Gesicht, ich kann's gar net beschreiben … hätt ihn fast nicht wiedererkannt.«

Erna stand auf. »Hast ihm net g'sagt, dass ma kan Platz mehr für ihn haben in der kleinen Wohnung? Seit die Zwillinge da sind …«

»Hör mir zu, Erna.« Franzl verzog den Mund und blickte zu ihr hinauf. Seine Unterlippe zitterte. »I schlaf unten im Stall und wenn du bei Klementine im Kabinett …«

»Na!« Erna stemmte die Arme in die Hüften. »Des kommt net infrage. Du bist mei Mann und g'hörst zu mir.«

»Er ist unser Sohn, Erna. Du kennst ihn. Erinner dich, wie er reagiert, wenn …«

»Franzl«, fuhr sie ihm ins Wort, »wir geben dem Daniel net unser schönes großes Schlafzimmer. Er wird unten im Stall übernachten, du bleibst bei mir.«

»Des hab ich ihm vorg'schlagen, Erna. Er vertragt den G'stank vom Gaul net, hat er g'sagt.« Franz stieß einen tiefen Seufzer aus. »Wir müssen z'sammhalten. In guten wie in schlechten Zeiten. Wir sind eine Familie.«

Erna biss die Zähne aufeinander. »Ja du hast recht. Wir sind eine Familie. Wir halten z'samm. In guten wie in schlechten Zeiten.«

Erna küsste Franzl auf den Mund.

KAPITEL 3

ENDE AUGUST 1908

Gegen Ende August blies der Wind vertrocknetes Laub durch die Straßen von Wien. Die Wohlhabenden kehrten aus der Sommerfrische in den Voralpen zurück in die Reichshauptstadt. Man merkte es am tobenden Straßenverkehr. Die Stille des Sommers wich dem geschäftigen Treiben nahender Herbst- und Wintermonate.

Klementine Kührer stand vor dem offenen Küchenfenster, blickte gedankenverloren in den Hinterhof und atmete den süßlich-herben Duft der feuchten Erde. Der Moment hatte etwas Friedliches, und dennoch nagte Kummer an ihrer jungen Seele. Es war wegen der Rückkehr des großen Bruders an jenem schwülen Tag der Kaiserparade. Die Erinnerung an die Zeit vor seinem Verschwinden war verblasst. Vater und Mutter hatten während seiner Abwesenheit kaum von ihm gesprochen. Als wäre er für immer in die Fremde gezogen. Irgendwann hatte sie ihn für tot gehalten.

Manchmal schlich sie heimlich ins Schlafzimmer und sah sich bei ihm um, wühlte in der Unordnung, in der Schmutzwäsche, zwischen den Zigarettenpackungen und den Zeitschriften. Nach irgendetwas, das ihr verraten könnte, welches Geheimnis er verbarg. Neugierig hatte sie in einer Schachtel mit Postkarten gestöbert und Bilder nackter Frauen gesehen. Es verstörte sie, weil sie sich magisch angezogen fühlte von allem, was Daniel umgab. Immer mehr wollte sie sehen von der fremden, verruchten Welt des großen Bruders. Daniel schien ihr Interesse zu bemerken, denn immer öfter richtete er das Wort an sie und ließ dabei den Blick auffallend lange auf ihr ruhen.

Klementine hob seufzend die Schultern. Zu viele Gedanken quälten sie. Vielleicht hatte Daniel in einem fernen Land Ehre und Ruhm erreicht, und deshalb stand ihm das größte Zimmer in der Wohnung alleine zu. Nicht dass es ihr unangenehm war, wenn die Mutter nachts neben ihr lag und leise schnaufte. Aber der Vater tat ihr leid, weil er von der Mutter getrennt unten im Stall schlafen musste. War seine Krankheit am Ende ansteckend?

Kalte Luft pfiff durch die Ritzen der Fensterläden. Fröstelnd rieb sich Klementine über die Oberarme. Unheimlich war es hier geworden. Das ständige Wispern der Eltern, die verschwörerischen Blicke. Selbst die Zwillinge hatten sich verändert. Den ganzen Tag über blieben sie beim Vater und dem Pferd. Wenn sie die Eltern fragte, warum der große Bruder sich alles erlauben durfte, sie hingegen gehorsam sein musste, hieß es, das verstehe sie nicht, dafür sei sie noch zu jung. Ebenso seltsam war, dass die Mutter einmal pro Woche in der Nacht aus dem Bett stieg, auf Zehenspitzen nach draußen schlich und Stunden später mit zerwühltem Haar und mit dem Geruch nach Stroh und Pferdedung wieder neben ihr lag. Irgendetwas stimmte nicht mit ihrer Familie. Sie spürte es. Vielleicht konnte sie bei Daniel Antworten finden. Nach einem prüfenden Blick auf die Wanduhr lief sie hinaus auf die Ungargasse. Sie hatte Daniels Gewohnheiten beobachtet, wusste in etwa, zu welcher Zeit er am Nachmittag nach Hause kam, bevor er abends wieder wegging. Schon sah sie die gedrungene Gestalt des Bruders aus der Tür des Wirtshauses zum Alten Heller treten. Schlendernd querte er die Gasse und kam langsam auf das Zinshaus Nummer zwei zu. Blitzschnell versteckte sich Klementine im Schatten eines Mauervorsprungs. Als er an ihr vorbeigegangen war, schlich sie ihm hinterher, atmete den Tabakgeruch seiner Zigarette. Wenige Augenblicke, nachdem er die Tür zum Zimmer hinter sich geschlossen hatte, klopfte sie. Er öffnete und grinste breit. Als hätte er sie erwartet. Wusste er, dass sie ihn beobachtete? Sie hielt seinem Blick nicht nur stand, sie musterte ihn frech. Er war nicht besonders hübsch, nicht besonders groß. Die Ohren standen ab, die Nase war zu dick und der Mund zu klein. Einzig in seinen hellen Augen sah sie etwas Vertrautes, etwas von sich selbst. An diesem Nachmittag war Daniel geduldig und nahm sich Zeit für seine kleine Schwester. Sie erfuhr von seinen Schulden, von dem vielen Geld, das er auftreiben musste, um nicht wieder ins Gefängnis zu müssen. Sie empfand Mitleid. Dann fragte er, ob sie mit ihm in einer Stunde zu einem Freund in die Innenstadt fahren wolle. Klementine freute sich, selten ging jemand mit ihr aus. Das schönste Kleid, die besten Strümpfe und Schuhe holte sie aus dem Schrank. Da an diesem Tag ein frisches Lüftchen wehte, wollte sie ihre Weste überziehen. Doch die war ihr über den Sommer zu eng geworden. So nahm sie eine aus dem Schrank der Mutter. Sie reichte bis zu den Knien, die Ärmel krempelte sie hoch. Und weil ihr der schöne Sonntagshut der Mutter ins Auge stach, setzte sie den auf ihre zwei dicken Zöpfe. Richtig erwachsen kam sie sich vor. An Daniels Seite ging es zu Fuß Richtung Stadtpark. Er nahm ihre Hand in die seine. Klementine genoss die verstohlenen Blicke der Passanten. Eigentlich ist er ganz nett, dachte sie und lächelte.

Die Geschwister Kührer marschierten entlang der Wollzeile bis zum Stephansplatz. Klementine staunte über die Geschäfte mit den feinen Waren und den hell gestrichenen Fassaden der

Palais und über die bunten Blumen an den großen Fenstern. »Hier wohnen die reichen Leute«, erklärte Daniel. Dann waren es nur noch wenige Schritte bis zum Ziel. In dem feinen Haus auf der Tuchlauben bewunderte Klementine die Pracht des Stiegenhauses. »Alles Marmor und Stuck.« Daniel blieb auf der obersten Stufe stehen und zündete sich eine Zigarette an. »Mein Freund ist ein wohlhabender Herr«, sagte er und betätigte den Türklopfer. Die Räume in der Wohnung des Freundes waren so hoch, wie es Klementine von der Wartehalle des Südbahnhofs her kannte. Von den Decken hingen lange, mit glitzernden Kristallen geschmückte Luster von beachtlicher Größe. Goldgerahmte Bilder mit Porträts schmückten die Wände. Auf den Lehnen der Polstermöbel lag feinste Spitze. Die gleiche Spitze hing als Vorhang an den Fenstern. Auf einem Tisch standen geschliffene Gläser, in denen sich das einfallende Sonnenlicht spiegelte. Daniel sprach mit dem Freund, während Klementine nah an die dunklen Rosen in einer Vase auf dem Tisch herantrat und den süßen Duft der Blüten einsog. Durch die blitzblanken Fensterscheiben sah man über die Dächer der Stadt bis hinüber zum Prater mit dem Riesenrad.

»Das ist Klementine, meine Schwester«, hörte sie Daniel sagen. »Sie ist noch Jungfrau.«

»Guten Tag, Klementine.« Der Mann drehte sich zu ihr.

»Guten Tag, gnädiger Herr.« Klementine machte einen Knicks.

»Jungfrauen duften wie Rosen.« Der Freund zählte dem Bruder mehrere Münzen in die offene Hand. Dann flüsterte er ihm etwas ins Ohr. Daniel fragte daraufhin seine Schwester, ob sie einen Tanz vorführen könne.

Klementine schüttelte den Kopf.

»Aber sicher kannst du das, Schwesterherz.«

Klementine starrte zu Boden.

»Komm, Kleines«, hörte sie ihren Bruder mit der Zigarette im Mundwinkel raunen, »dreh dich und zeig dich von allen Seiten. Jedes Kind kann das.«

»Ich … ich versuch's, Daniel.«

»Na also.«

Sie hörte ihn seufzen.

»In einer Stunde komme ich wieder und hol dich ab. Sei schön artig.«

»Bitte, bleib da.« Sie hob den Blick.

»Ich muss etwas erledigen. Mein Freund kümmert sich um dich. Hab keine Angst.« Und dann ging er.

Das Ticken der Uhr an der Wand dröhnte in Klementines Ohren. Tick, tack, tick, tack.

»Mädchen, zieh dich aus.«

Sie war allein mit dem Fremden.

Er hob die Hand. »Ach nein, die Strümpfe und die Schuhe lass!«

»Mein Herr.« Klementine schluckte. »Mein Herr, bitte.«

Da ging er auf sie zu, hob die Hand, zog mit gespreizten Fingern an ihrem Zopf. »Jetzt mach.« Er schwitzte an der Stirn und atmete laut. »Hat dir dein Bruder nicht erklärt, was du zu tun hast?«

»Sehr wohl, mein Herr.« Klementine duckte sich, nahm den Hut der Mutter vom Kopf und entkleidete sich bis auf das Leibchen mit den am Saum durch Bändchen befestigten Strümpfen und die Schuhe, so wie der feine Herr es wünschte.

»Braves Mädchen. Und jetzt tanz für mich.«

Klementine dachte an die Bilder von den Frauen in den Zeitschriften ihres Bruders. Sie versuchte die Posen nachzuahmen, hob die angewinkelten Arme an den Kopf, drehte sich zur Seite und dehnte den Rücken. Sie gab sich Mühe zu gefallen. Ihr

Atem ging schwer. In der Miene des Mannes las sie dennoch Unzufriedenheit.

»Genug«, sagte er und schubste sie zu einem Sitzmöbel.

»Bitte, der Herr, tun Sie mir nichts.« Klementine kämpfte mit den Tränen.

»Ist ja gut. Sei still, sei endlich still.«

Klementine sank zitternd auf den weichen Stoff des Stuhles. Da sank der große, breite Mann vor ihr auf die Knie und begann mit unruhigen Händen ihre Haut von den Knien aufwärts zu betasten. »Brav«, murmelte er mit geschlossenen Augen, »braves Mädchen.«

Reglos beobachtete sie das Geschehen, spürte die fremden fordernden Hände. Ihr Herz pochte wild gegen die Brust. »Aber der Herr wollten mich doch tanzen sehen.«

»Halt still.« Er griff an ihr Gesäß. Seine Finger tasteten über ihren Bauch bis zum weichen Flaum zwischen ihren Beinen.

Klementine hielt den Atem an. Sein Gesicht kam näher. Mit gekräuselter Nase schnupperte er an ihr wie der Hund an einem Stück Fleisch. Da stöhnte er plötzlich auf.

»Gnädiger Herr?«

»Ein duftender Engel«, raunte er, »etwas Besonderes, etwas Kostbares bist du. Ich muss dich wiedersehen.« Dann wich er zurück, sank schnaufend auf einen Stuhl.

Eine heiße Röte stieg in ihre Wangen.

»Du kannst dich jetzt anziehen und in dem Zimmer nebenan auf deinen Bruder warten.«

Rasch raffte Klementine ihre Kleidungsstücke zusammen. Im Halbdunkel streifte sie Unterwäsche, Kleid und Weste über, setzte den Hut auf und wartete auf Daniel. Nach wenigen Minuten kam er, dann verließen sie die Wohnung, ohne dem fremden Mann noch einmal zu begegnen. Draußen auf der Straße streichelte Daniel zärtlich über ihren Rücken und

küsste sie auf die Stirn. »Das hast du gut gemacht, Klementine. Ich bin stolz auf dich.«
Von nun an begleitete sie ihren Bruder mehrmals die Woche in die Innenstadt. Daniel hatte Klementine ein paar Tanzschritte beigebracht. Manche der Männer freuten sich, wenn sie tanzte, andere wollten sie nur berühren, alle wollten an ihr schnuppern. Der Duft einer Jungfrau sei etwas Kostbares, sagten sie. Langsam fand Klementine Gefallen daran, dass man sie ansehen, dass man sie berühren und bewundern wollte. Es gefiel ihr, mit Daniel ein Geheimnis zu teilen. Und er brachte ihr Süßigkeiten, die wunderbar schmeckten und im Mund zerschmolzen wie Schnee in der Wintersonne. Die letzten Sommertage brachten warmen Regen.

Als Daniel seiner Schwester den Besuch bei einem gewissen Grafen Theodor Rollowitz ankündigte, war Klementine aufgeregt, da sie noch nie vor einem Grafen getanzt hatte. Unter einem großen schwarzen Regenschirm erreichten sie und Daniel die Wohnadresse in dem äußerst vornehmen Palais am Fleischmarkt. Der Graf empfing das Geschwisterpaar im Bademantel. Er trug einen Spitzbart und ein Monokel am rechten Auge. Wie sich herausstellte, war der Graf bei Weitem nicht so vornehm, wie Klementine es erwartet hatte. Sobald Daniel gegangen und sie entkleidet war, schob der feine Herr sie mit groben Griffen ins Schlafzimmer und warf sie auf ein Bett. Keuchend lag dann sein schwerer Körper auf ihr und nahm ihr den Atem. Immer fester drückte er sie in das Laken, bis sie einen brennenden Schmerz im Unterleib verspürte. Klementine schrie in der Hoffnung, Daniel würde ihr zur Hilfe eilen. Nichts dergleichen geschah. Alleine ihr kreischendes Geschrei veranlasste den Grafen, abzulassen. Als Klementine das Blut zwischen ihren Beinen bemerkte, lief sie panisch aus der

Wohnung auf die verregnete Straße. Empörung las sie in den Gesichtern der Menschen, die ihr begegneten, gar Entsetzen, gewiss kein Mitleid oder gar die Bereitschaft, ihr zu helfen. Klementine rannte nackt durch die Rotenturmstraße an den eleganten Geschäften und Kaffeehäusern vorbei. Erst bei der Stephanskirche an der Ecke zum Graben lief sie einem Polizisten in die Arme. Er brachte das blutende Mädchen auf seinem Pferd in das Kommissariat am Deutschmeisterplatz. Dort verhüllte und wärmte er sie mit einem Tuch und fragte nach ihrer Wohnadresse. Aus Angst, ihrem Bruder Schaden zuzufügen, wagte Klementine nicht, die Wahrheit zu sagen. Sie sei eingeschlafen, log sie, und habe geträumt, unbekleidet auf die Straße zu laufen. Erst als fremde Menschen sie angesprochen hätten, sei sie aus dem Traum erwacht und in ihrer Verwirrtheit nicht imstande gewesen, nach Hause zu finden. Es tue ihr leid, ein Aufsehen verursacht zu haben, aber sie könne sich momentan leider nicht daran erinnern, wo sie wohne.

Der Polizist musterte sie mit schmalen Augen. »Wenn du mir nicht deine Adresse verrätst, sperr ich dich wegen Herumstreunerei und Unzucht ein. Hast du mich verstanden?«

Klementine wusste zwar, was Herumstreunen bedeutete, das Wort Unzucht war ihr jedoch unbekannt. Ängstlich nannte sie ihm einen falschen Straßennamen und eine beliebige Hausnummer. Dann gab sie vor, Übelkeit zu verspüren, und bat um ein Glas Wasser. Als der Polizist aus dem Zimmer ging, nutzte Klementine den kurzen Moment der Unaufmerksamkeit und flüchtete aus der Polizeidienststelle. In das Tuch gehüllt rannte sie los, ohne nach links oder rechts zu schauen. Sie kannte den Weg, war mit ihrem Bruder mehrmals durch die Straßen gegangen. Immer wieder musste sie stehen bleiben, um verborgen im Schatten der Häusernischen zu Atem zu kommen. Mit aufgeschundenen Fußsohlen erreichte sie endlich die Ungargasse. Zum Glück war Mutter noch nicht von der Arbeit zurück und Vater mit den Zwillingen im Stall. So bemerkte niemand ihren Aufzug, bis auf Daniel. Offenbar war er auf der Suche nach ihr. In Straßenschuhen stand er in der Tür und zuckte zurück, als er seine Schwester sah. Klementine berichtete mit kurzen Sätzen, was ihr zugestoßen war. Daniel zeigte sich betrübt und versprach, den Grafen Rollowitz nie wieder zu besuchen. Dafür musste sie ihm beim Leben der Eltern schwören, über den Vorfall für immer zu schweigen.

Am späten Nachmittag erledigte Erna Kührer in der Greißlerei am Rennweg ihren täglichen Einkauf und ging mit schweren Taschen heimwärts. Sie war müde und erschöpft. Die Arbeit in der Galerie hatte sie heute übermäßig Kraft gekostet. Zudem fühlte sie seit Tagen eine innere Unruhe, die sie nachts schlecht schlafen ließ. Dabei brauchte sie gerade jetzt Kraft. Sie hoffte so sehr, es sich endlich zu verbessern. Die Stelle einer Kammerzofe bei der Fürstin stand in Aussicht. Im oberen Schloss war die Bezahlung sicher besser als unten in der Galerie. Erna dehnte den Rücken. Die Zukunft schien vielversprechend. Abgesehen von der Sorge um ihren Ältesten. Daniel war ein Streithansel, der ständig Unruhe stiftete. Erna seufzte. Beinahe jeden Tag gab es Ärger wegen ihm. Als hätte sie es geahnt, hörte sie beim Betreten des Zinshauses laute Stimmen am Gang. Als sie den Blick hob, sah sie auf dem Treppenabsatz den breiten Rücken des Hausmeisters Hermann Buchholz. Neben ihm, ihr Ältester. Die beiden Männer stritten heftig. Erna biss die Zähne aufeinander.

»Ich zahl dir kan Kreuzer mehr für das Aufsperren des Haustors, Blader.« Daniel hob seine Faust. »Und wennst mi net reinlasst, dann reiß i dir den Schädel ab!«

»Geh, halt die freche Pappn. Wer nach zehn Uhr in ein anständiges Zinshaus Einlass begehrt, zahlt das Sperrsechserl. Da gibt's ka Pardon.« Der Hausmeister stemmte die Hände in die Hüften.

»Aber Daniel!«, rief Erna. »Kommst halt früher z'aus, dann brauchst nichts zu zahlen.«

Daniel rieb gegen den Buchholz auf. »Wegen der paar Minuten. Des is reine Schikane von dem Deppen. Der macht sie nur wichtig da.«

Der Hausmeister duckte sich, entwischte der Faust und steuerte auf Erna zu. »Ihr feiner Herr Sohn, Frau Kührer, erscheint in Wahrheit beträchtlich später, meist gegen Mitternacht. Fast jeden Abend läut er mi aus dem Schlaf und dann muss i mit ihm streiten. Wer zu spät kommt, muss zahlen. So will es das Gesetz.« Das Gesicht des Hausmeisters war rot angelaufen.

»Er wird sich bessern«, sagte Erna müde. »Ich kümmere mich darum, Herr Buchholz. Lassen S' es gut sein.«

»Noch etwas, Frau Kührer«, Hermann Buchholz senkte seine Stimme, »wissen S', dass Ihr hübsches Töchterchen neuerdings mit dem da unterwegs ist, wenn S' in der Arbeit sind? Es geht mi ja nix an, aber so einer is g'wiss ka Umgang für a junges, bildhübsches Dirndl.«

»Gusch, blade Sau«, zischte Daniel mit drohender Gebärde. »Misch di net in Sachen ein, die dich nichts angehen.«

»Die Klementine und der Daniel?« Erna stellte die schwere Tasche zu Boden. »Das hab ich nicht g'wusst.«

»Ich geb Ihnen jetzt einen guten Rat, Frau Kührer.« Der Hausmeister sah ihr tief in die Augen. »Wenn Ihr Gatte schon nicht den Mut aufbringt, so passen Sie wenigstens auf die Kinder auf. Von dem da geht Gefahr aus. Die ganze Nachbarschaft geht dem aus dem Weg.« Der Hausmeister drehte sich zu Daniel um. »Des ist a anständiges Haus da, und so soll es a bleibn.«

»Geh schleich di. Kümmer di um dein eigenen Dreck.«

»Daniel, hör auf!«, rief die Mutter. »Mach uns ka Schand.«

Daniel setzte eine unschuldige Miene auf. »Ich lass mir halt nichts g'fallen, Mutter.«

Hermann Buchholz ging kopfschüttelnd in Richtung seiner Wohnung. Daniel trug der Mutter die Einkäufe hinauf. Als sie ihn wegen Klementine ansprechen wollte, verschwand er ohne ein Wort im Schlafzimmer.

Klementine half wenig später in der Küche bei der Zubereitung des Abendessens. Die Worte des Hausmeisters noch im Ohr, beobachtete Erna ihre Tochter argwöhnisch. Das Kind war in der Tat auffallend blass. Dunkle Schatten lagen um die hellen Augen.

»Bist du mit dem Daniel unterwegs, wenn i bei der Arbeit bin?«, fragte Erna streng.

»Er zeigt mir die Stadt«, antwortete das Mädchen, ohne den Blick zu heben.

»Magst du ihn denn, Klementine? Ich meine, er ist so viel älter als du.«

»Er ist mein Bruder.«

»Dass du so viel Zeit mit ihm verbringst, gefällt mir nicht.« Erna seufzte. »Du bist erst zwölf Jahre alt. Mir scheint, du hast auch abgenommen. Du musst mehr essen, Kind.«

»Ich ess eh«, erwiderte Klementine leise.

»Der Daniel ist nichts für dich, Klementine.« Erna seufzte wieder. »Oder ist sonst etwas vorgefallen?«

»Nein, Mama. Nichts is.«

»Ich red mit deinem Bruder. Er wird dich in Ruhe lassen.«

»Ich mach es eh nicht mehr lange, Mutter.«

»Was machst nicht mehr lange, Klementine?«

»Die kleinen Gefälligkeiten.« Eine dunkle Röte schoss in die bleichen Wangen der Tochter. »Der Daniel hat es wirklich nicht leicht, Mama. Alle sind so bös zu ihm, dabei hat er nur

Geldsorgen. Wenn er nicht bald viele Kronen bezahlt, bringen die ihn um.«

»Wer will Daniel umbringen?« Erna stockte der Atem.

Klementine zuckte mit den Schultern.

»Jetzt reicht's!« Wütend legte Erna das Messer zur Seite, lief aus der Küche und klopfte gegen die Schlafzimmertür. »Daniel, mach auf, i muss mit dir reden!« Als sie keine Antwort erhielt, riss sie an der Klinke, und siehe da, die Tür war unversperrt. Aber Daniel war nicht da.

KAPITEL 4

EINEN TAG SPÄTER

Nachdenklich wischte Erna mit einem Tuch den Staub von der Kommode im Marmorsaal des Unteren Belvedere. Während ihre Hand sich hin und her bewegte, schweiften ihre Gedanken zum gestrigen Abend zurück. Daniel habe Angst, umgebracht zu werden, erinnerte sie sich an die Worte ihrer zwölfjährigen Tochter. Mehr hatte das Mädchen nicht verraten. Wusste Klementine nicht, wer ihren Bruder umbringen wollte, oder durfte sie es den Eltern nicht sagen? Bedrohte er seine kleine Schwester? In welche Machenschaften war der Älteste schon wieder verwickelt? Sie musste herausfinden, was Daniel im Schilde führte. Es lag an ihr, für Ordnung zu sorgen. Den Franzl durfte sie damit nicht belästigen. Jetzt, wo sich seine Krankheit endlich gebessert hatte. Jede neue Aufregung war Gift für ihn. Erna atmete tief durch und straffte die Schultern. Genau genommen war sie der Mann im Haus. Sie war die Stütze der Familie. An ihr hing es, wie gut oder schlecht es um die Familie stand. Erna schüttelte das Staubtuch.

»Frau Kührer?« Erschrocken fuhr sie herum. Der Krzizek und seine verdammte Lautlosigkeit! Nie hörte man seine Schritte.

»Ja, Herr Amtssekretär?«

»Frau Kührer, ich hätt a ung'wöhnliche Bitt an Sie.«

»Na, net«, wehrte sie ab. Weder Zeit noch Lust hatte sie im Moment für die sexuellen Bedürfnisse des Herrn Krzizek.

Für eine Sekunde weitete der Amtssekretär seine Augen, dann grinste er schamlos. »Aber geh, hörn S' auf, des man i do net.« Räuspernd winkte er ab. »Seine Exzellenz, der Kaiserliche Thronfolger ist auf Manöver und im Oberen Belvedere geht ein Darmerreger um. Von den ohnehin spärlich vorhandenen Dienstleuten haben alle Durchfall. Der Haushofmeister bat mich um Hilfe.«

»Aha.« Erna runzelte die Stirn. »Und was bitteschön kümmert mich der Durchfall von der Dienerschaft der Exzellenzen im oberen Schloss, Herr Krzizek?«

»Ich hab mir gedacht, Sie könnten der Fürstin Sophie ein bisserl zur Hand gehen.«

»Was ich? Der gnädigen Frau Fürstin?« Erna schluckte. Das hatte sie jetzt nicht erwartet.

»Ja. Ihr und den drei Kindern. Sie san g'sund. Die Fürstin hat Angst, dass der Erreger von der Dienerschaft im Schloss auf die kaiserliche Brut übertragen werden könnt. Der Jüngste ist grad einmal vier Jahre alt. Außerdem ist die Gattin des Thronfolgers wieder guter Hoffnung. Was bei einer Schwangeren so ein Erreger anrichtet, des können Sie sich als Mutter vorstellen.«

»Ja … aber … ich weiß ja gar nicht, wie … wie soll ich denn die Gnädigste … anreden? Ich war noch nie bei Hof.«

»Die Gemahlin des Thronfolgers ist von fürstlichen Gnaden. Also ist sie mit Eure Durchlaucht anzureden.«

»Durchlaucht … na gut. Aber mei Arbeit, wer macht dann die?«

»Das Abstauben is net so wichtig. Gehen S' rauf zur Fürstin und sein S' dem Hof zu Diensten. Marsch. Marsch.«

Der Sekretär riss Erna den Putzfetzen aus der Hand. Ihr blieb nichts anderes übrig, als unverzüglich den Weg ins Hauptschloss anzutreten. Nicht einmal Zeit zum Herrichten ließ er ihr. Wenn sie das geahnt hätte, wäre die Körperpflege heute Früh umfangreicher ausgefallen. Erna schnüffelte kritisch an ihren Achselhöhlen. Ihr war warm und sie schwitzte.

Das Untere Belvedere hieß nicht ohne Grund das *untere*. Die Steigung zum oberen Schloss war an dem warmen Tag anstrengend. Das Herz pochte bei jedem Atemzug gegen die Brust, bis sie endlich schnaufend beim Vestibül ankam. Der Schweiß tropfte ihr von Stirn und Nacken. Die Fürstin wird mich fortjagen, dachte sie, ordnete das hochgesteckte Haar und wischte mit dem Ärmel über die feuchte Stirn. Mit zittrigen Fingern reichte sie dem Wachposten das Papier. Der Uniformierte musterte abwechselnd ihre Gestalt und das Schreiben des Amtssekretärs. Schließlich nickte er und geleitete sie zum Tor. Zum ersten Mal betrat Erna die Sala terrena des Hauptschlosses mit den mächtigen, meterhohen Atlanten. Die wilden Steinfiguren stemmten das Gewölbe mit der Kraft ihrer Arme und Schultern. Der Wächter winkte einen alten Mann herbei, das musste der Haushofmeister sein, von dem der Herr Amtssekretär gesprochen hatte. Er trug die dunkle Livree eines höhergestellten Dieners. Dieser führte Erna über das Treppenhaus in die Beletage bis zum prunkvollen Marmorsaal des oberen Schlosses. Der Blick durch die Fenster über den Park mit den vielen Brunnen und Fontänen bis zum ebenerdigen Schlösschen mit der Galerie war atemberaubend, und hinten am Horizont sah sie sogar die Spitze des Stephansdoms. »Wie schön«, murmelte sie.

»Folgen Sie mir«, krächzte der Diener. »Ich geleite Sie zu Ihrer Durchlaucht, der Fürstin.«

Mit staunenden Augen setzte Erna ihre Schritte über den Marmor. Ihr Blick traf auf eine Reihe düsterer Gemälde mit mythologischen Figuren. Auf einem der Bilder breitete ein grüner Drache seine Flügel aus und fletschte die Zähne. »Hier entlang.« Der Haushofmeister schwang die Arme beim Gehen hin und her. Ehrfurchtsvoll starrte Erna in tote Glasaugen an ausgestopften Tierköpfen. Ob die feinen, adeligen Herrschaften die Tiere nur töten, um ihre Köpfe an die Wände ihrer Schlösser zu hängen?

Das Räuspern des Alten riss Erna aus ihren Gedanken. Weiter ging es durch imposante Räume mit bunten Fresken und Spiegeln an den Wänden. Erna dachte schon, nie anzukommen, da schlug ihr der leise Klang von Kinderstimmen entgegen. Als der alte Diener stehen blieb, hielt sie respektvollen Abstand. Schließlich war der Durchfall eine Krankheit, die sehr ansteckend war. Aufgeregt sah sie zu, wie er mit weiß behandschuhten Händen eine schwere Tür öffnete.

»Die bestellte Person aus der Galerie, Eure Durchlaucht«, krächzte er in den Saal hinein. Dann zog er sich rücklings und in gebückter Haltung zurück.

Nachdem Erna tief durchgeatmet hatte, schritt sie zaghaft bis in die Mitte des Salons. Nie zuvor hatte sie einen Wohnraum in der Größe einer Markthalle mit einem so prächtigen Luster aus schimmerndem Glas gesehen. Die Zimmer des unteren Schlosses waren kleiner und bescheidener in der Ausstattung.

Die Fürstin saß mit dem Rücken zu ihr vor einem riesigen Spiegel mit goldglänzendem Rahmen. Ihre Schultern hoben und senkten sich unter heftigem Schluchzen. Auf dem Boden hinter ihr hockten zwei Knaben und ein Mädchen in berüschter Kleidung auf einem bunten Teppich. Ohne von der weinenden Mutter Notiz zu nehmen, stapelten sie Holzklötze zu Türmen. Einzig das Mädchen unterbrach das Spiel, um der Eintretenden einen neugierigen Blick zuzuwerfen. Hinter ihr lag einiges mehr an Spielzeug. Erna sah einen Stoffbären, eine Puppe, eine Spieleisenbahn auf Schienen. Auf einem goldfarbenen Notenständer ein beschriftetes Notenblatt, eine Trompete und eine Trommel auf einem gepolsterten Stuhl.

»Eure Durchlaucht. Wie darf ich dienen?« Erna verbeugte sich tief.

Der Kopf der Fürstin fuhr herum. »Hat Sie den Haushofmeister Janaczek eh nicht angefasst? Wegen der Diarrhö. Dabei hab ich den Ferdinand noch angefleht, den treuen Janaczek bei mir zu lassen und nicht nach Böhmen mitzunehmen. Ach je. Die Kinder dürfen sich auf keinen Fall infizieren und ich in meiner guten Hoffnung noch weniger. Wenn ich g'wusst hätt, dass in Wien die Diarrhö ihre Kreise zieht, wäre ich länger in Marienbad blieben. Ich dachte mir halt, bei meinem Zustand«, die Fürstin strich mit den Händen über den runden Bauch, »wär ich besser in Wien bei den Ärzten vom Allgemeinen Krankenhaus aufgehoben. Die Ärzte in Böhmen, na ja, Wien ist halt Wien.«

»Eure Durchlaucht, ich schwöre, gebührend Abstand gehalten zu haben zum Herrn Haushofmeister.« Erna blieb in der Verbeugung mit gebogenem Rücken.

»Dann ist ja alles in Ordnung.« Die Fürstin hob die Hände. »Jeden Tag bete ich zum Herrgott und erflehe die Gnade, mich endlich zu erhören. In Ungarn hätte man mich längst in den mir als Ehefrau des Thronfolgers rechtmäßig zustehenden Stand erhoben.« Sie fuhr in die Falten ihres Rockes, zog ein weißes Tuch heraus und schnäuzte sich geräuschvoll. »Wenn diese Verzichtserklärung doch nur annulliert werden könnt. Der Kaiser hat seinen Sohn unter Druck gesetzt. Die Renunziation war ein Irrtum. Unsere gemeinsamen Kinder tragen das Blut der Habsburger in sich. Sie haben Anspruch auf den Thron. Alles andere wär eine himmelschreiende Ungerechtigkeit. Herrgott noch mal!«

»Gewiss, Eure Durchlaucht. Gewiss.« Erna verharrte unter den gewaltigen Wortausbrüchen der Fürstin in ihrer gebückten Haltung.

»Ach, was red ich da. Sie versteht ja nichts von solchen Dingen. Jetzt tret Sie halt näher her zu mir und lass sich anschauen.«

Zaghaft rückte Erna an die Fürstin heran, während sie in dem Spiegel vor sich verstohlen das wenig schmeichelhafte Antlitz der Durchlaucht musterte. Das Gesicht schien verquollen, die Haut schweißnass. Erna wunderte sich, dass eine Fürstin offenbar so heftig zu schwitzen vermochte wie ein Bauernweib, und erst die Frisur, in der Tat eine Katastrophe. Dabei schimmerte das durchlauchteste Haar wunderschön dicht in einem tiefen Kastanienbraun. Erna juckten die Finger. Zu gerne hätte sie zugegriffen, das fürstliche Haar geordnet. Langsam streckte sie ihre Wirbelsäule, und da stieg ein schwerer Duft von Rosen in ihre Nase. Hinter der Fürstin, auf dem Fenstersims, reckten sich orangefarbene traumhaft schöne Rosenblüten dem einfallenden Sonnenlicht entgegen.

»Zunächst muss Sie mir die Spangen lösen.« Die Fürstin hob die Hände an den Kopf. »Ich bin dazu nicht imstand. Mir fehlt eine Kammerzofe. Die Damen am Hof in Schönbrunn putzen sich nicht einmal mit eigener Hand die Zähne. Nur ich soll alles selber machen. Sobald mein Ferdinand sich mitsamt dem Hofstaate außer Landes begibt, bleib ich mit den Kindern zurück.« Die Fürstin stieß einen weinerlichen Seufzer aus. »Es ist so demütigend. Ich kann mich gar nicht beruhigen.«

Aus dem Hintergrund erhob sich Kindergezanke. Das Mädchen schimpfte mit den Brüdern. »Ich hab den größten Turm gebaut, jetzt bin ich die Herrin auf Schloss Feenwald.«

»Ruhe!«, herrschte die Fürstin über die Schulter nach hinten. »Sofort ist Ruhe, sonst …!«

Die beiden Knaben verfielen in einen weinerlichen Gesang.

»Es ist zu viel. So geht das nicht weiter«, jammerte die Fürstin. »Die Frau eines künftigen Kaisers verdient Respekt.« Die Fürstin senkte das Kinn an den Busen und vergrub ihr verquollenes Gesicht in den Händen mit den beringten Fingern. »Und Ruhe, vor allem Ruhe.«

»Wenn Eure Durchlaucht gestatten, werde ich zunächst die Kinder beruhigen und danach nehme ich mir das fürstliche Haar vor.«

Erna wandte sich dem kaiserlichen Nachwuchs zu, strich über die Ärmchen der Buben, klopfte sanft auf den Rücken des Mädchens, und während sie die umgestürzten Türme der Knaben mit flinken Fingern wiederherstellte, redete sie sanft auf das entrüstete Mädchen ein. Das Weinen der Kleinen verstummte, das Mädchen lächelte zaghaft. Zufrieden ging Erna zurück zum Spiegel, zog vorsichtig die Spangen aus dem Haar der Fürstin und bürstete sanft über den edlen Kopf.

»Das macht Sie gut«, bedankte sich die Fürstin mit einem tiefen Seufzer. »Schön, dass der Herr Sekretär von der Galerie Sie heraufgeschickt hat zu mir.«

»Es ehrt mich, wenn es Eurer Durchlaucht angenehm ist.« Erna beugte das Knie und machte einen Knicks.

»Ihre Kinder sind gewiss wohlgeraten«, bemerkte die Fürstin freundlich.

»Wie Eure Durchlaucht habe ich zwei Söhne und eine Tochter. Die Kinder machen meinem Ehemann und mir viel Freude.«

»Hat Sie nicht vier Kinder?«

Eine Haarspange entglitt Ernas Hand und fiel zu Boden. Mit rotem Kopf bückte sie sich danach. »Verzeihung, Durchlaucht. Der Älteste ist erwachsen.«

»Schon erwachsen? Der Herr Sekretär hat mir von den vier Kindern erzählt. Ich hab nachg'fragt, weil ich wissen wollt, wer da zu mir kommt.«

»Sehr wohl, Eure Durchlaucht.« Erna räusperte sich. »Unser Daniel ist … ist ein bisserl schwierig momentan.«

»Die Jugend braucht Zeit zu reifen, liebe Frau. Der wird schon.«

»Sehr wohl. Eure Durchlaucht.«

Die Fürstin rekelte sich wohlig. »Sehr angenehme, warme Finger hat Sie. Das Kopfweh ist wie weggeblasen.«

Erna lächelte. »Ich danke untertänigst. Ich massiere Eure Durchlaucht sehr gerne, sooft ich die Erlaubnis dazu erhalten tät.«

»Schau Sie her da.« Die Fürstin griff nach einem dünnen goldenen Armreif auf dem Toilettentischchen. »Der ist mir zu eng geworden. Den kann Sie haben.«

»Oh!« Erna war sich unschlüssig, ob sie das edle Geschenk annehmen durfte. »Oh wie wunderschön.«

»Sie kann den Reifen unbesorgt anlegen. Auf meinen geschwollenen Gelenken hat der keinen Platz mehr.« Die Fürstin seufzte. »Mit jeder Schwangerschaft wird es schlimmer. So zugenommen hab ich noch nie.« Sie hob ihre in der Tat wulstigen Arme. »Da schau Sie her.«

»Oh … Oh!« Erna hielt den Armreif zwischen den gespreizten Fingern, als wäre es glühendes Gold.

»Scheußlich, nicht wahr?« Die Fürstin senkte die dicken Arme und drehte sich um. »Jetzt steck Sie den Reifen halt an. So besonders ist er auch wieder nicht.«

Aufgeregt streifte Erna das hauchdünne Edelmetall über das Gelenk.

»Schau. Trotz der vier Kinder ist Sie noch immer eine schlanke Person. Der Neid könnt einen fressen.«

»Oh. Durchlaucht sind zu gütig.«

»Jetzt sei Sie so lieb, und hilf Sie mir beim Auskleiden. Ich möchte mich a bisserl hinlegen und dann beaufsichtigt Sie bittschön die Kinder. Die sind nie müd, es ist net zum Aushalten. Eine Schand, wie der Hof mich demütigt, eine Schand is es. Dabei wird der Franz Ferdinand bald Kaiser von Österreich.« Mit behäbigen Bewegungen, den raschelnden Stoff ihrer voluminösen Garderobe in dunklem Blau hochgerafft, steuerte die Fürstin durch den Raum auf die offene Tür zu.

»Frau Mama, wohin geht Ihr?«, lispelte das Töchterchen.

»Ich leg mich ein bisserl hin, die Frau Erna wird sich um euch kümmern. Seid schön brav, gell.«

»Die Frau Erna ist unsere neue Kinderfrau, Frau Mama?«

»Nur solange die Annerl krank ist, liebes Soferl. Ihr folgt der Frau Erna aufs Wort. Habt's verstanden, Kinder?«

»Ja, Frau Mama!«

»Bis später, meine kleinen Lieblinge!« Die Fürstin winkte ihren Kindern und formte die Lippen zu einem schnalzenden Busserl. »Der Janaczek wird euch gleich ein Essen bringen.« Die drei Sprösslinge winkten artig zurück.

»Leider hat mich unser behandelnder Arzt, der strenge Herr Doktor Eisenmenger, auf Diät gesetzt«, seufzte die Fürstin in Ernas Richtung.

»Folge Sie mir jetzt ein Sprungerl mit ins Schlafzimmer. Sie muss mir beim Auskleiden helfen. Sie ist heut nicht nur Kinderfrau, Sie ist auch meine Kammerzofe.«

Glücklich und stolz folgte Erna der Fürstin in deren Gemächer.

Als Erna an diesem Abend ermattet und voll Sehnsucht nach Ruhe in die Ungargasse einbog, erwartete sie ein Spektakel. Der Hausmeister stand in seiner blauen Schürze auf der Gasse vor dem Wirtshaus zum Alten Heller, um ihn herum eine Menschentraube. Als Erna auf der Höhe des Gasthofs eingetroffen war, sah sie im Rinnsal neben dem Bordstein eine beachtliche Blutlache. »Jessas, was ist g'schehn?«, rief sie entsetzt.

»Ihr Sohn hat einen Gast brutal aus dem Lokal geprügelt, Frau Kührer«, berichtete der Hausmeister aufgebracht. »Die vom Wirt alarmierte Sicherheitswache hat den Angreifer nur schwer davon abhalten können, weiter wie von Sinnen auf das wehrlose Opfer einzuschlagen, wobei der Herr Sohn geschrien hat, nichts anderes im Sinne zu haben, als den Vorschriften des Wirts zu entsprechen, weil über dem Tor stehe geschrieben: *Tschechen, Juden und Hunden ist der Einlass untersagt.*«

»Mir ist der Spruch nie aufgefallen«, sagte Erna und spähte die Fassade hinauf.

Der Hausmeister stemmte die Hände in die Hüften. »Mir a net, drum bin i gleich her und hab nachg'schaut. Schaun S', Frau Kührer, das Schild hängt so knapp unterhalb des Dachstuhls, dass niemand es richtig lesen kann. Das ist ja auch egal. Der Herr Wirt hat g'wiss net ausgerechnet Ihren Sohn mit dem Entfernen jüdischer Gäste beauftragt, schon gar nicht solcher, die anständig und regelmäßig die Zech bezahlen. Der Spruch is ja nur an die schlechten Juden adressiert, diejenigen, die mit falschem Geld um sich werfen, überhaupt solche, die sich nicht an die Ordnung in der Stadt halten wollen.« Der Hausmeister schilderte Erna eifrig weiter, wie der Herr Sohn trotz aller Versuche seinerseits, den Streit zu schlichten, nicht nachgeben habe wollen und dann bei der Polizeiaktion auch noch auf die uniformierten Beamten losgegangen sei. »Die Sicherheitswache hat den Ärmsten, einen Kaufmann, der seit Kurzem in unserem Haus, gleich neben dem Herrn Krzizek und seiner gnädigen Freifrau, wohnhaft ist, in das nächste Krankenhaus transportiert. Hoffentlich überlebt der den Angriff. Bei dem vielen Blut, das der verloren hat, ist das ein Glücksspiel, würd ich sagen.«

»Ja, wo ist er denn, der Daniel?« Erna seufzte. Sie war müde von den ewigen Streitereien.

»Wo er hingehört. In Polizeigewahrsam, Frau Kührer. Nichts für ungut, aber wir wollen Ihren Herrn Sohn nicht länger in unserem Haus haben.«

»Is scho recht, Herr Buchholz, ich kümmere mich. Lassen Sie's gut sein.«

»Gott beschütze uns vor unserem Ältesten«, sagte der Franzl wenig später im Stall zu seiner Frau, nachdem die Kinder oben in der Kammer eingeschlafen waren.

»So kann es nicht weitergehen«, sagte sie und streichelte ihrem Gatten über die von Neuem zu schuppen beginnende Haut. »Ich hab so g'hofft, dass er sich bessert hat in der Fremde.«

»Ich fürcht, beim Daniel hülft nichts mehr. Was haben wir bei ihm nur falsch g'macht, Erna?«

Erna zuckte mit den Schultern und dachte an Klementine. Trotz der tiefen Besorgnis wagte sie nicht, Franzl ihren furchtbaren Verdacht zu offenbaren. Lieber redete sie mit ihm über die erfreulichen Ereignisse heute bei der Fürstin im oberen Schloss Belvedere. Der Dienst für Ihre Durchlaucht, die unsäglich unter der fehlenden Anerkennung aufgrund der niederen Geburt zu leiden schien, erfüllte Erna mit Freude. Sie fühlte mit der unglücklichen Gattin des Thronfolgers. Gerade so, als teilte sie, die einfache Frau, ein gemeinsames Schicksal mit der Fürstin. Verbunden im tapfer erduldeten Unrecht. Erna erzählte ihrem Franzl, dass sie sich bemühen werde, bei der Fürstin eine dauernde Beschäftigung als Kammerzofe zu finden. Stolz zeigte sie ihrem Ehemann das Geschenk der Gnädigsten, den goldenen Armreif, den sie nie wieder von ihrem Handgelenk streifen wollte. Franzl hörte aufmerksam zu, dann umarmte er sie und küsste sie innig auf den Mund wie schon lange nicht mehr. Trotz des unangenehmen Pferdegeruchs, der überaus hartnäckig auf Franzls Haut haftete, spürte Erna, wie die Erregung von ihr Besitz ergriff. Stück für Stück fielen die Kleider. Zuletzt das Korsett. Franzl lächelte selig. Erna zog die Spangen aus der Frisur, griff mit beiden Händen in die dunklen Locken. »Schau her«, sagte sie und türmte das Haar. »So trägt die Fürstin ihre Haare. Würde mir so ein kaiserlicher Dutt nicht auch zu Gesicht stehen?«

Franzl nickte und öffnete mit hektischen Handgriffen seine Hose. »Was tät ich ohne dich«, raunte er. »Verloren wär ich.«

KAPITEL 5

EINEN TAG SPÄTER

Es war eine lästige Arbeit für das hohe k. k. Ministerium für Kultus und Unterricht, andererseits wieder eine umso bedeutendere. Die Sauberhaltung sämtlicher Regale im Archiv der Modernen Galerie im unteren Schloss Belvedere. Der Staub sammelte sich hartnäckig auf den Holzbrettern und den Behältern aus schwarzem Karton. Jedes Schriftstück, das die Galerie verließ oder von dieser angenommen wurde, vermerkte der Sekretär in einem dicken Indexbuch, bevor er das Papier nach Bearbeitung in einen Aktenumschlag steckte und in einer der Schachteln ablegte. Erna betrachtete nachdenklich die kleinen gelben, mit schöner Handschrift beschriebenen Schildchen auf den Kartons. In Zehnerreihen stapelten sie sich bis an den Plafond. Eine Holzleiter diente bei Bedarf dem Auf- und Abstieg. Herr Krzizek verlangte, dass sämtliche Korrespondenz archiviert wurde. Kein einziges der unzähligen, in den fünf Jahren seit Bestehen der Galerie angesammelten Papierblätter durfte entsorgt werden. Ebenso wie der Staub vermehrte sich in dem Archiv rasend schnell die Anzahl der Milben, Käfer und Spinnen. Das Getier verkroch sich in den Ritzen und bildete Nester aus ekeligen Fäden. In den Ecken hingen die Netze der Spinnen. Erna rümpfte die Nase und wischte und schüttelte das Staubtuch. Lieber wäre sie jetzt oben bei der Fürstin Sophie gewesen, um mit der Durchlaucht zu plaudern. Von Frau zu Frau, der vermeintlich Seelenverwandten im Schloss des Thronfolgers. Erna hob die rechte Hand und betrachtete glücklich das Geschenk der Fürstin, den dünnen goldenen Reifen an ihrem Handgelenk.

Ein knarrendes Geräusch ließ sie aus ihren Gedanken schrecken. Erna fuhr herum. Der Herr Amtssekretär schon wieder! Er sah sie mit großen hellen Augen an, in denen sie mittlerweile lesen konnte wie in einem offenen Buch. Wenn er diesen treuherzigen Blick aufsetzte, wusste sie auf der Stelle, was er von ihr wollte. Sie dachte an seine junge Gemahlin und holte sich das Bild der mageren Freifrau vor ihr inneres Auge. Die Ärmste litt vermutlich an schwindsüchtiger Weltentfremdung, das kam wohl öfter vor bei Herrschaften von adeligem Blut. Sie zuckte mit den Schultern. Die sexuellen Bedürfnisse des Herrn Amtssekretär zu befriedigen war ihre Aufgabe. Sie war gesund und kräftig. Seufzend schob sie den Rock hinauf und öffnete die beiden obersten Knöpfe ihres Kleides. Wortlos griff der Sekretär mit verlangenden Fingern nach ihr. Erna warf den Kopf in den Nacken. Dabei hätt sie grad so viel zu tun. Die Unterlagen von Staub und Insekten befreien, den Boden der Ausstellungsräume wischen, die Fenster putzen, das Häusl im Untergeschoß reinigen. Die kalten Finger des Amtssekretärs drängten zwischen ihre Schenkel, die andere Hand betatschte ihre Brüste. Warm strich sein Atem über ihren Hals. Erna schloss die Augen. Nicht, dass sie diese Art von Gefälligkeiten genoss, es war für sie eine Arbeit wie jede andere. Der Zweck heiligte die Mittel. Sie brauchte die Wohnung und sie brauchte die Arbeit. Nach wenigen Minuten löste er sich mit einem kurzen, heftigen Gestöhne von ihr, wandte sich ab und hantierte an seinem Hosenschlitz. Erna verschloss mit einem Seufzer die Knöpfe am Busen, strich über den verrutschten Stoff ihres Rockes und nahm das Staubtuch, um die Reinigungsarbeiten fortzusetzen. Doch der Herr Sekretär rührte sich nicht vom Fleck.

»Ist etwas nicht in Ordnung, Herr Krzizek?«, fragte sie irritiert. Da sah sie aus den Augenwinkeln ihren ältesten Sohn in der offenen Tür stehen. Breitschultrig versperrte er dem Amtssekretär den Weg. »Daniel?«, rief sie. »Was machst du hier?«

»Sagen Sie Ihrem Herrn Sohn bittschön, er hat da hinten nichts verloren«, zischte Krzizek mit eingezogenem Kopf.

Erna presste die Lippen aufeinander. Hoffentlich war der Bub nicht Zeuge der unzüchtigen Handlung zwischen ihr und dem Herrn Amtssekretär geworden. Das fehlte noch.

»Was treibt die Sau da mit dir, Mutter?« Daniel stieß den schmächtigen Mann geradewegs in Ernas Arme zurück.

»Daniel! Wie redest du mit dem Herrn Amtssekretär!«

Daniel packte den Mann am Kragen.

»Was fällt Ihnen ein?« Krzizek riss sich los. »Machen Sie Platz, Sie Rüpel und verschwinden S'.«

Erna dachte, vor Scham im Boden zu versinken. »Bitte, Daniel«, flüsterte sie. »Lass den Herrn Sekretär in Ruhe. Ich bitt dich, genier mich net.«

Einen Moment zögerte Daniel, bevor er einen Schritt zur Seite machte und dem Herrn Krzizek genügend Platz bot, um die Flucht aus dem engen Archiv zu ergreifen. »Sie haben hier keinen Zutritt«, hörte sie ihn schimpfen. Dann war er weg.

»I brauch dringend Geld«, murmelte Daniel, als er mit seiner Mutter alleine war.

»Deswegen kommst her und machst mir Zores?« Erna senkte den Blick. »Der Herr Sekretär hat uns die Wohnung in der Ungargasse und mir die Arbeit verschafft. Da bin ich halt ab und zu ein bisserl nett zu ihm. Der Papa braucht's net zu erfahrn.«

»Ich lass mich gern bestechen, Mutter.« Daniel grinste.

Erna griff in die Börse in ihrer Schürzentasche und gab dem Buben alle Kronen, die sie bei sich trug. Zum Glück hatte sie einiges an Geld dabei, wollte sie sich doch bei nächster Gelegenheit einen schönen Mantel für den Übergang kaufen.

Allein, wozu brauchte sie im August einen neuen Mantel? Erna zuckte mit den Schultern. »Reicht das?«

»Danke, Mama.« Daniel nahm das Geld, versprach über den Zwischenfall zu schweigen bis in sein Grab und ging.

Erna putzte wie eine Rasende, um nicht drüber nachdenken zu müssen, warum der Herrgott sie mit einem so missratenen Sohn bestrafte.

Gegen halb sechs Uhr abends beendete Erna ihren Dienst in der Galerie. Beim Greißler am Rennweg kaufte sie kurz vor Ladenschluss für das Abendessen etwas Schweinefleisch ein. In der Ungargasse eingetroffen, war sie erleichtert, niemanden auf der Straße zu sehen. Kein Streit zwischen Daniel und dem Hausmeister. Was für ein Glück. Müde schleppte Erna den Einkauf über die Treppen. Im Stiegenhaus roch es nach dem Dung von Franzls Pferd. Unverständlich war ihr seine Leidenschaft für die Pferde. Sie und der Franzl waren überhaupt sehr verschieden. In der Küche entleerte sie die Einkaufstasche und richtete alle Zutaten für das Gulasch her. Erna schnitt Zwiebel, gab Schmalz in einen Topf, röstete, staubte mit Mehl, goss mit Wasser auf und warf das klein geschnittene Fleisch dazu. Dazu wollte sie Erdäpfel kochen. Die musste sie erst aus dem Keller holen. Wo nur Klementine blieb, dachte sie. Es wär schön, wenn sie mir zur Hand gehen könnt.

Im Keller angekommen, knipste Erna das Licht an. Die Erdäpfel lagerten in einem mit Holzbrettern und Vorhängeschloss geschützten Abteil. In Wien kam es immer wieder zu Kellerdiebstählen. Laut gähnend öffnete Erna das Schloss und klaubte die Erdäpfel in ihre Schürze. Auf dem Rückweg sah sie durch die Tür zum Hof die Zwillinge neben dem Franzl vor dem Stall sitzen. Tief versunken waren sie in ihr Spiel mit den gläsernen Murmeln.

»Wisst ihr, wo die Klementine is?«, rief sie.

Der kleine Max hob den Blick.

»Zum Stadtpark wollt sie und Veilchen pflücken.«

»Es gibt im August keine Veilchen«, erwiderte Erna stirnrunzelnd.

Der kleine Max hob die Schultern und Franzl meinte: »Sie wollt eine Freundin treffen, glaub ich.«

»Ja, was nun. Klementine hat keine Freundin. Herrgott noch mal, wie lange ist sie denn fort? Es wird schon dunkel.«

Die Zwillinge widmeten sich wieder ihren Murmeln. Franzl ließ die Murmeln aus seiner Hand zu Boden rollen, erhob sich von den Knien und blickte auf seine Taschenuhr. »Klementine sollte längst zurück sein.«

»Ist sie aber nicht. Ich war gerade oben.« Erna spürte, wie die Hitze in ihren Nacken stieg.

»Vielleicht hat sie der große schwarze Mann gestohlen!«, posaunte Max.

»Was für ein großer schwarzer Mann?« Erna stieg die Hitze in die Wangen. »Von dem habt ihr noch nie erzählt.«

»Der Mann, der auf der Straße gegenüber immer zu uns herschaut.«

Sein Bruder Moritz plapperte nach. »Ja, der böse schwarze Mann von der Straße.«

»Ach Kinder. Erschreckt die Mama mit euren Schauergeschichten nicht. Klementine geht es gut«, sagte Franz. »Mach dir keine Sorgen, Schatz. Wenn's dich beruhigt, geh ich rüber zum Stadtpark, um sie zu suchen. Bestimmt hat sie bei ihren Träumereien auf die Zeit vergessen.«

»Hoffentlich, Franzl.« Erna verbiss sich den Vorwurf, er hätte besser auf sie achtgeben sollen. Der Franzl hatte mit den Zwillingen genug zu tun, während sie bei der Arbeit war. »Ihr zwei kommts mit mir hinauf«, sagte sie zu den Kindern. »Ab in die Küche. Ich brauch a Hilf beim Tischdecken.«

»Ach, wir möchten so gerne beim Seppel bleiben.«

»Nix da. Mitkommen, hab ich g'sagt. Der Gaul ist versorgt und ich will nicht, dass ihr auch noch verschwindets wie eure Schwester.« Aus dem Stall hörte man das Pferd wiehern.

Mit trotzigen Mienen warfen die Knaben die Murmeln in eine kleine Schachtel, Max nahm sie an sich und dann trotteten beide hinter ihr her, während Franzl seinen Hut aufsetzte und Richtung Stadtpark losmarschierte. Wie ein Stachel bohrte sich die Angst um die Tochter in Ernas Herz.

Zunächst eilte er über die Ungarbrücke auf den Stadtpark zu. Entlang der nahezu baumlosen Strecke kam er gehörig ins Schwitzen. Im Park wehte ihm ein kühles Lüfterl um die erhitzte Stirn. Vor Erna wollte er es nicht zugeben. Auch er war in Sorge und machte sich Vorwürfe, weil er Klementine alleine in den Stadtpark gehen hatte lassen. Franz blieb unter einem Lindenbaum stehen und blickte suchend in alle Richtungen. Vier Spaziergänger lustwandelten gemächlich einen schattigen Weg entlang. Eine Gruppe kleinerer Kinder lief über das Gras. Eine Frau mahnte mit strenger Stimme, nicht zu nahe ans Wasser zu gehen. Keine Spur von Klementine. Franz ging auf das Kurhaus zu. In dem Musikpavillon wurden im Sommer Walzerkonzerte für die betuchte bürgerliche Gesellschaft veranstaltet. Wenn Johann Strauß und seine Kapelle aufspielten, trug der Wind die Klänge aus dem Pavillon bis hinüber zum Zinshaus in der Ungargasse. Klementine mochte Musik. Doch heute strich kein Walzerklang über die Wiesen. Franz fand das Kurhaus verschlossen vor. Rasch lief er um den Pavillon herum. Mittlerweile hatte sich der Himmel eingetrübt und es roch nach Regen. Die neumodischen elektrischen Lampen entlang der Kieswege blitzten auf. Hinter dem Kurhaus trat der Schatten einer dicken Frau hervor und in der Sekunde erklang lauter Flügelschlag. Ein Schwarm Tauben flog auf die

Frau zu. Das alte Weib war stadtbekannt. Man nannte sie die Taubenbaronin. Jeden Tag kam sie in den Stadtpark, um die Vögel mit Kukuruzkörnern zu füttern. Wie Trauben hingen die gurrenden und flatternden Tiere an ihr. »Haben Sie ein zwölfjähriges Mädchen mit blonden Haaren in einem blauen Kleid gesehen?«, fragte er und maß mit der Hand die Körpergröße von Klementine. Die Frau sah ihn an, öffnete den zahnlosen Mund und schüttelte den Kopf. Die beiden Tauben auf ihren Schultern stoben flatternd hoch.

Verzweifelt lief Franz zurück bis zum Alten Heller in der Ungargasse. In der hintersten Ecke des Wirtshauses fand er seinen ältesten Sohn bei zwei Männern mit dunklen Visagen hocken.

Daniel streckte den Arm und bestellte lautstark ein weiteres Bier. Seit Klementine den Duft einer unschuldigen Jungfrau verloren hatte, war es schwieriger geworden, Kunden zu finden. Das Missgeschick mit dem Grafen Rollowitz hatte seine kleine Schwester im Wert gemindert. Dass er sie entjungfern würde, war nicht ausgemacht. Nun war es geschehen. Er konnte den Grafen schwer bei der Polizei anzeigen, ohne selber im Häfen zu landen. Durstig wartete er auf das bestellte Malzerne vom Wirten, da stand völlig unerwartet sein Vater vor ihm. »Die Klementine ist verschwunden«, keuchte er. »Weißt du, wo sie ist?«

In letzter Zeit hatte seine Schwester dunkle Gedanken geäußert, ins Wasser wolle sie gehen, lieber sterben als weiterleben. Er wagte den Verdacht nicht auszusprechen. »Nein«, log Daniel. »Ich hab sie seit der Früh nimmer g'sehn. Könnt sie nicht in der Milchtrinkhalle bei der Meierei im Stadtpark sein?«

»Die Milchtrinkhalle!« Der Vater schlug sich mit der Faust gegen die Stirn. »Dass mir das nicht gleich eingefallen ist. Danke, Daniel. Dort wird sie sein.« Er fuhr herum und lief hinaus.

Daniel blickte nachdenklich hinterher. Der Wirt stellte das Bier auf den Tisch. Der Schaum spritzte über den Rand des Kruges. Die Männer prosteten einander zu. Daniel nahm einen kräftigen Schluck und dachte, vielleicht ist meine kleine Schwester tatsächlich nur in den Stadtpark gegangen, um Milch zu trinken. Er glaubte jedoch nicht daran.

Franz Kührer sah weder die Schmuserei des Pärchens auf der Parkbank noch die dicke Taubenbaronin unter dem gurrenden Taubenschwarm, als er mit langen Schritten die kleine Brücke über den Fluss querte. Unter ausladenden Kronen alter Nussbäume rannte er auf das villenartige Gebäude der Meierei zu. Gehetzt fragte er die Parkbesucher nach seiner Tochter. Niemand hatte Klementine gesehen. In der Milchtrinkhalle war sie auch nicht. Franz musste zum Atemholen stehen bleiben. So sicher war er sich gewesen, sie hier zu finden. Hinter der Villa schimmerte das Wasser eines Tümpels in der Abendsonne. Franz trat ans Ufer, ging in die Knie und führte mit der Hand etwas Wasser zum Mund. Dann ließ er sich auf einer der Bänke nieder und dachte nach, wo er sein Kind noch suchen könnte, da sah er sie. Unter den Zweigen eines Busches am Ufer des grün schimmernden Tümpels. Ihr Gesicht lag zur Hälfte im Wasser, das blonde Haar schaukelte mit den Wellen, die Arme hingen in den Teich. Es schien kein Leben mehr in ihr zu sein.

»Klementine!« Franz stürzte auf seine Tochter zu, drehte den reglosen Körper auf den Rücken. Leichenblass die Wangen, die Lippen bläulich gefärbt. Erde und Blätter klebten auf ihren Wangen. »Klementine! Klementine! Oh mein Gott!« Franz rüttelte an den schmalen Schultern, dann drückte er seinen Mund auf den der Tochter, blies Luft in ihre Lungen, ruderte mit den dünnen Ärmchen, presste seine Hände auf die zarte

Brust. Bis endlich ein Husten erklang. Klementine spuckte Wasser. Im Laufschritt trug der Vater sie nach Hause. In der Wohnung empfing Erna Franzl und Klementine mit einem Schrei des Entsetzens. Gemeinsam zogen sie dem Mädchen das nasse Kleid aus und wickelten den erkalteten Körper in warme Decken. Dann kochten sie Tee und flößten Klementine das Getränk Schluck für Schluck ein. Im Donnergrollen eilte der Vater zum nächstgelegenen Arzt. Für den Hausbesuch zahlten sie eine saftige Gebühr. Der im Gewitterregen herbeigeeilte alte Herr stellte abgesehen von einer dicken Beule am Kopf des Kindes keine gröberen Verletzungen fest. Das Kind habe sich vermutlich eine Gehirnerschütterung zugezogen und sei unterkühlt, meinte er achselzuckend und riet zu viel Schlaf und Ruhe.

Die Eltern hüteten das Kind wie ihren Augapfel. Klementine erholte sich dennoch nur langsam. Wenn man sie fragte, ob sie im Stadtpark gestolpert oder von jemandem gestoßen worden sei, drehte sie ihr Gesicht zur Seite und schwieg. Der erneut gegen eine Gebühr zurate gezogene Arzt meinte, fehlende Erinnerung könne bei Stürzen auf den Kopf auftreten. Es sei kein Grund zur Sorge, es würde schon werden. Man gönnte dem Kind weiterhin Ruhe. Doch ihr Gemüt besserte sich nicht. Seit jeher war Klementine ein stilles Kind gewesen. Nach jenem Zwischenfall im Stadtpark aber hatte sie zu lächeln verlernt.

KAPITEL 6

28. SEPTEMBER 1908

Daniel Kührer marschierte am späten Nachmittag von der Ungargasse aus Richtung Süden auf den Rennweg zu. Am Übergang zur Fasangasse blickte er zum Haupttrakt des Schlosses hinauf. Die Umrisse des Oberen Belvedere zeichneten sich düster vom Abendhimmel ab. Zwei Oktogone zierten das Anwesen zu beiden Seiten. Aus dem Kupferdach ragten Metallstäbe wie drohende Speerspitzen. Daniel zog die Schultern hinauf und stemmte sich gegen den aufbrausenden Wind. Er dachte an den dort wohnenden Thronfolger, Erzherzog Franz Ferdinand. Nicht nur der Hof verspottete ihn als den Nebenkaiser. Ganz Wien lachte über den Neffen mit den derben Gesichtszügen und seine kläglichen Versuche der Einmischung in die Staatsangelegenheiten seines kaiserlichen Onkels. Daniel grinste schadenfroh und vergrub die klammen Hände in den ausgebeulten Hosentaschen. Wäre er an der Macht, wüsste er zu herrschen. Jeden umstürzlerischen Gedanken würde er im Keim ersticken. Anarchisten lebten in seinem Reich nicht lange. Auf der Stelle würde er sie erschießen. Eigenhändig. Der Wind rüttelte an den Baumwipfeln. Dieser Sommer war so verdammt schnell vergangen. Fröstelnd stellte Daniel den Kragen auf. Seine Hände griffen an den Hut, der abzuheben drohte. Keine guten Zeiten kamen auf das Reich zu. Die Unzufriedenheit griff um sich. In den Kronländern auf dem Balkan rumorte es. Ein Pulverfass, das kurz vor der Explosion stand. Es roch nach Krieg. Da kannte er sich aus als Weitgereister.

Ganze zwei Jahre war er von Wien fort gewesen und hatte die Welt gesehen. Der Mensch brauchte eine gewisse Distanz, um einen scharfen Blick auf das Naheliegende zu haben. Sein Vater hatte nie die Reichsgrenze überschritten und sah die Welt durch einen engen Tunnel. Feige fürchtete er sich vor jeder Veränderung. Und weil er sich ständig fürchtete, schuppte bei jeder Kleinigkeit seine Haut wie bei einem Reptil. Widerlich! Wenn er nicht sein Vater wär … Daniel verzog das Gesicht.

Über die Pflasterung des Rennwegs trug es das Klappern von Pferdehufen. Augenblicke später hörte man das Dröhnen eines vorbeifahrenden Automobils. Daniel seufzte. Er wünschte sich sehnlichst ein motorisiertes Gefährt mit einem Dach, das man im Sommer öffnen konnte. Immer mehr wohlhabende Bürger leisteten sich anstelle einer Kutsche ein Automobil. Daniel dachte zähneknirschend an seine hohen Schulden. Er strebte danach, das Leben in vollen Zügen zu genießen. Keinesfalls wollte er enden wie sein Vater. Krank und verarmt. Daniel schüttelte sich. Seit einiger Zeit dachte er ernsthaft über einen Raubzug nach. So wie es diese Kellerdiebesbande Anfang Mai durchgezogen hatte. Schemenhaft erinnerte er sich an den Bericht in der Kronen Zeitung vor einigen Tagen. So an die achtzehntausend Kronen sollen sie in Wien erbeutet haben während der Sommermonate, während die Reichen auf Sommerfrische waren und ihre Wohnungen leer standen. Leider hatten sich die Männer von der Polizei bei ihrer kriminellen Tat erwischen lassen. Daniel kratzte sich am Ohr. Auch eine Heirat wäre in Erwägung zu ziehen. Mit einer reichen Witwe von adeliger Herkunft könnte ein Mann es sich verbessern. Wenn ihm bloß das Schmeicheln leichter fallen würde.

Daniel atmete tief durch und rätselte zum wiederholten Male, wer ihm wohl den Zettel mit der geheimnisvollen Nachricht in die Jackentasche gesteckt haben konnte. Es musste heute im Wirtshaus zum Alten Heller geschehen sein, als er zum Pinkeln draußen gewesen war. In kritzeliger Handschrift stand geschrieben, dass er am Abend, kurz vor Einbruch der Dunkelheit, zum Eingang der Militärkanzlei am Rennweg kommen solle. Ein lukrativer Auftrag wurde ihm in Aussicht gestellt. Mehr verriet die Notiz nicht. Der Wind pfiff um die Ecke. Trockenes Laub wirbelte raschelnd in Kreiseln über den Kies. Daniel hob den Blick. Die Laternen auf der Straße blendeten. Nur noch wenige Meter waren es bis zur Tür der Militärkanzlei. Der Eingang lag vor dem mit goldenen Lettern auf einem Schild angezeigten Zutritt zur Modernen Galerie. Ob die Mutter noch im Dienst war? Daniel ging weiter und rüttelte an dem Türknopf. Es war verschlossen, und bei dem hinteren, der direkt in die Ausstellungsräume führte, brauchte er es um diese Zeit gar nicht erst zu probieren. Neugierig lugte Daniel zur Militärkanzlei hinüber. In keinem der Fenster des ebenerdigen, vom Militär gepachteten Gebäudes war Licht zu sehen. Sollte nicht die Kanzlei zum Schutz des Thronfolgers und seiner Familie rund um die Uhr besetzt sein? Wieder kratzte sich Daniel an der juckenden Stelle am Ohr. Ein verwegener Gedanke kam ihm. Wollte jemand den Diebstahl eines Bildes in Auftrag geben? Wusste der Adressat jener geheimnisvollen Notiz von seiner Mutter, der Bedienerin im unteren Schloss? Den Schlüssel zur Galerie trug sie stets bei sich. Daniel holte tief Luft. Ein erregendes Kribbeln stieg seinen Nacken hinauf. Wurde nicht in Kürze ein besonders wertvolles Gemälde von einem gewissen Gustav Klimt in die Moderne Galerie geliefert? Seit Tagen redete die Mutter von dem Kunstwerk eines sich küssenden Paares mit echtem Blattgold. Nicht das Gold sei das wirklich Wertvolle an diesem Gemälde, erinnerte er sich an ihre Worte, jedes Werk von diesem Klimt solle ein Vermögen wert sein. Das viele Geld für den Ankauf hatte gewiss dieser

Krzizek in seiner Kassa im Büro liegen. Daniels rechtes Augenlid zuckte. Der Raub eines wertvollen Bildes könnte durchaus mit dem lukrativen Auftrag in der Zettelnotiz gemeint gewesen sein. In der äußerst prekären Lage, in die ihn seine Spielleidenschaft gebracht hatte, wäre er für ein angemessenes Sümmchen zu allem bereit gewesen. Einen Moment lang dachte er an die geraubte Unschuld seiner kleinen Schwester Klementine. Das Verbrechen an ihrem Leib und an ihrer Seele wäre womöglich gar nicht notwendig gewesen. Daniel seufzte. Ein Jammer, was aus ihr geworden war. Zu spät. Es war nun mal geschehen. Daniel hielt inne, lauschte in das Säuseln des Windes. Da war ein Geräusch, wie Schritte über den Kies. Er fuhr herum und blickte forschend in den in der Dämmerung versinkenden Garten. Sollte er sich nicht beeilen, bevor das Tor zum Rennweg verschlossen wurde? Am Rand seines Gesichtsfelds nahm er einen sich rasch nähernden Schatten wahr. »Hallo?«, rief Daniel, »sind Sie der Herr, der mir heute Früh eine Nachricht im Wirtshaus zum Alten Heller hinterlassen hat?« Anstelle einer Antwort spürte er einen dumpfen Schlag gegen die Schläfe. Übelkeit nebelte ihn ein. Etwas Warmes tropfte über seinen Hinterkopf in den Nacken. Der eiserne Geschmack von Blut legte sich auf seine Zunge. Es folgte ein weiterer, tief schneidender Hieb gegen seine Nase. Der Schmerz war unerträglich. Daniel taumelte und stürzte rücklings in die Dunkelheit.

Am Abend stand Erna Kührer am Herd und rührte mit dem Kochlöffel durch das Gulasch. Aufgewärmt schmeckte es am besten. Sie beobachtete Franzl, wie er hektisch den Tisch deckte, Teller, Besteck und Gläser platzierte. Die Zwillinge und Klementine hatten schon gegessen und lagen in ihren Betten. Was täte sie ohne ihren Franzl? Erna hatte heute ungewöhnlich lange in der Galerie zu arbeiten gehabt. Der Krzizek war furchtbar nervös wegen der bevorstehenden Bildanlieferung von diesem Klimt und wegen der Hagenbundausstellung. Alles musste blitzblank sein. Bis zu den Räumlichkeiten des Depots unten im Keller hatte sie aufwaschen und abstauben müssen. Obwohl die Galerie seit Tagen ohnehin glänzte wie poliertes Silber.

»Hast du den Daniel gesehen?«, fragte sie.

»Nein«, Franzl schüttelte den Kopf. »Seit in der Früh nicht mehr. Wahrscheinlich ist er mit seinen neuen Freunden unterwegs.«

Erna rieb über ihre Nasenspitze. »Er wird net wieder aus Wien verschwunden sein, ohne uns etwas zu sagen.«

Franzl zuckte mit den Schultern. »Das letzte Mal hat er auch nichts g'sagt, als er auf und davon is.«

»Franzl«, Erna drehte sich ihrem Mann zu, »wär es net schön, das Schlafzimmer wieder für uns zu haben?«

»Das schöne große Bett.« Franzl seufzte. »Seit Monaten hab ich nicht mehr auf einer weichen Matratze g'schlafen.«

»Wer redet denn von schlafen?« Erna zwinkerte ihrem Mann zu. Zärtlich streichelte sie mit der Hand über seine Wange. Die Haut war glatt und rosig. Keine Spur mehr von der Schuppenflechte.

Franzls Augen funkelten. »In unserem Bett? Meinst wirklich?«

»Der Daniel, sollt er heut überhaupt heimkommen, wird g'wiss net vor Mitternacht erscheinen.« Erna fischte die Flasche mit dem süßen Sirup für die Kinder aus dem Regal. »Ich tät so gern wieder einmal in unsrem schönen breiten Bett mit dir …«

»Ich weiß schon, was du meinst.« Franz grinste breit.

Erna hauchte ihrem Ehemann einen Kuss entgegen.

Franzl strahlte. »Erna, was anderes. In dem Reitlehrerinstitut in der Ungargasse suchen sie einen Stallburschen. Glaubst, wär das was für mich?«

»Aber ja, Schatz, geh nur hin. Mit Pferden kennst dich ja bestens aus.«

»Wenn ich die Arbeit krieg, brauchst nicht mehr putzen im Belvedere.«

»Ach, weißt, Franzl, seit ich öfters zur Fürstin Sophie ins obere Schloss darf, macht mir das Arbeiten richtig Freude.«

»Wer schaut auf die Kinder, wenn wir beide außer Haus sind?«

»Wir werden sehen, Franzl. Wart ab, was sie dir bieten. Wenn sie dir weniger Kronen geben als mir, dann belassen wir es, wie es ist.«

Franz trat zu seiner Ehefrau und schmiegte sich eng an sie. »Ich freu mich auf die schöne weiche Matratze mit dir … weißt scho was.«

KAPITEL 7

30. SEPTEMBER 1908

Etwa eine Stunde vor dem Eintreffen von Gustav Klimt klopfte es an der Bürotür des Amtssekretärs im Westflügel der Orangerie. Als Josef Krzizek öffnete, stand er vor dem Kurator Eduard Ameseder, der sich vor Lachen kaum halten konnte. Mit gespitzten Fingern streckte er dem Sekretär eine vom übrigen Körper abgetrennte, recht gruselig anzusehende Hand entgegen. »Was treibt ihr neuerdings für einen Schabernack? Schaut so euer Feldzug gegen die Konkurrenz auf dem Galeriemarkt aus? Der Ansatz ist gut, mein Freund, die Durchführung allerdings ein bisserl übertrieben. Des Handerl passert viel eher in die Grottenbahn im Prater als in einen kaiserlichen Schlosspark.« Er lachte.

Krzizek zuckte zurück. »Was ist das für ein grausliches Zeug, Eduard? Tu das weg!«

»Die hing am Rande des Muschelbrunnens, der mittlere Finger zeigte direkt auf den Seiteneingang eurer Galerie. Ich habe mir erlaubt, das makabre Leitsymbol zu entfernen. Hast du dir das einfallen lassen? Soll das helfen, damit die Leut, die vom oberen Eingang runter zur Galerie spazieren, den Zugang an der Orangerie schneller finden?«

»Das ist nicht mein Werk, Eduard.«

Ameseder strich den Rest von Teichwasser von der Oberfläche der Hand. »Fühlt sich fast wie eine echte an. Sag, was ist das für ein Material?« Er schnupperte. »Stinken tut die, na grauslich. Ist das Gummi?«

»Eduard, ich weiß es nicht.« Krzizek hob genervt die Schultern. »Womöglich ist das eine menschliche Hand.«

Ameseder brüllte los. »Na klar, in Wien schwimmen abgetrennte Körperteile einfach so in barocken Brunnenanlagen herum. Wir leben in einer morbiden Stadt, ich hab's immer g'wusst.«

Der Kurator bog sich vor Lachen.

»Bitte leg das schiache Ding weg. Ich schau mir das später an. Jetzt haben wir keine Zeit dafür. Darf ich dich daran erinnern, dass der Herr Klimt in Kürze hier eintreffen wird. Wir müssen den Vertrag für die Gemälde-Übergabe noch einmal prüfen. Das ist wichtig.«

»Mein ungeduldiger Freund. Der Vertrag ist in Ordnung. Hab ich dir eh schon g'sagt. Vertrau mir.« Ameseder legte die abgerissene Hand auf die Schreibtischplatte und wischte sich mit dem Ärmel die Lachtränen aus den Augenwinkeln.

Krzizek schüttelte den Kopf, »Geh pass auf, des schlatzige Brunnenwasser ruiniert mir die Möbel.« Er griff zu einer leeren Aktenschachtel aus dem Regal hinter sich und schob die Hand mithilfe des Schachteldeckels hinein. »Grauslich. Wirklich grauslich. Wer das verbrochen hat, tät ich gern wissen.« Sein erster Verdacht fiel auf den Janaczek. Womöglich hatte der Thronfolger von der Bildübergabe durch ihn erfahren und seinen ihm ergebenen Haushofmeister beauftragt, des Kaisers Kunstankauf in letzter Sekunde mit allen Mitteln zu vereiteln. Die Abneigung des Erzherzogs gegen alles Moderne hatte ihn nicht erst einmal zur Verzweiflung gebracht. Krzizek beschloss, seine Vermutung nicht auszusprechen, wissend, dass der Ameseder gut mit dem Thronfolger bekannt war, so wie er wohl mit jeder Person in Wien, die Rang und Namen hatte, gut bekannt war. Der Ameseder war ein Phänomen. Überall hatte der seine Finger im Spiel und blieb dennoch allerorts beliebt, dabei erstaunlich bescheiden. Der Mann war ein Künstler, nicht nur als Maler von wunderschönen Landschaften und Gebäuden, vielmehr im übertragenen Sinne. Krzizek war ihm dankbar, dass er trotz seiner Geschäfte bereit war, ihm in der Klimt-Angelegenheit zur Seite zu stehen. Der Erwerb dieses Kunstwerks für das k. k. Hofministerium trieb dem Sekretär wahrlich den Angstschweiß auf die Stirn. Einerseits wegen des exorbitant hohen Preises. Er trug schließlich als k. u. k. Hofbeamter eine Verantwortung. Andererseits weil der Thronfolger es so spät wie möglich erfahren sollte, so spät, dass er nichts mehr dagegen unternehmen konnte. Krzizek seufzte. Sein Amt war kein leichtes.

»Ah, die Frau Kührer, Grüß Sie Gott, wie geht's, wie steht's?« Herr Ameseder lüftete mit eleganter Geste den Hut.

»Es ist immer eine Freude, den gnädigen Herrn zu sehen. Danke der Nachfrage, mir geht's gut.« Frau Erna machte einen Knicks und fuhr mit dem Abstauben der Bilderrahmen fort.

»Eine saubere Person. Ist die verheiratet?«, fragte Ameseder den Sekretär im Flüsterton.

»Gib's auf«, raunte Krzizek, »die hat einen Mann und vier Kinder.«

»Und dann arbeitet sie bei dir noch nebenbei. Sehr brave und tüchtige Frau.«

»Lass uns rüber ins Büro gehen«, drängte Krzizek, und an Erna gewandt: »Wenn der Herr Klimt eintrifft, bringen S' ihn bitte sofort nach hinten ins Büro.« Die beiden Männer eilten durch die Ausstellungsräume bis ans Ende des Westflügels und huschten bei der letzten dunkelbraunen Tür hinein.

Gustav Klimt kam pünktlich. Er hatte den Weg durch den Park gewählt und läutete beim hinteren Besuchereingang der Orangerie. Erna Kührer führte ihn durch die Galerie bis zum

Büro des Sekretärs. Dort klopfte sie kräftig gegen das Holz. »Der Herr Klimt ist da.« Als sich die Tür öffnete, sah Erna den Krzizek und den Ameseder nebeneinander am Schreibtisch stehen, in der Mitte der aufgeräumten Tischplatte lag ein beschriebenes Blatt Papier, daneben das Fass mit Tinte, aus dem eine Feder ragte. Wie sie wusste, liebte der Herr Sekretär das altmodische Signieren mit violetter Tinte. Die Flasche Sprudelwein vom teuren Delikatessengeschäft am Graben, die sie heute Vormittag besorgen hatte müssen, stand auch bereit neben drei schlanken Gläsern. Alles war in bester Ordnung.

Erna schloss lautlos die Tür und drückte ihr Ohr lauschend an das Holz. Zunächst tauschten die Herren Begrüßungsfloskeln aus, die Flasche wurde entkorkt, dann redeten sie über das Bild und den vereinbarten Preis. Erna hatte sich nicht verhört, als sie den Sekretär vor Kurzem mit dem Herrn Major aus der Militärkanzlei über den Wert des Bildes reden gehört hatte. Unglaubliche fünfundzwanzigtausend Kronen zahlte das k. k. Ministerium diesem Klimt. Erna schluckte. Ob der Krzizek das Geld für die Bezahlung des Bildes wohl in seinem Büro aufbewahrte oder es erst von der Bank holen musste?

»Wie sind Sie auf die Idee mit dem Blattgold gekommen?« Erna hörte, wie Ameseder das Wort an den Künstler richtete.

Herr Klimt antwortete mit kräftiger Stimme. So konnte Erna jedes Wort verstehen. »Mein Vater war Goldschmied. In seiner Werkstatt gab es reichlich Gold, als Draht, flach wie ein Blatt, oder als Pulver. Gold ist rein, es ist das dehnbarste aller Metalle. Reiben Sie ein Goldstück zwischen den Händen und schnuppern sie. Es riecht nicht. Es schmeckt nicht.«

»Lassen Sie uns die Räumlichkeiten inspizieren, bevor der Kassier und die ersten Besucher eintreffen«, hörte sie Krzizek sagen. Blitzschnell löste sich Erna von der Tür und versteckte sich zwei Meter weiter hinter einer Mauerecke. Gerade rechtzeitig, denn schon hörte sie, wie sich die Tür öffnete und die Männer Richtung Galerie marschierten.

Fünfundzwanzigtausend Kronen! Erna pochte das Herz in der Brust. Wie viele Übergangsmäntel ließen sich damit kaufen? So viele, wie sie wahrscheinlich ihr Leben lang nicht auftragen könnte!

»Josef«, sprach Major Brosch zu seinem Freund an der Türschwelle zur Modernen Galerie, »der Ameseder hat gestern Abend bei mir in der Kanzlei vorbeig'schaut. Wie jedes Mal, wenn wir zusammen sind, haben wir a Glaserl Wein getrunken, weißt eh, wie das ist, und da hat er mir von einer künstlichen Hand im Muschelbrunnen erzählt, die er gefunden und dir übergeben haben will. Stimmt das, oder haben wir zwei zu viel Wein trunken, um uns richtig zu erinnern?«

»Deine Erinnerung trügt dich nicht, Alexander. Ich hab allerdings noch keine Zeit g'habt, mir das Objekt näher anzusehen.«

»Geh, zeig her. Das kling schon sehr makaber!«

»Meine Anordnung war das bestimmt nicht, Alexander.« Der Sekretär schüttelte den Kopf. »Eine Hand als Wegweiser zu unserer Galerie. So einen Schabernack würde ich mir nie einfallen lassen. Wenn das unser verehrter Thronfolger g'sehn hätt, na servas.«

Krzizek geleitete seinen Freund durch den Flur in den Westflügel bis zu dem dunklen Büro im hinteren Trakt. Dort lag die Hand in der Schachtel, so, wie er sie gestern hineingelegt hatte. Nach dem Besuch von Herrn Klimt und der Besichtigung der Ausstellungsräume war die Galerie für die Besucher geöffnet worden. Es war einiges los gewesen. Nach der Schließung des Hauses hatte er die seltsame Hand vergessen. Nun, der geschwätzige Ameseder hatte sie offenbar nicht vergessen, sonst hätte er den skurrilen Fund nicht gleich nebenan in der

Militärkanzlei weitererzählt. Sah ihm ähnlich, dem Ameseder, ständig musste er mit seinen Geschichten hausieren gehen.

Krzizek nahm den Karton mit dem makabren Fundstück und zeigte seinem Freund den Inhalt.

»Na servas.« Major Brosch zog die Augenbrauen hoch und tupfte sachte mit der rechten Fingerkuppe auf den kalten Handrücken. Erschrocken fuhr er zurück. »Du, ich glaub, die ist echt.«

»Ich hab's befürchtet.« Krzizek stieß einen grummelnden Ton aus und schnüffelte an der Hand. »Pfui Teufel!« Angewidert legte er die Hand in die Schachtel zurück und drückte den Deckel darauf. »Ausgerechnet jetzt, wo der Klimt sein teures Bild an uns übergeben will und die Hagenbundausstellung vorzubereiten ist, muss so was passieren«, jammerte er. »Gestern haben wir den Vertrag mit Herrn Klimt unterzeichnet. Ich habe dem Künstler persönlich für die Sicherheit garantiert. Unverzüglich hab ich angeordnet, die Galerie für ein paar Tage zu schließen, um in aller Ruhe alles Nötige für die Hängung des Klimt-Gemäldes vorzubereiten. Wie stehen wir denn da, wenn sich herausstellt, dass in den Brunnen des Parks Leichenteile herumschwimmen? Am Ende storniert der Klimt den Ankauf noch! Eine Katastrophe wär das! Der Minister würd mich mindestens um zwei Gehaltsstufen zurückstufen.«

»Bleib ruhig, Josef. Lass uns nachdenken. Hast du den Muschelbrunnen überprüft? Ist da vielleicht noch mehr von dem Zeug?«

Krzizek riss die Augen auf. »Um Gottes willen! Nein! Gestern haben sich in der Galerie und im Park bis zur Schließung etliche Gäste herumgetrieben. Wenn da jemand etwas gesehen hätte, stünd es heut in der Kronen Zeitung.«

»Ich weiß nicht, Josef. Geh kumm, schauen wir gemeinsam nach. Zur Sicherheit.«

Krzizek seufzte. »Wenn's sein muss.«

»Hast vielleicht eine lange Stange, Josef? So eine zum Öffnen von Dachluken zum Beispiel wär net schlecht.«

»Ja, im Archiv. Geh, begleit mich runter.« Die beiden Männer gingen den Flur entlang und stiegen abwärts bis zu dem düsteren Raum unterhalb der Treppe. Zwischen langen Reihen mit Archivschachteln lehnte die eiserne Stange zum Öffnen der kleinen Oberlichte. Krzizek nahm die Stange mit dem Eisenhaken an sich und ging mit seinem Freund nach oben. Durch den Ausgang der Orangerie gelangten sie ins Freie.

Nach einem überaus heißen Sommer zeigte sich der Herbst an diesem Tag grau in grau. Nebelschwaden schwebten über die Freitreppe zum oberen Schloss, das nur dumpf zu erkennen war. Kein angenehmes Wetter für einen Parkbesuch. Es begegnete ihnen keine Seele zu jener frühen Stunde. Die Männer gingen bis zum Muschelbrunnen an der Geländestufe zwischen dem oberen und dem unteren Garten. Vier Puttifiguren stützten eine wuchtige Muschel vor einer hohen Wand aus Stein. Krzizek ließ den Blick über die ruhige Wasseroberfläche gleiten. »Da ist nichts, wie ich vermutet hab«, sagte er und atmete erleichtert aus.

»Na, da schaun wir mal genauer.« Brosch hob die Eisenstange und versenkte die Spitze mit dem Haken in dem grünlich schimmernden Wasser. »Da g'hört mal wieder gereinigt, is schleimig von den Algen.« Wie in einer Suppenschüssel rührte er in dem etwa einen Meter tiefen Brunnenwasser. »Halt! Da is was!« Mit einem Ruck zog er die Eisenstange hoch. »Jessas Maria!« Krzizek griff sich an die Brust. An dem Haken hing ein mit Bindfaden verschlossener Leinensack, so wie man ihn für den Transport von Kohlen verwendete. Der Boden des Sackes zog wie ein Gewicht nach unten.

Krzizek zeichnete mit dem Zeigefinger hektisch ein Kreuz auf seine Stirn. »Ich schau da sicher nicht rein. Mir graust's.«

Brosch senkte den Sack langsam zu Boden und öffnete mithilfe des Eisenhakens das lose Band am oberen Ende. Dann trat er näher, weitete die Öffnung mit dem Haken, blickte hinein und fuhr mit einem angewiderten Gesichtsausdruck zurück. »Da ist noch so ein Ding neben einem Stein. Es tut mir leid, Josef. Wir müssen die Polizei verständigen.«

»Um Gottes willen!« Krzizek schnappte nach Luft. »Wenn das der Thronfolger Franz Ferdinand erfährt, und erst der Klimt! Eine Katastrophe!«

»Ein Freund von mir kennt den Leiter des Polizeiagenteninstituts auf der Elisabethpromenade«, erwiderte Brosch ruhig. »Ich kümmere mich umgehend um diese Angelegenheit. Lass mich nur machen. Die wohl nötigen Amtshandlungen werden bestimmt diskret durchgeführt. Mach dir keine Sorgen. Die Sache ist erledigt, noch bevor der Erzherzog vom Manöver in Böhmen nach Wien zurückgekehrt ist.«

Krzizek hob die Arme zum Himmel. »Ich bitt dich, Alexander. Schaff mir dieses Unglück vom Hals. Ich werd wahnsinnig!«

KAPITEL 8

1. OKTOBER 1908

Im Polizeiagenteninstitut herrschte dicke Luft. Es lag weniger an dem Zigarettenqualm, den der Chefinspektor mit seiner krankhaften Kettenraucherei verursachte. Johann Pospischil saß seinem Vorgesetzten gegenüber und hüstelte. Schlimmer noch als der Rauch war das herniederbrechende Donnerwetter. Pospischil zog den Hals ein.

»Stimmt es«, tobte der Chefinspektor mit hochrotem Gesicht, »dass dieser Club notorisch unzufriedener Subjekte des allgemeinen Kriminaldiensts den Wiener Bürgermeister wegen Karten zur freien Nutzung der Wiener Straßenbahnen behelligt hat?«

Pospischil zuckte mit den Achseln.

»Sind die noch zu retten?«, donnerte der Chefinspektor, »die Missachtung des Dienstwegs ist ein schweres Vergehen.« Die Faust des Chefinspektors schlug auf die Tischplatte. »Der Bürgermeister hat unverzüglich den Polizeipräsidenten über diese Ungeheuerlichkeit informiert. Ja, haben die alle miteinander Stroh im Kopf? Und Sie, Pospischil, wie konnten Sie bei der Aktion mitmachen?«

»Das ist nicht korrekt, Herr Chefinspektor«, erwiderte Pospischil mit ruhiger Stimme, »weil ich war damals gar nicht in Wien, ich war auf dem Land, habe meine Tante Mizzi im Marchfeld besucht. Die ist schon über achtzig Jahre alt und es geht ihr schlecht. Ich fürcht, die Tante Mizzi macht es nimmer mehr lang, und da …«

»Das Wohl Ihrer Tante tut hier nichts zur Sache!« Der

Chefinspektor fuhr von seinem Sessel hoch. »Denken Sie an Ihre Karriere! Sämtliche Kollegen im gehobenen Dienst haben sich auf Wunsch des Polizeipräsidenten mit aller Deutlichkeit von diesem seltsamen Club distanziert. Da muss ich erfahren, dass mein bester Mann als Einziger der Weisung nicht gefolgt ist!« Der Chefinspektor drückte den Zigarettenstummel in den gläsernen Aschenbecher und zündete sich eine neue an. »Es ist wegen Ihrem Freund, dem Martin Neuhofer, nicht wahr?«, fragte er nun etwas ruhiger. »Ich gebe Ihnen einen guten Rat, suchen Sie sich passendere Freunde, Pospischil. Dem Anführer dieser merkwürdigen Vereinigung droht die Entlassung aus dem Staatsdienst wegen Missachtung der Vorschriften und Dienstwege. Nur meinem guten Zureden beim Polizeipräsidenten haben wir es zu verdanken, mein lieber Pospischil, dass Sie aus der Sache herausgehalten werden.«

»Sehr verehrter Herr Chefinspektor, das Ganze ist ein Missverständnis.« Pospischil schraubte sich hoch und dehnte seinen knarrenden Rücken in die Länge. »Die Kollegen und vor allem der Neuhofer haben nichts Verkehrtes getan. Der Club hat keineswegs wegen einer dauerhaften Freifahrt mit der Elektrischen beim ehrenwerten Herrn Bürgermeister Lueger angefragt, bloß wegen einer Begünstigung, eines kleinen Preisnachlasses, für die schlecht bezahlten Zivilen und ihre Familien. Sapperlot. Darf ich daran erinnern, dass es dem beharrlichen Neuhofer zu verdanken ist, dass es bei der Polizei zu einer Gehaltsreform gekommen ist? Demnach erhalten jetzt alle Kollegen eine in die Pension anrechenbare Dienstalterszulage, die bekanntermaßen bislang nur den uniformierten Polizisten zugestanden ist, und dem zivilen Neuhofer selbst sowie meiner Wenigkeit leider nicht, was irgendwie nicht sehr gerecht war, oder, verehrter Herr Chefinspektor?«

»Aber geh. Die Gehaltsreform war längst überfällig.« Der Chefinspektor hüstelte geräuschvoll. »Gewiss ist die Reform nicht das Verdienst von dem kleinen Aktenschlichter Neuhofer. Und überhaupt ist mir dieser Mensch völlig gleichgültig. Um Sie, Pospischil, mache ich mir Sorgen. Aus dem Präsidium konnte ich mir anhören, wie staatsgefährdend dieser Club agiert. Sie erfahren es von mir aus erster Hand, Pospischil.« Der Chefinspektor zog an seiner Zigarette. »Der Kasperlverein wird aufgelöst und alle Unterlagen beschlagnahmt. So schaut's aus, Pospischil. Beten Sie, dass die Revision nichts Nachteiliges über Sie findet. Weil dann droht Ungemach, da helfen auch die vielen Dienstjahre bei der Polizei nichts. Höchstens meine Intervention könnt dann das Schlimmste noch verhindern.«

»Staatsfeindliche Agenda!« Pospischil schüttelte den Kopf. »Missachtung des Dienstwegs! Dass i net lach!«

Der Chefinspektor blies den Rauch mit vorgezogener Unterlippe hoch. »Ihr Glück, dass Sie als mein erfahrenster und erfolgreichster Agent eine gewisse Narrenfreiheit genießen. Dennoch warne ich Sie, treiben Sie es nicht zu bunt. Wegen Ihrer Respektlosigkeit, die Sie sich neuerdings herausnehmen, würde ich Sie eh am liebsten gemeinsam mit dem Neuhofer vom Dienst freistellen. Aber ich brauch Sie, weil«, er schnappte nach Luft, »bis Ihr Protegé, dieser Leopold Frisch, so weit ist. Na … des dauert, und überhaupt. Ich wollte von Anfang an keinen Akademiker in meiner Gruppe, keinen Theoretiker, der von Praxis keine Ahnung hat und nur allaweil g'scheit daherredt. Jetzt macht er auch noch ein zweites Studium und will Pathologe werden. Was glauben Sie, wie lange wir den hier noch halten können? Das haben Sie mir eingebrockt. Sie mit Ihren seltsamen Freundschaften.« Schnaubend sank der Chefinspektor zurück in den breiten Sessel. »Und jetzt gehen S' mir aus den Augen. Ich muss mich beruhigen. Sonst krieg ich am Ende noch einen Herzkasperl. Des fehlt ma no, so kurz vor der Pension.«

Pospischil verließ das Büro ohne ein weiteres Wort. Wenn er sich vor seinem Vorgesetzten auch beherrschen hatte können, jetzt klopfte sein Herzschlag vor Wut bis hinauf in den Hals.

Dass ich ihm einmal das Leben gerettet hab, als er Chefinspektor und noch nicht Oberinspektor war, als ihn ein ungarischer Rebell vor meinen Augen erschlagen wollt, das erwähnt er mit keiner Silbe, dachte Pospischil verärgert, und dass ich es war, der die erkennungsdienstliche Abteilung am Polizeiinstitut aufgebaut hat, vergisst er auch. Keuchend rannte er die Treppen abwärts und verließ das Gebäude an der Elisabethpromenade mit festem Schritt.

Unglaublich, was er sich in seinem Alter alles sagen lassen musste. Pospischil stapfte an den Marktständen an der Rossau vorbei. Die kühle Herbstluft tat seinem erhitzten Gemüt gut. Sein Freund, der Neuhofer, hatte sich für die Kollegen eingesetzt, ihnen mehr Urlaubstage, entsprechende Dienstbezeichnungen und bessere Zulagen erkämpft. Pospischils Kiefer mahlten. Dem Präsidium war der Neuhofer deshalb schon lange ein Dorn im Auge, die hatten sicher nur nach einem Vorwand gesucht, den lästigen Streiter für die Rechte der kleinen Zivilen loszuwerden. Wegen der lächerlichen Bitte um Freikarten für die Elektrische beim Bürgermeister drohte dem Neuhofer jetzt die Entehrung. Es war ein Skandal! Pospischil schüttelte zornig den Kopf. Mit einem tiefen Seufzer streckte er die Nase in den Wind. Der Himmel zeigte sich wolkenlos. Eigentlich könnte er heute den Dienst beenden, es lag nichts Dringliches auf dem Schreibtisch. Die Observierung einer verdächtigen Person musste nach der Intervention durch das Präsidium abgebrochen werden. Ohne Angabe von Gründen. Wie so oft. Pospischil wunderte sich mittlerweile über gar nichts mehr. Die Befehle vom Präsidium ergingen nach Anordnung durch den kaiserlichen Hof. So war es eben. Es handelte sich um unumstößliche Regeln, die nicht zu ändern und auch nicht zu hinterfragen waren. Eigentlich hätte er sich längst daran gewöhnen müssen. Dennoch fühlte er sich heute ausgebrannt und sehnte sich nach ein paar Tagen Ruhe. Am besten zu Hause mit der Neuen Zeitung in der Hand und mit einem reich gedeckten Tisch mit Köstlichkeiten aus der guten böhmischen Küche seiner Schwester Gerti. Der Blick auf seine Taschenuhr verriet ihm, dass sie mit dem Abendessen sicher noch nicht fertig war. Es blieb ihm Zeit für eine Melange oder ein Glas Bier oder aber für einen Spaziergang am nahen Kanal.

Pospischil entschied sich zähneknirschend für die Bewegung in der Natur, die ihm sein Arzt vor Kurzem dringlich angeraten hatte. Zu viel an Körperfett hatte sich mit den Jahren um seine Hüften angesammelt. Pospischil schluckte sein Verlangen nach Bier und nach einer Melange hinunter und steuerte auf die Ufer des Kanals zu. Weiter stadtauswärts reihten sich die Massenquartiere in den verwinkelten Gassen, in denen die Obdachlosen für wenig Geld in den kalten Nächten ein Lager fanden. Dort trieb man sich besser nicht herum, schnell war man ausgeraubt. Pospischil schlug die Richtung zur Salztorbrücke ein. Am Wasser wehte heute kaum ein Lüftchen, die Sonne strahlte vom wolkenlosen Himmel und die Temperaturen waren für Anfang Oktober recht angenehm. Als er so dahinschlenderte, beobachtete er die wenigen Flanierer, eine Dame in heller Garderobe, ein ausladender Hut auf ihrem Haupt, flankiert von zwei Herren in dunklen Mänteln. Im Nu verflüchtigte sich sein Zorn. Er dachte an die Frau Eva vom Wiener Graben. Seit zehn Jahren suchte er die Gattin eines Arztes aus dem Allgemeinen Krankenhaus gelegentlich auf. Sooft er sich nach der Berührung eines weiblichen Körpers sehnte, einer lustvollen Berührung. Die Dame besserte mit ihren Diensten das Einkommen des Ehegatten auf. Es schien ihr Spaß zu machen, und sie nahm nicht jeden, der an jener Ecke am Graben vorbeischlenderte, das wusste er. Sonst würde er nicht … wegen der Syphilis. Pospischil räusperte sich. Seine Schwester, die Gerti, hatte keine Ahnung, nur dem Doktor Frisch hatte er es einmal in einer weinseligen Stimmung erzählt, weil er den jungen Kollegen im Kriminalinstitut im Verdacht hatte, ihn für homosexuell zu halten. Obwohl, was ging es den Frisch an? Pospischil spürte ein Ziehen im Schritt. Es wär eh an der Zeit für die Eva, wie sie sich nannte. Ihren richtigen Namen würde sie ihm gewiss niemals verraten. Pospischil vergrub die Hände in seinen Hosentaschen und stierte zu Boden. Nein. Für die Eva brauchte er mehr Zeit. Das Wasser klatschte schäumend gegen die steinernen Stufen.

Vielleicht hätte der Neuhofer doch zurückhaltender agieren sollen, lenkte er seine Gedanken in eine andere Richtung. In Wien erreichst nur was mit taktischem Geschick. Mit Direktheit geht gar nichts. Pospischil blieb stehen und blickte auf eine Gruppe schwarzer Krähen, die laut kreischend näher rückten. Mit einem Schlag erinnerte er sich an die unerfreuliche Unterredung mit dem Chefinspektor. Pospischil seufzte. Im Grunde hatte er alles erreicht. Die Arbeit als geheimer Kriminalermittler in Angelegenheiten zum Schutz des Hauses Habsburg und der Monarchie machte ihm nach wie vor Freude. Meistens jedenfalls. Das Salär hätte zwar besser sein können. Die Miete für die Wohnung in der Josefstadt stieg jedes Jahr um ein paar Heller, das Erbe der verstorbenen Eltern war längst aufgebraucht. Den gewohnten Lebensstandard zu halten, wurde von Jahr zu Jahr schwieriger. Dennoch wollte er nicht klagen. Pospischil blickte den Krähen hinterher. Plötzlich riss ihn eine Berührung aus den tiefsinnigen Gedanken. Etwas Warmes, Feuchtes und Raues strich über seine Hand. Erschrocken riss Pospischil den Arm hoch. Da hatte sich tatsächlich ein Hund mit hellem Fell, vermutlich eine Labradormischung, lautlos herangepirscht. Zwei dunkle Knopfaugen blickten ihm treuherzig entgegen. Mit angelegten Ohren. Pospischil wusste die Geste zu deuten. Der Hund war ihm freundlich gesinnt.

»Na, g'hörst du niemandem?« Pospischil sank in die Knie und streichelte dem Hund über den Kopf. »Magst mit mir gehen?«

Das Tier leckte seine Hand.

Er zog sich ächzend hoch, nahm seinen Hut ab und kratzte sich mit der anderen Hand am Kopf. »Sapperlot. Was mach ich denn mit dir? Mir scheint, du bist hungrig oder durstig, oder beides zusammen. Gell?«

Pospischil tastete vorsichtig den haarigen Nacken des Tieres nach einem Halsband ab. Nichts, das auf einen Besitzer hingewiesen hätte. »So ein schönes Tier wird jemandem abgehen«, murmelte er und setzte den Hut wieder auf. Der Hund wedelte mit dem Schwanz. »Also gut«, sagte Pospischil milde, »ich nehm dich zu mir in die Lange Gasse. Allerdings muss ich dich warnen, meine Schwester, die Gerti, ist nicht unbedingt eine Tierfreundin.«

Ein Winseln und ein treuherziger Blick erweichten sein Herz vollends.

»Na, na. Du brauchst dich nicht zu fürchten.« Er tätschelte über den Hundekopf. »Meine Schwester is eh eine Seele von Mensch.« Raschen Schrittes ging er die Treppen des Dammes hinauf und die Berggasse entlang. Das Tier folgte ihm bei Fuß.

Kurz vor dem Wohnhaus in der Lange Gasse setzte Nieselregen ein. Pospischil beeilte sich mit hochgezogenen Schultern in den schützenden Hauseingang. Der Hund hinterher. Als er den Schlüssel in das Schloss der Eingangstür steckte, hörte er Stimmen aus dem Inneren. Lauschend erkannte er Neuhofers tiefes Timbre.

»Na, dann wirst jetzt auch gleich einen Freund und Kollegen von der Polizei kennenlernen, Labrador«, sagte er.

»Jessas, was bringst denn da mit?«, empfing ihn die Gerti mit in die Hüften gestemmten Händen.

»Servus Gerti, servus Martin«, sagte Pospischil. »Das ist Labrador. Er hat sich heute am Kanal für mich entschieden. Was soll i machen? Ich bin nun mal ein Tierfreund.«

»Labrador ist ein lustiger Name für einen Hund«, grinste Neuhofer und die Gerti schlug die Hände zusammen. »Wo soll das Viecherl bei uns schlafen bitteschön?«

»Na bei mir im Zimmer«, erwiderte Pospischil. »Besser als der Bettgänger, den du mir aufzwungen hast.«

»Erstens«, Gerti zeigte ihm ihren gestreckten Zeigefinger, »hat uns der Schichtarbeiter in den vier Monaten, die er bei uns g'schlafen hat, eine Menge Geld dag'lassen, und zweitens kostet das Futter für so ein Viecherl sicher net wenig, lieber Bruder.«

»Papperlapapp. Des bisserl, was der frisst.« Pospischil winkte ab. »Wir werden uns so ein liebes Hunderl leisten können. Wo der Neuhofer erst vor Kurzem durch seinen Protest erwirkt hat, dass unsere Zulagen aufgebessert wurden. Habe ich mich eigentlich schon in aller Form bei dir bedankt, Martin?«

»Dafür schmeißen s' mich jetzt raus.« Martin Neuhofer senkte den Kopf. »Wo ich nichts weiter wollt, als den Familien der Kollegen die sonntägliche Fahrt mit der Elektrischen über den Stephansplatz zu verbilligen.«

»Ich versprech dir, Martin«, Pospischil legte Hut und Mantel ab, goss Wasser für den Hund in eine Schüssel und setzte sich danach zu seinem Freund, »ich werde alles tun, was in meiner bescheidenen Macht steht, um deinen Rausschmiss abzuwenden. Heut hab ich mich eh schon mit dem Chefinspektor ang'legt in der Sache.«

Gerti streichelte dem Hund über das Fell. »Freundlich dürft er ja sein. Ist er denn auch stubenrein?«

»Sonst hätte ich ihn ja nicht mitgebracht, Gerti.«

»Dein Labrador ist eine Dame, lieber Bruder.« Gerti strich das Fell an der Flanke zurück. »Hast net g'schaut?«

Einen Augenblick lang blickte Pospischil verdutzt ins Leere. »Ah, des Geschlecht is mir wurscht«, sagte er dann. »Labrador heißt sie und fertig.«

Der Neuhofer brüllte los und Gerti schüttelte den Kopf. Die Hündin wackelte mit dem Schweif.

»Geh, hast was Gutes kocht heut, Gerti?« Pospischil drehte sich dem Herd zu, hob die Nase und schnupperte. »Es riecht nach Gulasch, würd ich sagen.«

Gerti nahm lachend einen leeren Teller aus der Kredenz, schöpfte aus dem Topf reichlich Gulasch hinein, drehte sich nach dem Hund um und fragte: »Glaubst mag die Labrador a Gulasch?«

»Dem Hund ist dei Gulasch zu scharf«, lachte Neuhofer und nahm einen kräftigen Schluck von dem Bier.

»Hat dir mein Gulasch leicht nicht g'schmeckt?«, fragte Gerti mit großen Augen. Sie stellte auch für ihren Bruder ein Krügerl auf den Tisch.

»Doch. Doch. Gut war's. Wie immer. Aber des Viecherl vertragt den ungarischen Paprika g'wiss net.«

»Da hat der Neuhofer nicht unrecht«, sagte Pospischil. »Gib dem Hund besser was Ungewürztes.«

Gerti zuckte mit den Achseln und öffnete den Eisschrank, da läutete es an der Tür. »Wer kann denn das sein?« Sie fischte eine Knackwurst aus dem Eis und watschelte mit der Wurst in der Hand zur Tür.

»Ist der Herr Polizeiagent anwesend?«

»Ja, aber mein Bruder hat scho Feierabend.«

»Es ist was g'schehn. A Mord im Belvedere.«

»Ja, hat das nicht Zeit bis morgen Früh?«, hörte Pospischil Gerti maunzen, doch da war der Bruder bereits hinter ihr. »Was? Ein Mord im Belvedere? Ein Attentat? Um Gottes willen. Ich habe es geahnt. Das musste eines Tages passieren. Der Franz Ferdinand ist so schrecklich unbeliebt beim Volk.«

»Aber nein, Herr Polizeiagent.« Der junge Mann in Uniform blickte überrascht. »Der Thronfolger ist auf Manöver in Böhmen und erfreut sich gewiss bester Gesundheit.«

Ja, stimmt, dachte Pospischil und biss sich auf die Unterlippe. Wie hatte er das vergessen können. Ganz Österreich war informiert, wenn der Thronfolger bei einem Manöver in den Kronländern weilte. Dafür sorgte die tägliche Berichterstattung in der Kronen Zeitung.

»Es sind abgeschnittene Hände im Muschelbrunnen g'funden worden«, fuhr der Polizist fort, »und wegen der Nähe zu den Räumlichkeiten des Thronfolgers und seiner hochschwangeren Gemahlin und den Kindern hat der Herr Chefinspektor gesagt, müsst ich unverzüglich den Herrn Polizeiagenten Pospischil in seiner Wohnung in der Josefstadt abholen, weil der sei ein Spezialist für heikle Staatsangelegenheiten. Und dann soll i no ausrichten, dass die Sache sehr dringend und äußerst delikat sei.« Der junge Mann hob das Kinn und fügte zackig hinzu. »Streng geheim sozusagen.«

»Na, Gott sei Dank, der Thronfolger und seine Familie sind wohlauf.« Pospischil hob den Blick. »Abgeschnittene Hände sagten Sie? Im Schlosspark des Belvedere?«

Der Polizist nickte eifrig. »Ich hab die Grauslichkeiten nicht mit eigenen Augen gesehen, so hat es der Herr Chefinspektor beschrieben. Und dass da noch was sein könnte.«

»Sie meinen, der Rest des Körpers?«

»Jawohl, Herr Polizeiagent. Grauslich, nicht wahr?«

»Warten Sie. Ich hole Mantel und Hut.« Pospischil fuhr herum und griff an die Garderobenhaken.

»Aber dein Essen, Hansi!«, hörte er die Stimme seiner Schwester im Rücken.

»Halt es warm, Gerti!«

»Ja und die Hündin! Was mach ich denn mit der?«

»Gib ihr die Knackwurst und lass sie in meine Kammer. Labrador wird bei mir schlafen.«

Er hörte Gerti etwas murmeln. Aus dem Hintergrund rief der Neuhofer. »Ich hab nichts g'hört von einer geheimen Mission, Hans. Meine Lippen sind versiegelt.«

»Geh Martin, du derfst alles hörn, bist ja ein Kollege«, rief er im Vorbeieilen in die Küche rein. Mit zwei Schritten war er vor der Tür und stand in Hut und Mantel neben dem Uniformierten. »Gemma, auf was warten wir noch.« Unten auf der Lange Gasse stieg er in das wartende Automobil, das der Polizist in einem abenteuerlichen Tempo Richtung Schloss Belvedere lenkte. Pospischil wäre lieber mit einer Kutsche gefahren, aber was sollte er machen. Der Polizeipräsident liebte das Neumodische und Technische.

KAPITEL 9

1. OKTOBER 1908, GEGEN ABEND

Stockdunkel war es geworden, als das Automobil am Rennweg parkte. Ein groß gewachsener Mann in blauer Offiziersuniform stand am Eingang im Licht einer Laterne und begrüßte den Polizeiagenten mit der Hand an der Kappe. »Major Alexander Brosch, Herr Polizeiagent. Ich leite die Militärkanzlei des Thronfolgers nebenan.«

Er kannte den Offizier nicht persönlich, der Name war ihm indes ein Begriff. Anständiges Adelshaus, keine Skandale. Das Gesicht und die stramme Haltung erinnerten Pospischil an Franz Ferdinand. Nur war dieser hier gewiss jünger und, wenn man das so denken durfte, weitaus besser aussehend als der Thronfolger. Major Brosch schilderte ihm unaufgeregt, wie er gemeinsam mit einem Herrn Krzizek, den er als Sekretär der Modernen Galerie betitelte, die zweite Hand im Muschelbrunnen gefunden habe, nachdem die erste von einem gewissen Herrn Ameseder am gestrigen Tage dort entdeckt worden sei.

Auch der Name Ameseder war Pospischil ein Begriff. Ein sehr gebildeter Herr mit künstlerischen Ambitionen. Dieser Herr Krzizek war ihm jedoch bislang nicht untergekommen.

»Fahren Sie in das Polizeiinstitut auf der Elisabethpromenade und holen Sie mir alle Uniformierten her, die Sie auftreiben können, und vergessen Sie nicht auf Lampen«, befahl Pospischil dem jungen Uniformierten. »Wir müssen die anderen Brunnen durchsuchen, und zwar noch in dieser Nacht.«

Der Wachebeamte schlug die Absätze aneinander und sprang in den Wagen.

»Bei der Dunkelheit wollen Sie die Brunnen durchsuchen?«, fragte Major Brosch. »Ist das denn gescheit?«

»Meinen Sie, es wäre gescheiter, bei Tageslicht vor den Augen von Spaziergängern oder Galeriebesuchern nach einer zerstückelten Leiche zu suchen, Herr Major?«, erwiderte Pospischil trocken.

Der Offizier verzog den Mund. »Folgen Sie mir bitte zu den Fundstücken in das Büro des Herrn Amtssekretär.«

»Na also«, murmelte Pospischil und ging dem Major hinterher.

Im dunklen Büro der Galerie saß der genannte Beamte kreidebleich an einem klobigen Schreibtisch. Vor ihm ein offener Karton.

»Guten Abend«, sagte Pospischil und lugte in die Schachtel. Überrascht hob er die Brauen. So etwas Bizarres hatte er noch nie gesehen. Zwei amputierte Hände auf hellem Packpapier. Arrangiert wie ein Geschenk. Die Schnittränder wirkten glatt und sauber. »Vermutlich mit einem Hackenschlag abgetrennt«, murmelte Pospischil und rückte seine Brille zurecht. »Meine Herren. Ich erlaube mir, den Karton an mich zu nehmen.« Pospischil verschloss die Schachtel mit dem Deckel und klemmte sie unter den Arm. »Zunächst müssen wir feststellen, wann die Tat geschehen ist.«

»In Ordnung«, sagte der Major. »Glauben Sie, das ist möglich … ich meine bei Einzelteilen?«

Pospischil zuckte mit den Achseln. »Wir haben da einen Spezialisten im Institut. Ist Ihnen sonst noch etwas im Park aufgefallen, meine Herren? Blutflecke zum Beispiel?«

Der Major blickte zum Sekretär. Der schüttelte stumm den Kopf.

»Wir dachten zuerst, es handelt sich um einen dummen Scherz«, sagte Brosch.

»Abgetrennte Hände in einem Brunnen? Pardon, das hielten Sie für einen Scherz, Herr Major?«

Brosch hob die Schultern. »Es tut mir leid. War wohl eine Fehleinschätzung. In diesen verrückten Zeiten hält man beinahe alles für möglich. Wissens S', die Galerie stellt jetzt auch moderne Kunst aus.«

»So, so.« Pospischil räusperte sich. »Ich nehme an, das ist der Grund, weshalb Sie erst heute die Polizei verständigten, obwohl bereits gestern eine Hand gefunden wurde. Richtig?«

»Ja«, bestätigte Brosch. »Der Herr Ameseder ist ein fachkundiger Berater in künstlerischen Angelegenheiten. Und er war sich sicher, dass die erste Hand nicht echt war, also nicht von einem Menschen. Wir hatten ihm geglaubt.«

»Außerdem hatten wir gestern sehr viel zu tun«, erklärte der Amtssekretär. »Sie müssen wissen, der große Gustav Klimt hat gestern der Galerie einen Besuch abgestattet.«

»Aha. Der große Gustav Klimt. Ja, der ist mir bekannt«, sagte Pospischil. »Interessanter Künstler.«

»Als wir die zweite Hand gefunden haben«, fuhr der Major fort, »haben wir unverzüglich die Polizei verständigt. Weil uns klar geworden ist, dass es sich um die Hände eines Menschen aus Fleisch und Blut handelt und vielleicht der Rest des Körpers auch irgendwo … irgendwo im Park … zu finden sein könnte.«

»Es ist eine Katastrophe«, klagte der Sekretär. »Wenn das an die Öffentlichkeit dringt!« Die kleinen, blassen Augen des Mannes wanderten unruhig hin und her. »›Der Kuss‹ wird angeliefert, wir müssen umhängen wegen der bevorstehenden Hagenbundausstellung, der Thronfolger wird jede Stunde in Wien zurückerwartet und die Fürstin steht kurz vor der Niederkunft. Es ist eine Katastrophe.«

»Der Kuss?« Pospischil hob die Brauen. »Welcher Kuss?« Die aufbrausende Art des Sekretärs missfiel ihm. Mit Cholerikern hatte er sich immer schon schwergetan.

»Das neueste Gemälde von Gustav Klimt«, erklärte der Major. »Ein kostspieliger Ankauf des Kultusministeriums für die Moderne Galerie. Vermutlich würde ein Mord in der Nähe der Galerie den Versicherungswert für das Exponat in unbezahlbare Höhen treiben.«

»Das können wir uns nicht leisten!« Der Amtssekretär schlug die Hände mit einem Knall zusammen.

»Verstehe.« Pospischil wandte sich ab. »Möglicherweise ist der Mord gar nicht hier geschehen. Blut lässt sich auf natürlichem Boden nicht so leicht entfernen. Und ich gehe davon aus, dass das Zerstückeln einer Leiche eine ziemliche Schweinerei verursacht.«

»Nicht wahr? So etwas macht keiner in einem öffentlichen Park, wo jederzeit jemand auftauchen und stören könnte.« Das Gesicht des Sekretärs glühte. Er ließ die Schultern sinken. »Sie meinen also, der Täter hat woanders getötet und die Leichenteile danach hierher in unseren Park gebracht?«

»Vermutlich, Herr Sekretär.« Pospischil nickte. »Aber nicht weit entfernt.«

»A Leich in unserem schönen Schlosspark!« Krzizek stieß einen tiefen Seufzer aus. »Was wird der Thronfolger dazu sagen?«

»Wäre die Donau nicht viel geeigneter, um einen Leichnam verschwinden zu lassen?« Der Major wandte sich an Pospischil. »Diese Tat ergibt keinen Sinn.«

»Warum die Körperteile ausgerechnet hier in den seichten Brunnen versenkt worden sind, kann ich Ihnen noch nicht sagen. Aber verlassen Sie sich darauf, ich werde es herausfinden. Vielleicht sollten die Teile ja gefunden werden, womöglich lt es sich um eine Art von Demonstration.«

»Um dem Thronfolger und unserer Donaumonarchie zu schaden?« Der Sekretär hob die Augenbrauen. »Ich wusste es!«

Pospischil zuckte mit den Achseln. »Ich möchte nichts ausschließen … vorerst.«

Herr Krzizek fuhr hoch. »Das täte den Verbrechern da unten ähnlichsehen!«

»Welche Verbrecher meinen Sie bitte?«

»Na den Serben. Den Anarchisten vom Balkan!«

»Aha. Können Sie Ihren Verdacht irgendwie erhärten oder gar Beweise vorlegen, Herr Krzizek? Das wäre hilfreich.«

Der Sekretär schüttelte den Kopf. »Ist das nicht offensichtlich?«

»Na ich weiß nicht.« Pospischil schüttelte den Kopf. »Schaun Sie, ich versichere Ihnen, dass wir in alle Richtungen ermitteln und wir werden die heikle Sache diskret behandeln. Sobald wir Ergebnisse haben, werden Sie von uns unterrichtet.«

»Was soll das heißen?« Das Gesicht des Sekretärs lief rot an. »Wir erwarten den Thronfolger in Kürze zurück. Bis dahin muss die Sache geklärt sein.«

Die Tugend der Geduld scheint kein Wesenszug dieses Mannes zu sein, dachte Pospischil und sagte laut: »Wir arbeiten, so schnell wir können.«

»Ja wie lange wird denn das dauern?«

»Ich kann es Ihnen nicht sagen. Es dauert, so lange es eben dauert.«

Krzizek schnaubte. »Das ist keine befriedigende Antwort, mein Herr.«

»Lassen S' uns einfach unsere Arbeit machen, Herr Sekretär.«

»Unerhört! Alexander, so greif doch ein. Das hier ist nicht irgendein Gebäude, das Schloss Belvedere ist die Residenz Seiner Kaiserlichen Hoheit, des Thronfolgers.«

»Lieber Josef, bitte beruhige dich. Die Polizei muss ermitteln. Schließlich handelt es sich um Mord.«

»Mit Verlaub, das steht noch nicht fest«, warf Pospischil ein. »Mord ist es erst, wenn erwiesen ist, dass der bedauernswerte Besitzer dieser Hände … nun ja, wie soll ich es sagen … zum Zwecke der Verstümmelung seines Körpers zuvor getötet worden ist.«

»Von dieser Absicht gehen wir doch alle aus, oder nicht?«, erwiderte Brosch wieder sehr unaufgeregt.

»Ja begreift ihr das denn nicht?« Krzizek wischte mit den Händen vor seinem Gesicht hin und her, als wollte er ein angreifendes Insekt abwehren. »Unsere Feinde planen die monarchistische Ordnung zu zerstören. Der bedauernswerte Besitzer dieser Hände ist gewiss ein Niemand, ein Namenloser, nach dem kein Hahn kräht. Ein Obdachloser, ein Landstreicher. Dass dieses widerliche Verbrechen ausgerechnet im Jahr des Kaiserjubiläums passiert, ist kein Zufall, meine Herren. Ich bin sicher, hier wird etwas inszeniert, um …« Krzizek fuhr herum, denn von draußen hörte man das Quietschen eines bremsenden Wagens. Es folgte ein Gepolter von aufschlagenden Stiefeln und wenige Augenblicke später standen fünf uniformierte Männer mit hell erleuchteten Lampen in der Tür.

»Zu Ihren Diensten, Herr Polizeiagent. Wo sollen wir mit der Suche nach den Leichenteilen beginnen?«

»Nennen Sie das diskret?« Krzizeks Stimme überschlug sich. »Ihre Leute krachen hier herein und brüllen von Leichenteilen, dass es die Nachbarn am Rennweg in ihren Wohnungen von den Stühlen reißt. Ich fasse es nicht! Alexander, unternimm etwas! Du bist der Leiter der Militärkanzlei unseres verehrten Thronfolgers. Weise diese Zivilisten in ihre Schranken. Wir haben einen Ruf zu verlieren!«

Major Brosch hob beschwichtigend die Hände. »Meine Herren. Ich bitte Sie, bringen wir die unangenehme wie unvermeidliche Angelegenheit gemeinsam rasch zu Ende, indem wir geräuscharm von Wasserstelle zu Wasserstelle gehen und nach den Leichenteilen suchen. Wenn der Rest des Körpers in den Brunnen oder in einem Teich versenkt worden ist, werden wir ihn mit vereinten Kräften gefunden haben, bevor sich die Nacht dem Ende zuneigt. Immerhin habe ich mithilfe einer einfachen Stange innerhalb von Minuten die zweite Hand aus dem Muschelbrunnen gefischt.«

»Einverstanden, Herr Major.« Pospischil war dem Offizier dankbar für seine ruhigen und zielführenden Worte. Besser hätte er es auch nicht anordnen können. »Gibt es vielleicht noch weitere Stangen mit Haken, Herr Krzizek, die Sie uns freundlicherweise zur Verfügung stellen könnten?«

Der Sekretär zuckte mit den Achseln. An seiner Stelle bat Major Brosch um einen Moment, lief leichtfüßig in die Galerie hinein und brachte kurz darauf weitere Stangen aus Metall herbei.

Dann ging es los. Im fahlen Schein der Lampen starteten die Männer mit der Suche. Allen voran Major Brosch.

»Die Brunnengruppen im Unteren Belvedere«, führte er mit seiner angenehm ruhigen Stimme aus, »symbolisieren das Werden und Vergehen der Natur, die Fruchtbarkeit der Erde und die lebensspendende Wirkung des Wassers. Die griechische Mythologie spiegelt sich in sämtlichen Figuren wider. Sehen Sie genau hin, Herrschaften. Ich genieße diese Atmosphäre jedes Mal, wenn ich durch diesen zauberhaften Park spaziere.«

Gespenstisch leuchtete der Lichtstrahl in die steinernen Gesichter. Ein Kauz schrie aus den dichten Kronen der Alleebäume.

»Hier wird die Geländestufe durch eine Kaskade überwunden«, erhob sich die Stimme des Majors gegen den kräftig von Norden her aufbrausenden Wind, »die Brunnen werden von der niederen Meeresgottheit beherrscht. Tritonen und Nereiden, Amphitrite und Galatea wechseln ab mit spielenden Putti. Dazwischen die Vasen, Muscheln und allerlei Meeresgetier.«

Die Blicke der Männer richteten sich auf die erleuchteten Figuren im Wasser. Im Angesicht der schaurigen Schönheiten vergaß wohl nicht nur Pospischil für einen Augenblick den Anlass des nächtlichen Besuchs im Park. Erst als sein Blick auf die abgeschlagene Hand einer Steinfigur traf, besann er sich, räusperte sich und wies die Polizisten an, in den Brunnen zu steigen und mit den Stangen Zentimeter für Zentimeter den Boden nach verdächtigen Fundstücken abzusuchen. Er und Major Brosch nahmen die Lampen an sich und leuchteten den Beamten, die tapfer ihre Füße und Waden in das kalte Wasser tauchten.

»Vorsicht!«, mahnte Major Brosch. »Die Algen bilden über den Sommer eine schlammige Schicht auf dem Stein.« Kaum ausgesprochen, rutschte der erste Uniformierte über den Brunnenboden und fiel kopfüber in das dunkle, modrig riechende Wasser. Laut prustend rappelte er sich auf. Die anderen kamen ihm auf der Stelle zur Hilfe, zogen an seinen Armen, bis er wieder auf den Beinen stand. Seine Uniform war durchnässt, die Polizeikappe lag im Wasser. Einer der Männer fischte sie mit der Stange heraus. Der Mann zitterte vor Kälte.

»Gehen S' nach Hause«, raunte Pospischil, »bevor Sie sich eine Lungenentzündung holen.« Die anderen schickte er zurück in den Brunnen. »Bitte suchts weiter. Aber vorsichtig.«

Nachdem im ersten Brunnen nichts Verdächtiges gefunden worden war, ging es über die Freitreppen weiter zu den unteren Kaskaden. Die Männer stocherten mit den Stangen wild um sich. Überallhin trieben sie das Metall. Ohne Erfolg. Bald standen sie an der Hauptkaskade, die den oberen vom unteren Garten trennte. Mittlerweile hatten sich die Wolken dank des böigen Windes verzogen und der beinahe volle Mond erhellte das obere Schloss und die Parkanlage mit einem gespenstischen Licht. An den vier Ecken Richtung Süden hielten stumme Sphingen die Wacht über die Steinfiguren. Im abgesenkten Teil des Parterres thronten zwei Fontänen. An der Mittelachse befand sich die Hauptkaskade. Vom oberen Bassin rauschte das Wasser in fünf Stufen hinab in ein unteres Becken. Im Zentrum der kunstvoll gestalteten Gartenbeete ergossen sich zwei weitere Fontänen mit Darstellungen von Meerespferden. Auf den schmalen Zugängen fanden sich Gruppen weiblicher Liegefiguren aus Stein. Und dann, nach Stunden, die Sterne funkelten am Firmament, wurden die Männer in einem der seitlichen Brunnen fündig. Die Arme und die zerteilten Beine mit den Füßen waren ebenso wie die Hände in Kartoffelsäcke gepackt, mit Bindfäden verschlossen und mit Steinen versenkt worden.

Pospischil ärgerte sich, weil er auf einen Transportwagen zum Wegbringen der Körperteile vergessen hatte. Die triefenden Säcke mit den schweren Leichenteilen mussten von den Männern, die nach dem Stapfen durch kaltes, schenkelhohes Wasser ohnehin schon erschöpft waren, getragen werden. Und die Suche war damit noch nicht zu Ende. Müde stiegen die Polizisten in den großen Teich südlich des Oberen Belvedere. Nach weiteren dreißig Minuten entdeckten sie tatsächlich ein großes Paket auf dem Grund des Brunnens. Nach der Bergung mithilfe der Eisenstangen kam beim Öffnen des Sackes der Torso eines jungen unbekleideten Mannes zutage. Der Brustkorb und das Gesäß zeigten straffe Muskeln, der Bauch war glatt, die Geschlechtsteile unversehrt. An der Brust wuchs dunkles Haar.

»Müsste das Wasser des Teiches nicht blutrot verfärbt sein?«, fragte einer der Polizisten.

»Bald nach dem Eintritt des Todes pumpt das Herz nicht mehr«, erklärte Pospischil trocken. »Das Blut stockt. Es rinnt nur mehr eine farblose Flüssigkeit aus posthum abgeschnittenen Körperteilen. Man nennt es Serum. Welche Stoffe darin enthalten sind, weiß ich nicht so genau. Da müssten Sie meinen Kollegen vom Polizeiinstitut, den Doktor Frisch, fragen. Der kennt sich besser aus mit dem Innenleben von Leichen.«

Der Polizist in Uniform übergab sich auf die Wiese. Die anderen drei stiegen triefend aus dem Teichwasser. »Wir haben alles abgesucht«, sagten sie, »da ist nichts mehr, Herr Polizeiagent.«

»Sind Sie sicher?«, fragte Pospischil enttäuscht. »Ich weiß, ich mute Ihnen viel zu, wenn ich Sie bitte, noch einmal in das kalte Wasser zu steigen, aber haben Sie wirklich den ganzen Teich abgesucht?«

»Hundertprozentig, Herr Polizeiagent.« Der Mann hob die Laterne an sein bleiches Gesicht. »Bitte glauben Sie uns. Wir haben jeden Zentimeter abgesucht.«

»Ausgerechnet der Kopf fehlt«, stellte Pospischil resigniert fest. »Nun gut. Wenn nichts da ist, können wir es nicht ändern. Beenden wir die Suche.«

»Danke, Herr Polizeiagent.« Der Uniformierte verbeugte sich.

»Die Identifizierung wird schwierig«, seufzte Pospischil. »Hoffen wir, dass die Fingerabdrücke der abgeschnittenen Hände etwas ergeben.«

»Was machen wir mit den Körperteilen?«, fragte der Uniformierte mit klappernden Zähnen.

Pospischil starrte sekundenlang auf die auf dem Boden liegenden Fundstücke. Der Mondschein tauchte die Szenerie am Teich vor dem oberen Schloss in ein bizarres blaues Licht. Die Haut der Leichenteile hob sich weiß von der dunklen Wiese ab.

»Legen Sie die Teile zurück in die Säcke und transportieren Sie diese unverzüglich in das Polizeiinstitut bei der Elisabethpromenade«, entschied er. »Mein Kollege, der Doktor Frisch, wird sich morgen die Fundstücke anschauen. Wenn das Abgleichen der Fingerabdrücke in unseren gesammelten Daten keine Ergebnisse liefert, finden sich vielleicht andere Kennzeichen, die uns die Identifizierung der Person ermöglichen.« Er seufzte, bevor er insistierte: »Ohne Kopf wird es aber sehr schwer werden. Sehr schwer.«

»Zu Befehl, Herr Polizeiagent!« Der junge Mann in Uniform salutierte.

»Der Wagen soll unverzüglich zum Institut fahren. Dort schaffen Sie die Teile in den Keller. Dann dürfen Sie nach Hause.«

»Danke, Herr Polizeiagent. Müsste die Leiche nicht zu den Gerichtsmedizinern?«, fragte der Polizist.

»Nein«, erwiderte Pospischil forsch. »Nicht, bevor wir den Kopf haben. Einer ohne Kopf ist genau genommen keine Person, keine vollständige jedenfalls.«

»Zu Befehl, Herr Polizeiagent!« Die Männer packten die Säcke und machten sich eilig auf den Weg durch den nachtblauen Park.

»Sagen Sie, Herr Krzizek«, fragte Pospischil den Sekretär, als die Uniformierten fort waren. »Wer hat Zugang zu den Räumlichkeiten des oberen und des unteren Schlosses? Insbesondere während der Nächte?«

»Ich bin für die Moderne Galerie im Unteren Belvedere zuständig«, antwortete Krzizek. »Neben mir haben der Kassier und die Bedienerin einen Schlüssel. Sie glauben doch nicht, dass die Tat in unserer Galerie geschehen ist?«

»Wie gesagt, wir können nichts ausschließen«, antwortete Pospischil. »Bitte um Verständnis.«

»Das Obere Belvedere wird Tag und Nacht bewacht seit Seine Exzellenz Franz Ferdinand dort residiert«, sagte Major Brosch. »Ich selbst bin für die Sicherheit des Erzherzogs und seiner Familie verantwortlich. Ein Soldat steht Tag und Nacht vor dem Vestibül der Sala terrena. Wenn jemand hinein möchte, muss er an dem bewaffneten Mann vorbei. Niemand Außenstehender hat einen Schlüssel. Ganz bestimmt nicht.«

»Danke für die Auskunft, Herr Major.« Pospischil deutete eine Verbeugung in Richtung des Offiziers an. »Die Bedienerin also und der Kassier«, sagte er nachdenklich zu Krzizek. »Kann ich die morgen sprechen?«

»Der Kassier ist momentan beurlaubt, weil wir die Galerie umhängen und deshalb für das Publikum geschlossen halten«, antwortete der Sekretär. »Aber die Bedienerin tritt zeitig in der Früh ihren Dienst an.«

»Könnte ich die Adressen der beiden Personen haben«, bat Pospischil.

»Sicher. Aber eines sage ich Ihnen gleich in aller Deutlichkeit: Für meine Angestellten lege ich beide Hände ins Feuer. Ich vertraue ihnen blind.«

»Das ist schön für Sie, Herr Krzizek, ich muss die Leute trotzdem befragen. Das ist meine Aufgabe als Sicherheitsorgan.«

Krzizek erwiderte nichts, Pospischil konnte jedoch an seinem Mienenspiel ablesen, was er über ihn und seine Mission dachte.

»Gehen wir gemeinsam hinunter in die Galerie«, sagte der Sekretär tonlos. »In meinem Büro werde ich die Adressen für Sie auf einem Zetterl notieren.«

»Es ist kalt geworden.« Pospischil rieb sich die Hände. »Ich bin todmüde. Beeilen wir uns.«

Der Major hatte sich von der Gruppe etwas entfernt. Nun trat er näher, um sich zu verabschieden. »Ich wohne in der Nähe des oberen Schlosses«, sagte er. »Ich werde das Stück zu Fuß gehen. Die frische, klare Luft wird mir guttun.«

Herr Krzizek schüttelte dem Major in einer derart überschwänglichen Weise die Hände, dass Pospischil seine Schlüsse zog. Die beiden waren sehr vertraut. Auch Pospischil bedankte sich bei dem Offizier für seine Mithilfe. Jedoch, wie es sich für einen Zivilen geziemte, tat er dies mit einem respektvollen Griff an die Hutkrempe, keinesfalls mit Handschlag.

Als Major Brosch gegangen war, eilten der Sekretär und der Polizeiagent schweigend über die einsamen Wege hinab durch den stillen, nächtlichen Park. Der würzige Duft der Buchsbaumhecken hing schwer in der Luft. Das Mondlicht war hinter einer dichten Wolkenwand verschwunden und warf kaum wahrnehmbare Schatten über den weißen Stein der Brunnen und Figuren.

KAPITEL 10

2. OKTOBER 1908

Doktor Leopold Frisch sah erholt aus, als Johann Pospischil ihn am nächsten Tag im Büro des Polizeiinstituts antraf. Eine sanfte Bräune lag auf seinem Gesicht. Der kurze Urlaub bei seiner Mutter im Voralpengebiet am Semmering schien ihm gutgetan zu haben. »Wie geht's der Frau Mama, Kollege, und dem Fräulein Rosi?« Seit zehn Jahren wohnte die junge Frau aus dem Marchfeld in Untermiete bei der Witwe Frisch und half bei der Betreuung der Sommerfrischegäste.

»Danke der Nachfrage, sehr gut, Chef«, antwortete der Kollege, wobei ein Leuchten über seine Miene flog. »Die Rosi ärgert sich halt noch immer, weil sie als Frau nicht die Rechte studieren darf.«

»Ich verstehe überhaupt nicht, weshalb sich das Fräulein Rosi unbedingt ein Jus-Studium einbildet«, sagte Pospischil. »Medizin wäre viel gescheiter. Das Doktorat dürfen neuerdings auch die Frauenzimmer inskribieren. Haben Sie gewusst, Frisch, dass in der Alser Straße seit Kurzem eine gewisse Baronin Gabriele Possanner von Ehrenthal praktiziert? Eine tatsächlich fertig ausgebildete Ärztin. Keine schlechte, so hört man. Ihre Praxis soll überrannt werden. Nur von Frauen, versteht sich.«

Pospischil schmunzelte. »Die Herren trauen der Frau Doktor wohl keine treffende Diagnose zu. Die Wiener Damen scheinen in der Tat auf einen weiblichen Mediziner gewartet zu haben, offenbar lassen sich manche nicht gerne von männlichen Ärzten untersuchen.«

Pospischil neigte den Kopf. »Ich kann es verstehen … besonders bei Leiden, die uns Männern aufgrund unserer Natur … nun ja … fremd sind.«

»Ja, Chef. Aber eine Baronin hat Beziehungen, das macht alles einfacher. Und die Rosi ekelt sich vor Blut. Da ist die Medizin wohl kaum das Richtige.«

»Aber was«, protestierte Pospischil. »Die Rosi ist eine gescheite und resolute Person. Sie würde sich als Ärztin geschickt anstellen und jeder Ekel lässt sich mit gutem Willen und Disziplin überwinden.« Pospischil ließ sich gähnend in den breiten Stuhl fallen. »Sind S' mir nicht bös, Kollege, das Studium der Rechte verlangt nun mal nach dem scharfen, männlichen Verstand.«

»Ich habe gehört, dass es bei Ihnen spät geworden ist gestern«, wechselte Frisch das Thema.

»Ja, in der Tat. Letzte Nacht hat sich viel ereignet. Der schöne Park des Belvedere hat seine Unschuld verloren. Haben Sie sich schon die Leiche ang'schaut?« Pospischil seufzte tief.

»Sie meinen die Einzelteile, die hinter der Asservatenkammer für mich bereitgelegt wurden?«

Pospischil nickte. »Der Kopf ist noch irgendwo da draußen. Das spüre ich.«

Frisch schlug das Protokollbuch zu. »Es handelt sich um einen Mann zwischen zwanzig und dreißig Jahren. Mit Sicherheit war er ein starker Raucher. Seine Fingerkuppen sind gelb verfärbt. Wenige Stunden nach Eintritt des Todes wurde er zerstückelt. Die Todesursache ist nicht feststellbar. Die Körperteile wiesen jedenfalls keinerlei Verletzungen auf.«

Pospischil hob verwundert die Augenbrauen.

»Ich weiß, was Sie jetzt denken«, sagte Frisch, »aber rein theoretisch könnte ein Mann eines natürlichen Todes sterben oder Selbstmord begehen und danach von jemandem zerstückelt werden. Fragen S' mich bittschön nicht, was das für einen Sinn ergäbe. Rein technisch wäre es möglich. Die Körperteile, die gefunden wurden, weisen definitiv keinerlei Verletzungen auf, die zum Tode geführt hätten. Es könnte sich also in unserem Fall um das relativ harmlose Verbrechen der Leichenschändung handeln.«

»Wir brauchen den Kopf«, sagte Pospischil. »Und ich bin überzeugt, es war Mord.«

»Vermutlich, aber die Beweise …«

»Sapperlot.« Pospischil schnitt seinem jungen Kollegen das Wort ab. »Ihr Wissenschaftler braucht immer Stichhaltiges. Euer Reglement ist mir bekannt. Dennoch sage ich, es war Mord.«

Frisch schwieg und senkte den Blick. »Die vom gerichtsmedizinischen Institut im neunten Bezirk haben schon nach unseren Leichenteilen gefragt. Vielleicht finden die noch mehr heraus. Ich bin Entomologe und noch kein Pathologe, Chef, auch wenn ich den zweiten akademischen Abschluss ansteuere, so gut ich das neben meiner Arbeit bei der Polizei zu bewältigen vermag. Zwar bin ich davon überzeugt, dass eine starke Übereinstimmung zwischen Mensch und Tier besteht, fürchte jedoch, mich mit Insekten immer noch besser auszukennen als mit Menschen.«

Pospischil winkte ab. »Wie sagten Sie vorhin, der Mann wurde nicht lange nach seinem Tod zerstückelt, aber auch nicht unmittelbar danach?« Pospischil trommelte abwesend mit den Fingern auf den Tisch. »Und die Leich bleibt da, bis wir den Kopf gefunden haben. Basta.«

»Der Torso ist recht gleichmäßig durchblutet«, sagte Frisch zögerlich. »Wäre der Körper nach dem Ableben eine längere Zeit gelegen, hätte das Blut stärker absinken müssen.« Stirnrunzelnd blickte er hoch. »Wenn ich anmerken darf, Chef, die Vorschriften des Präsidiums besagen, dass Personen, die auch nur mutmaßlich durch ein Verbrechen zu Tode gekommen …«

»Sapperlot«, fiel Pospischil ihm ins Wort. »Vorschriften sind selbstverständlich ernst zu nehmen. Manchmal sind sie schlicht und einfach nur kontraproduktiv, und jetzt will ich nichts mehr davon hören.« Pospischil rückte die Brille auf seiner Nase zurecht. »Das gestockte Blut folgt der Schwerkraft. Je länger der Tote liegt, desto stärker die Totenflecken. Richtig, Kollege?«

»Richtig, Chef. Mit dem Herzstillstand hört der Blutfluss auf. Dies geschieht innerhalb weniger Minuten.«

»Das hab ich alles von Ihnen gelernt, Kollege. Auch was aus dem Leichnam bei der Entspannung der Muskulatur abgehen kann. Harn, Kot oder Sperma, richtig?«

»Ja, Chef, und die farblose Flüssigkeit des Körperserums. Denken Sie an Jesus Christus. Aus seiner nach dem Tod zugefügten Seitenwunde trat laut den alten Schriften Wasser aus.«

»Du liebe Güte, Frisch. Was Sie für Bilder im Kopf haben.«

»Na ja. Ich musste bislang nie die Todesursache von Leichenteilen untersuchen. In so einer Ausnahmesituation können Gedanken schon mal abschweifen. Übrigens schätze ich, dass die Teile noch nicht lange im Wasser gelegen sind. Höchstens zwei bis drei Tage. Nach dem Larvenbefall zu schließen, befand sich die Leiche vor der Versenkung in den Brunnen nicht im Freien.«

»Aha.« Pospischil überlegte laut. »Der Mann ist also noch nicht lange tot, vermutlich starb er gegen Ende September, und es könnte des Weiteren der Körper im Park relativ problemlos zerstückelt worden sein.«

Frisch nickte zögerlich. »Na ja. Der Park ist öffentlich zugänglich. Auch in der Nacht. Ich meine, selbst bei großer Kraft des Täters würde es eine Zeit dauern, einen Körper zu zerteilen. Und wie ich schon sagte, die Zerstückelung erfolgte nicht unmittelbar nach dem Tod und der Körper lag nicht im Freien.«

»Hm.« Pospischil kratzte sich hinter dem Ohr. »Also hat man das Opfer in Räumlichkeiten zerstückelt und danach in Säcke gepackt und mit Steinen in die Brunnen und Teiche des Belvedere versenkt. Hätte sich nicht diese eine Hand aus dem Sack gelöst, wären die Leichenteile womöglich erst beim Ablassen der Brunnen vor dem Winter entdeckt worden. Obwohl die Gefäße und Teiche im Belvedere seicht sind, das Wasser ist nach dem Sommer durch die Algen dunkel und trüb. Da sieht man kaum bis auf den Grund.«

»Hm.« Frisch lehnte sich zurück und verschränkte die Arme. »Wenn ich mir eine Frage erlauben darf, Chef. Warum wirft unser Täter die Säcke nicht in die Donau? Dort wären sie durch die Strömung vielleicht erst bei Pressburg angeschwemmt worden.«

»Vielleicht weil der Täter in der Nähe des Schlosses Belvedere die Tötung und die Zerteilung vorgenommen hat«, überlegte Pospischil, »und nicht in der Lage war, mit dem Gewicht durch halb Wien …«

»Also war es jemand aus dem Belvedere, Chef?«

»Jemand aus der Galerie! Vielleicht ist es ja auch eine gezielte Aktion und man wollte tatsächlich dem Thronfolger schaden, wie es der Sekretär angedeutet hat!«

»Oder jemand aus der Militärkanzlei am Rennweg, Chef.«

»Das glaube ich nicht, Frisch. So eine bizarre Tat hat nichts Militärisches an sich.«

»Sie meinen, das Zerstückeln von Leichen hat etwas Künstlerisches, Chef?«

Pospischil musste schmunzeln. »Ja, vielleicht.«

»Oder es war jemand aus dem oberen Schloss.«

»Ausgeschlossen, Frisch. Die Residenz des Thronfolgers wird Tag und Nacht bewacht. Das wäre zu verwegen, selbst für einen Feind unseres heißgeliebten Vaterlands.« Pospischil zwinkerte ironisch.

»Die Galerie ist nachts unbewacht. Der ideale Ort für das Zerhacken von Körpern.« Frisch pfiff durch die gepressten Lippen. »Ob uns der Richter dort hochoffiziell eine Hausdurchsuchung erlauben wird?«

Pospischil rappelte sich auf. »Ein Schritt nach dem anderen, Herr Doktor. Ich fahre jetzt zu diesem Kassier und schau mir den mal an.«

»Und wenn es jemand aus den Wohnhäusern rund um den Park gewesen ist?«

»Das ist auch möglich, Frisch. Aber ein Gefühl sagt mir, unser Täter pflegt eine enge Beziehung zum Schloss Belvedere.«

Als Pospischil an der Tür stand, drehte er sich noch einmal um. »Ach, was ich noch wissen wollte, Frisch. Welche Instrumente wurden verwendet, um die Leiche zu zerteilen?«

Frisch blickte hoch. »Da kann ich nur spekulieren. Manche Trennstellen sind sehr glatt, andere wiederum zerfranst, als ob es Mühe gemacht hätte, zu ...« Er räusperte sich. »Vermutlich hat der Täter mit einer Hacke angefangen und ist dann zu einer Säge übergegangen.«

»Also ein Mann mit wenig Erfahrung in der Abtrennung von Gliedmaßen.«

»So könnte man es sagen, Chef. Einen Fleischer oder Arzt würde ich eher ausschließen. Aber auch das ist reine Spekulation.« Frisch neigte den Kopf zur Seite. »Um noch mal auf die Vorschriften zurückzukommen, Chef ...«

»Wollen S' mich ärgern, Frisch?« Pospischil stemmte die Arme in die Hüften. »Hören S' auf, mich zu maßregeln. Des kann ich nicht leiden.«

»Würde ich nie wagen, Chef. Aber der Mann könnte vergiftet worden sein, und da kann nur das Labor im Allgemeinen Krankenhaus ...«

»Vergiftet?« Pospischil schüttelte den Kopf. »Vergiften ist das Werkzeug von Frauen und Frauen wiederum neigen bekanntlich selten dazu, Leichen zu zerstückeln und in einem Schlosspark zu verteilen, oder?«

»Vermutlich nicht, Chef.« Frisch senkte das Kinn an die Brust.

»Danke, dass Sie mir zustimmen, lieber Frisch. Sobald wir den Kopf haben, werden wir wissen, woran die arme Sau gestorben ist, und dann lassen wir die Leiche zu den Gerichtsmedizinern bringen, versprochen.« Pospischil drückte den braunen Hut auf sein schütteres Haupthaar. »Sie sind mir stets eine große Hilfe, Kollege, richten Sie bittschön die herzlichsten Grüße an das Fräulein Rosi und die Frau Mama aus. Gerne würde ich wieder einmal auf einen Sprung zu euch auf den schönen Semmering reisen. A bisserl wandern in der guten Bergluft, ja, das wär herrlich.«

»Gerne, Chef. Die Mutter und die Rosi würden sich freuen.«

Pospischil lüftete den Hut und ging.

Hans Sobotka war ein kleiner, kräftiger Kerl mit kurzen Armen, krummen Beinen und einem runden Kopf auf kurzem Hals. Insgesamt eine recht bullige Erscheinung. Mit freundlicher Miene ließ er den Polizeiagenten in seine Mietwohnung an der unerträglich lauten Salztorbrücke nahe des belebten Fischmarkts eintreten. Wenigstens waren die Fenster der Wohnung in den Innenhof gerichtet. Es drang zwar kaum Licht in die winzige Küche, deren unebener Plafond aus schäbigen Brettern jeden Moment herniederzubrechen schien, dafür hörte man das Brausen und Rattern des Verkehrs nicht so stark wie an der Vorderseite. Eine schmale Tür führte aus der Küche in einen weiteren Raum. Pospischil vermutete dahinter das Schlafkabinett.

»Meine Frau ist gerade am Tandelmarkt einkaufen«, sagte der Kassier mit hochgezogenen Schultern, als wollte er sich für die herrschende Unordnung entschuldigen. Schmutziges Geschirr auf dem Tisch, an einer Leine hing feuchte Männerunterwäsche. Fast wie bei mir zu Hause, dachte Pospischil und schmunzelte in sich hinein. »Es ist ganz gut, wenn wir ungestört sind«, sagte er und fing mit der Befragung an.

»Verzeihen Sie meine Unhöflichkeit«, sagte Sobotka kleinlaut, »darf ich Ihnen ein Glas Bier oder Wasser anbieten?«

»Ein Glas Wasser wäre fein. Ich bin ja im Dienst.« Pospischil lachte kehlig.

Herr Sobotka stand auf, griff nach einem Glas auf dem Brett an der Wand und ließ Wasser aus einem Krug einlaufen.

»Danke«, sagte Pospischil, nahm einen kräftigen Zug und fuhr fort. »Seit wann arbeiten Sie in der Modernen Galerie als Kassier?«

»Seit 1903, also von Beginn an. Ich verkaufe Kataloge und nehme den Besuchern an der Tür die Eintrittsgebühr ab. Eine ganze Krone. Der Preis hat sich noch nie erhöht. Der Herr Amtssekretär besteht darauf, obwohl in Wien alles teurer geworden ist in den vergangenen Jahren. Jeder, der unsere Kunstwerke sehen will, sagt der Herr Amtssekretär immer, der soll sich auf die Moderne Galerie verlassen können. Eine ganze Krone seit Beginn. Mit den Verkäufen und Ankäufen von Gemälden habe ich aber nichts zu tun, weil da kümmert sich der Herr Amtssekretär persönlich drum.« Plötzlich schien dem Sobotka ein schlimmer Gedanke einzuschießen, denn sein Gesicht veränderte sich, wurde sorgenvoll. »Darf ich fragen, Herr Polizeiagent, was verschafft mir die Ehre Ihres Besuches? Ist etwa eingebrochen worden im Unteren Belvedere? Sie müssen wissen, ich bin für einige Tage beurlaubt. Der Herr Amtssekretär hat das Haus wegen der Klimt-Sache und wegen der Hagenbundausstellung für die Besucher geschlossen. Ich versichere Ihnen, ich hab am letzten Tag die Abrechnung der Eintrittsgebühren korrekt gemacht und die Handkassa im Büro abgegeben.«

»Es wurde gestern Nacht eine Leiche im Park des Belvedere gefunden«, antworte Pospischil knapp. Der Redeschwall des Mannes ermüdete ihn.

»Eine Leiche?« Aus dem Gesicht des Mannes wich jede Farbe. »Es ist der kaiserlichen Familie doch nichts zugestoßen?«

»Wie kommen Sie darauf, Herr Sobotka?«

»Na, weil der Herr Amtssekretär immer sagt, die Feinde der Monarchie würden dem Thronfolger den Tod wünschen.«

»So, sagt er das?« Pospischil nahm noch einen Schluck von dem lauwarmen Wasser und ließ dabei sein Gegenüber keine Sekunde aus den Augen.

»Denken Sie das auch, Herr Sobotka, dass dem Thronfolger jemand den Tod wünscht?«

»Ich?« Sobotka schürzte die Lippen. »Ich denke gar nichts.«

»Dennoch sorgen Sie sich um die kaiserliche Familie?«

»Ein Monarch wird durch Gottes Gnaden zum Kaiser gekrönt. Kein Mensch darf sich anmaßen, die Hand gegen einen Kaiser oder seine Familie zu erheben. Das wäre Hochverrat und würde mit dem Tod bestraft werden.«

»Wo bewahren Sie Ihren Schlüssel für die Galerie auf?«

»Den Schlüssel?« Sobotka stand auf, nahm ein weiteres Glas vom Regal, goss ein wenig Wasser ein und setzte es zittrig an die Lippen. »Hier«, sagte er und fischte mit gespitzten Fingern einen Bartschlüssel von einem Nagel an der Wand. »Hier bewahre ich ihn auf.«

»Hängt der immer dort? Für jedermann sichtbar?«

»Ich nehme ihn morgens mit, wenn ich zur Arbeit gehe, und abends nach dem Dienst hänge ich ihn wieder dorthin.«

»Wer wohnt noch in dieser Wohnung?«

»Nur meine Frau und ich. Unser Sohn ist leider jung verstorben.«

»Ihr einziger Sohn?«

Herr Sobotka nickte.

»Das tut mir leid. Ihre Frau hat also des Nachts und wohl auch am Sonntag und an allen anderen arbeitsfreien Tagen Zugriff zu dem Schlüssel?«

»Den rührt sie nicht an. Das schwöre ich, Herr Polizeiagent. Sie ist eine brave Frau. Und sie würde nie die Galerie besuchen. Wozu bräucht sie also diesen Schlüssel?«

»Warum besucht Ihre Frau nie die Galerie? Wenn ich fragen darf, Herr Sobotka?«

»Weil es sie nichts angeht und sie mich nur stören würd. Außerdem interessiert sie sich net für Bilder und Kunst im Allgemeinen. Sie hat für das Essen, für die Wäsch und für die Ordnung in der Wohnung zu sorgen. Meine Arbeit ist mein Reich. Deshalb.«

»Aha. Na gut. Aber ich kann Sie beruhigen. Eine Frau käme für diese Tat kaum infrage. Zumindest nicht alleine. Das war es auch schon, Herr Sobotka.« Pospischil stand auf. »Und bitte halten Sie sich weiterhin zur Verfügung für den Fall, dass ich noch etwas von Ihnen brauchen sollte.«

»Selbstverständlich, Herr Polizeiagent. Stets zu Ihren Diensten.« Herr Sobotka schien sehr erleichtert. Seine Gesichtsfarbe hatte sich gebessert. »Wer ist denn überhaupt der Tote, den Sie gefunden haben, wenn ich untertänigst fragen dürfte?«

»Wir arbeiten daran, dies herauszufinden. Ich kann Sie erneut beruhigen. Mit Sicherheit ist es niemand aus der kaiserlichen Familie. Im empfehle mich, Herr Sobotka.«

»Ähm, Pardon, Herr Polizeiagent, mir ist da grad noch was eing'fallen.«

»Ah ja.« Pospischil drehte sich um und blickte erwartungsvoll auf den kleinen Mann hinab.

»Weil es um Mord geht und Mord ist eine ernste Angelegenheit, nicht wahr, und da möchte ich dem Herrn Polizeiagenten gerne eine Beobachtung schildern.« Sobotka sah verlegen zu Boden.

»Ja bitteschön, berichten Sie, ich höre zu.«

»Na ja, von Beginn an, also seit den fünf Jahren, die ich in der Galerie als Kassier arbeite, ist mir immer wieder aufgefallen, wie nah sich die Bedienerin, diese Frau Kührer, und der Herr Amtssekretär stehen. Ziemlich nahe.« Sobotka räusperte sich geräuschvoll. »Körperlich nahe, wenn Sie verstehen, was ich meine. Und die schöne Wohnung in der Ungargasse, die hat sie nur gekriegt, weil sie mit dem Herrn Amtssekretär, der übrigens auch dort wohnt, gemeinsam mit seiner Gattin, nun ja, eben sehr gut bekannt ist. Weil dort wohnen eigentlich nur bessere Leut, wissen S'. Solche mit Matura und aufwärts. Und die Bedienerin hat g'wiss ka Matura. Ich will ja nicht neidig oder kleinkariert erscheinen. Wie heißt es so schön. Schuster bleib bei deinen Leisten.«

»Aha. Interessant.« Pospischil rückte seine Brille zurecht und sah Herrn Sobotka eindringlich in die Augen. »Ist diese enge Beziehung den jeweiligen Ehepartnern bekannt, was meinen Sie?«

Sobotka zuckte mit den Schultern. »Geht mich nichts an, Herr Polizeiagent. Ich hab's ja auch nur g'sagt, weil es sich um Mord handelt. Da muss man alles sagen, was man weiß und der Sache dienlich sein könnte. Ich hab ja nichts gegen die Kührer und gegen den Herrn Amtssekretär schon gar nicht. Ich arbeite gerne in der Galerie.«

»Dass Sie mir ihre Beobachtung mitgeteilt haben, ist sehr korrekt von Ihnen, Herr Sobotka, ich empfehle mich.« Pospischil zog den Hut und machte auf dem Absatz kehrt.

KAPITEL 11

3. OKTOBER 1908

Erna Kührer stand vor dem Spiegel und betrachtete sich prüfend. Ihre Wangen zeigten eine frische Röte, ein verräterischer Schimmer leuchtete aus ihren dunklen Augen. Die Stunden mit Franzl letzte Nacht hatten ihr gutgetan. Beinahe war es gewesen wie früher, als sie noch keine Kinder hatten. Erna formte einen Kussmund. Trotz ihrer vierzig Jahre sah man ihr nicht an, dass sie diese Nacht kaum geschlafen hatte. Nicht die lästigen Albträume hatten sie am Schlafen gehindert. Dem Franzl seine Leidenschaft war es gewesen. Richtig wild ist es zugegangen heut Nacht … Mit einem wohligen Seufzer hob sie die angewinkelten Arme, kreuzte sie hinter dem Kopf und hob ihr Kinn. Die Fürstin war zwar adelig und bald würde sie neben dem künftigen Kaiser auf dem goldenen Thron sitzen, aber sie, die Erna Kührer aus einfachsten Verhältnissen, hatte eindeutig das bessere, das freiere Leben. Mit dem Franzl an ihrer Seite wünschte sie sich noch viele schöne Jahre. Mit ihm würde sie alt werden. Erna labte sich an ihrer Liebe zu Ehemann und Kindern. Sie war eine brave Frau und sie schätzte die Arbeit im Belvedere. Insbesondere seit sie der Fürstin gelegentlich zur Hand gehen durfte. Heute war wieder so ein Tag, der Krzizek hatte es ihr gestern versprochen, an dem sie das Staubtuch zur Seite legen und im oberen Schloss durch die kaiserlichen Wohnräume schreiten durfte. Nicht um zu putzen, nein, um die Frau des Thronfolgers zu unterhalten, ihr Haar zu frisieren, ihr Kopfweh fortzumassieren und die kaiserlichen Sprösslinge zur Ordnung zu rufen. Erna war jetzt eine Zofe des kaiserlichen Hofes. »Franzl!«, rief sie, »Ich wär dann so weit!«

Ihr Mann stand in der offenen Tür zur Wohnküche, an seinen Händen die Zwillinge. Die Knaben zappelten ungeduldig. Sie freuten sich auf das Pferd im Stall. Wie sie vernarrt waren in den alten Gaul! Erna schmunzelte.

»Eure Mutter wird immer schöner«, sagte Franz und die Zwillinge stimmten plappernd mit ein. »Ja, unsere Mama ist die Schönste.«

Erna küsste Franzl lachend auf den Mund, streichelte den beiden Söhnen über die Haare, murmelte »seid brav, meine Buben, bis heute Abend« und huschte über den schmalen Flur in die Schlafkammer, um sich auch von Klementine zu verabschieden. Das Mädchen saß in ihrem Nachthemd mit offenem Haar und kerzengeradem Oberkörper auf der Bettkante und starrte an die Wand. Seit jenem Ereignis im Stadtpark sprach sie so gut wie kein Wort. Lautlos und blass wie ein Geist bewegte sie sich durch die kleine Wohnung. Wegen des Leidens, das trotz aller Bemühungen nicht zu heilen schien, hatte man sie von der Schulpflicht befreit. Erna betrachtete mit einem tiefen Seufzer das schweigende Kind. Eigentlich war sie froh, dass Klementine nicht außer Haus ging. Sie musste sechs Tage in der Woche zur Arbeit und konnte nicht auf sie aufpassen. Franzl hatte mit den Zwillingen beide Hände voll zu tun. Erna nahm die Bürste von dem Nachtkästchen, setzte sich neben die Tochter aufs Bett, glättete die seidigen blonden Wellen, flocht zwei Zöpfe und küsste das Kind auf den duftenden Scheitel. »Mein Klementinchen«, hauchte sie. »Bis du heiratest, ist alles wieder gut.« So hatte damals ihre Mutter sie getröstet, wenn sie sich beim Herumtollen mit den Brüdern Blessuren zugezogen hatte. »Bis zum Heiraten ist alles gut.«

Die Tochter verdrehte die Augen und fiel wortlos rücklings auf das Bett. »Alles wird gut«, sagte die Mutter. »Schlaf noch ein wenig. Bald bin ich wieder bei dir.« Erna zog die Decke hinauf und küsste Klementine auf beide Wangen. Im Flur stand Franz mit den Zwillingen und wartete. Erna griff nach dem Mantel auf dem Haken, schlüpfte in die schwarzen Halbschuhe, nahm die Tasche, verschloss die Tür von außen und gab Franz den Schlüssel. »Gib gut acht auf unsere Kinder«, sagte sie und eilte die Treppen bis zum Haustor hinab.

»Grüß mir die Familie des Thronfolgers«, rief ihr Franz hinterher. Doch sie war schon auf der Straße. Guter Dinge spazierte sie in der milden Herbstsonne die Ungargasse entlang. Neugierig spähte sie in die schmucken Auslagen der Geschäfte so wie an jedem Wochentag, obwohl sie niemals dort etwas einkaufen würde. Viel zu teuer waren die Kleider und die schicken Hüte. Erna seufzte. Manchmal traf sie morgens auf dem Weg ins Belvedere den Herrn Krzizek. Meistens allerdings war er vor ihr in der Galerie und verließ die Räumlichkeiten nach ihr. Erna dachte an die Ehefrau des Amtssekretärs. Das Dienstmädchen erledigte wohl die Einkäufe. Ach wie schön wäre es, ein Dienstmädchen zu haben. Erna atmete tief durch und presste die Handtasche an ihre Hüfte. Die Freifrau sah man höchstens an den Sonntagen mit ihrem Gemahl, wenn sie gemeinsam in die Kirche gingen. In letzter Zeit sah man den Krzizek immer öfter alleine. Es hieß, die Freifrau sei leidend und würde von heftigen Schwindelanfällen am Ausgehen gehindert. Das blaue Blut der Dame sei der Grund. Das hatte der Hausmeister Erna vor Kurzem zugeflüstert. Der Adel mische das Blut zu wenig und deshalb entwickelten sich von Generation zu Generation schlimme Erbkrankheiten. Darum hat sie sich vielleicht mit dem bürgerlichen Krzizek vermählt, dachte Erna. Um das Blut zu mischen. Obwohl, die Kinderlosigkeit der beiden, spann sie ihre Gedanken weiter, lag womöglich an einer solchen Erbkrankheit. Die Ärmste. Ein Leben ohne Kinder war für Erna unvorstellbar. Zügig schritt sie die Freitreppe hinauf und blickte zum prächtigen Schloss der Habsburger. Sie freute sich auf das Lachen der kaiserlichen Kinderschar und auf die anregenden Gespräche mit der Fürstin Sophie.

Leider fühlte sich die Fürstin heute unpässlich. Ihre Laune war furchtbar. Mit ihrer kraftvollen Stimme beklagte sie sich über die zankenden Kinder ebenso wie über den respektlosen Hof, am allermeisten beschwerte sie sich an diesem Morgen über die Unverschämtheit des Herrn Major Brosch. Der Offizier nehme sich Dinge heraus, wie er es bei einer künftigen Kaiserin niemals wagen würde, so die Fürstin. »Seit acht Uhr Früh pirscht er durchs Haus und stellt der Dienerschaft seltsame Fragen. Die Einfältigen stecken die Köpfe zusammen und tuscheln hinter meinem Rücken, als würde ich nicht bemerken, dass etwas Seltsames vor sich geht. Es ist unerhört!«

Erna brauchte nicht viel Fantasie, um zu erahnen, dass die Fürstin Sophie dem engsten Vertrauten des Thronfolgers aus der Militärkanzlei wenig Sympathie entgegenbrachte. Obwohl er so eine fesche, freundliche Erscheinung war. Kurzerhand befahl die Fürstin den Haushofmeister Janaczek zu sich. Auch er wand sich und wollte nicht mit der Sprache herausrücken. Das Zieren des alten Dieners schien die Gattin des Thronfolgers bis aufs Äußerste zu erzürnen. »Zum Kuckuck«, rief sie. »Gibt es hier niemanden, der mir endlich sagt, was hinter meinem Rücken vor sich geht?«

Da endlich schien die Fürstin Erna zu bemerken. »Bittschön, Sie ist doch gut mit den Hofbediensteten. Finde Sie für mich heraus, was getuschelt wird. Wenn selbst der Janaczek nichts redet, dann ist es etwas Wichtiges. Eine Verschwörung gegen meinen Ehegatten? Dem verlogenen Hofstaat trau ich alles zu.« Die letzten Worte hatte die Fürstin Erna zugeflüstert.

Erna versprach der Durchlaucht, dem vermeintlichen Geheimnis rasch auf die Spur zu kommen. Alles war besser als putzen und für den Krzizek den Rock heben zu müssen. Das dachte sich Erna, als sie entschlossen losging, um im Auftrag der Fürstin zu spionieren. Allein, die Dienerschaft war nicht gewillt, der Bedienerin aus der Galerie Auskunft zu geben. Der Herr Major Brosch sei nur hier gewesen, um nach dem Rechten zu sehen, antworteten sie schnippisch auf Ernas Fragen. Es half nichts. Sie musste auf andere, auf direktere Weise das Rätsel lösen. Erna suchte im Schloss nach dem Major, aber er war nicht aufzutreiben, befand sich vermutlich schon wieder auf dem Weg zurück in die Kanzlei am Rennweg. Mit kurzem Atem huschte sie über die marmornen Treppen hinauf in den ersten Stock bis in den braunen Marmorsaal. Von dort würde sie einen guten Blick auf den Park mit seinen zwölf Brunnen bis hinab zum unteren Schloss haben. Sie musste der Fürstin Ergebnisse liefern. Keineswegs durfte sie in Ungnade fallen, um ihre Stelle als Kammerzofe nicht gleich wieder zu verlieren. Aus dem reich verzierten Saal mit den Säulen aus braunem Marmor und der üppigen Freskenmalerei bot sich an diesem klaren Oktobertag tatsächlich ein herrlich klarer Blick über den Stephansdom bis in die Ländereien und Weingärten rund um den Kahlenberg und den Leopoldsberg. Erna ließ ihre Augen unruhig wandern. Bis sie am Ende der Freitreppe den groß gewachsenen Major in seiner schönen Uniform an der Seite eines kleineren und korpulenten Zivilisten erspähte. Die beiden ungleichen Männer bewegten sich nach einer kurzen Unterredung zügig auf den Eingang des Schlosses zu. Schon redeten die beiden Männer mit dem Wachsoldaten vor dem Vestibül. Erna wirbelte herum und eilte die Treppen hinab.

Sie durfte den schönen Major nicht verpassen. Ihm und dem Fremden wollte sie hinterherschleichen, um deren Gespräche zu belauschen. Bestimmt redeten sie über die von der Fürstin vermutete Verschwörung gegen den Thronfolger.

Als sie unten war, sah sie die beiden vor der breiten Treppe stehen, die zum Marmorsaal führte. Die Zeit reichte gerade noch, um ungesehen hinter einen der Atlanten zu huschen.

»Franz Ferdinand hat mir kurz vor seiner Abreise im Vertrauen von dem leidlichen Gesundheitszustand der Fürstin berichtet«, hörte sie die tiefe Stimme des Majors. »Die Nerven der Durchlaucht, Herr Pospischil, sind bis aufs Äußerste angespannt. Die Ächtung der Familie und die vierte Schwangerschaft. All dies ist für eine Frau ihres Alters und ihres Standes nicht leicht zu verkraften.«

»Ich verstehe, Herr Major«, antwortete der Zivilist. »Seien Sie unbesorgt. Ich werde diskret vorgehen und dieser Frau Kührer ausrichten, dass sie die Fürstin mit der grauslichen Angelegenheit keinesfalls behelligen darf.«

»Ich danke Ihnen. Im Übrigen habe ich die Dienerschaft des Thronfolgers bereits diesbezüglich instruiert. Seine Exzellenz wird morgen im Laufe des Tages in Wien zurückerwartet. Es ist wohl nicht möglich, die Ermittlungen im oberen Schloss bis dahin abzuschließen?«

»Wir bemühen uns, Herr Major. Allerdings habe ich die Befürchtung, es wird schwer, die kaiserliche Familie gänzlich aus den Ermittlungen herauszuhalten. Vor allem, da wir noch nicht wissen, wer diese zerstückelte Person ist. Stellen Sie sich vor, der fehlende Kopf taucht durch einen Zufall im Park auf, wird am Ende von einem Besucher gefunden, und dann hätt ausgerechnet der Hausherr von der Leich in seinem Park nichts gewusst. Das wollen Sie doch nicht riskieren, Herr Major.«

»Natürlich nicht.« Der Offizier hob die rechte Hand an die

Kappe. »Erlauben Sie wenigstens, dass ich es bin, der Seiner Kaiserlichen Hoheit die unangenehme Angelegenheit überbringt.«

»Selbstverständlich, Herr Major. Es wäre mir sogar äußerst angenehm, wenn ich einfacher Polizist Seine Hoheit mit der zivilen Angelegenheit nicht belästigen müsste.«

Erna Kührer stand wie erstarrt. Wovon redete der Major mit diesem Fremden? Plötzlich wurde ihr schwarz vor Augen. Sie taumelte, stieß mit dem Rücken gegen die Säule und stürzte zu Boden. Als sie auf Knien zu sich kam, sah sie das schön geschnittene Gesicht des Herrn Majors über sich. »Aber Frau Kührer, was machen Sie denn für Sachen?« Er streckte ihr beide Arme entgegen.

»Jö, der Herr Major aus der Kanzlei«, flüsterte Erna und ergriff fest beide Hände des Mannes. Rasch stand sie wieder sicher auf ihren Beinen. »Ich bitte untertänigst um Vergebung. Mir is plötzlich schwindelig worden. Weiß gar net woher.«

»Sie haben eine beachtliche Beule an der Schläfe.« Der Major runzelte die Stirn, dann drehte er sich um. »Gehen S', Janaczek, bringen S' bittschön einen kalten Umschlag für die Frau Kührer.«

»Sehr wohl, Herr Major.« Ein paar Minuten später lehnte Erna an den steinernen Säulen und ließ sich vom alten Janaczek ein feuchtes Tuch gegen ihre Stirn drücken.

»Frau Kührer, darf ich mich vorstellen«, richtete der kleine Mann in Zivil das Wort an sie. »Polizeiagent Pospischil von der Geheimpolizei.« Seine bebrillten Augen musterten sie scharf.

»Geht's eh wieder, Gnädigste?«

»Danke, alles in Ordnung«, sagte sie und straffte den Rücken. Gnädigste hatte sie noch keiner genannt.

»Ich mache es kurz, Frau Kührer. Der Herr Sekretär Krzizek hat mir gesagt, Sie hätten einen Schlüssel für die Räumlichkeiten der Galerie im Unteren Belvedere. Tragen Sie den immer bei sich?«

Erna sah den Mann entgeistert an. »Wieso ist mein Schlüssel von Interesse für Sie, mein Herr?«

»Gestern Nacht ist ein Toter im Park gefunden worden. Ich befrage alle Personen, die Zugang zu den Räumlichkeiten des Schlosses Belvedere haben.«

»Ein Toter im Park? Des gibt's net.«

»Bedauerlicherweise doch, Gnädigste.«

»Tuschelt deshalb die Dienerschaft? Wegen der Leich im Park? Die Fürstin wundert sich schon.«

»Die Fürstin darf von dem grausigen Fund nichts erfahren. Denken Sie an ihren Zustand.« Der Major trat an Erna heran. »Ich bitte Sie sehr, liebe Frau Kührer.«

»Die Durchlaucht hat aber bereits gemerkt, dass hier was nicht stimmt. Ich muss der Fürstin Auskunft geben. Verlangen S' bitte nicht von mir, dass ich Ihre Durchlaucht anlüge. Das geht ganz und gar nicht.«

»Liebe Frau Kührer. Keiner verlangt, dass Sie lügen. Sie müssen ja nicht alles im Detail aussprechen«, insistierte der Major.

»Na, schaun wir mal.« Erna steckte das feuchte Tuch hinter ihre Schürze und wandte sich zum Gehen. »Ich will der Gnädigsten in ihrer momentanen maroden Stimmung gewiss nicht schaden, Herr Major.«

»Um auf den Schlüssel zur Galerie zurückzukommen, Frau Kührer«, mischte sich der kleine Polizist wieder ein. »Tragen S' den immer bei sich oder hat noch jemand anderer Zugriff?«

»Ja, was reden S' dauernd von dem Schlüssel?«, antwortete Erna genervt. »Ich muss zurück zur Fürstin. Sicher nehm ich den mit zur Arbeit. Obwohl ich ihn selten brauch, weil der Herr Krzizek meistens vor mir im Dienst ist und nach mir geht.«

»Und zu Hause, hat da jemand Zugriff?«

Erna seufzte. »Ja, in die Unterhosen steck ich ihn mir nicht, den Schlüssel. Mein Mann und die Kinder hätten schon Zugriff. Aber die interessieren sich nicht für die Galerie.«

»Frau Kührer, ist Ihnen etwas Verdächtiges im Bereich des Unteren Belvedere aufgefallen in letzter Zeit?«

»Na, was soll mir denn aufgefallen sein? Ich muss jetzt wirklich zurück.«

»Ein seltsamer, wiederkehrender Parkbesucher zum Beispiel? Oder jemand, der Ihnen auf der Straße nachschleicht.«

Erna überlegte, dann sagte sie: »Nein.«

»Oder kennen Sie eine jüngere, männliche Person, die seit ein paar Tagen vermisst wird?«

»Na ja. Meinen ältesten Sohn habe ich schon länger nicht mehr g'sehn. Aber des hat net viel zu bedeuten.«

»Aha.« Pospischil hob die Augenbrauen. »Wie alt ist er denn, der Herr Sohn?«

»Der Daniel ist zweiundzwanzig g'worden diesen Sommer.«

»Wie groß ist Ihr Sohn, Frau Kührer?«

»Normal groß würde ich sagen. So an die einen Meter fünfundsiebzig.«

»Ist er recht kräftig gebaut und hat er braunes, dichtes Haar?«

»Halbdunkel. Weder blond noch braun.« Ihre Hand griff an die Brust. »Hören S' auf! Haben S' am End meinen Daniel g'funden?«

»Ich weiß es nicht. Es wäre möglich, Frau Kührer.«

»Um Gottes willen!« Sie schlug die Hände vor dem Gesicht zusammen. »Kann ich den Toten anschauen?«

Pospischil wandte sich ab. »Das … das ist nicht so einfach, Frau Kührer.«

»Warum denn nicht? Ich muss doch wissen, ob der Tote mein Bub ist oder nicht!«

Er sah sie mit ernstem Ausdruck an. Schließlich sagte er: »Die Leiche ist ohne Kopf, Frau Kührer.«

»Jessas Maria.« Erna Kührer schnappte nach Luft. »Des ist ja furchtbar.«

»Trinken Sie«, hörte sie wie aus weiter Ferne die Stimme des Majors. »Trinken Sie ein wenig Wasser.« Ein Glas wurde an ihre Lippen gedrückt. Sie spürte das kühle Nass an ihrem Gaumen. Sie schluckte hastig, verkutzte sich und spuckte auf den Steinboden der Sala terrena.

»Wie es scheint, könnten wir unser Opfer identifiziert haben«, hörte sie dumpf die Stimme des kleinen Polizisten. Sie schätzte sein Alter auf ungefähr sechzig. »Ich fürchte, ich muss ihr den Körper zeigen, um sicherzugehen.«

»Ist das Ihr Ernst, Herr Polizeiagent? Die arme Frau Kührer«, hörte sie den Major erwidern.

»Wenn nicht die Mutter«, sagte der Polizist, »dann muss der Vater ins Institut kommen. Wir brauchen dringend eine Identifizierung, Herr Major. Denken Sie an den Thronfolger. Je eher wir Gewissheit haben, desto …«

»Ja, ja«, erwiderte der Major. »Machen Sie, was nötig ist. Ich kümmere mich um die kaiserliche Familie.«

»Schaun Sie, möglicherweise ist es ja gar nicht Ihr Sohn«, redete der Polizist auf sie ein. »Es wär tatsächlich ein arger Zufall, nicht wahr?«

»Ein solcher Zufall wär wirklich arg, Herr Polizeiagent.«

»Könnte vielleicht Ihr Mann in das Institut an der Elisabethpromenade, das ist im neunten Bezirk, gleich vis-à-vis vom Tandelmarkt, kommen, um die … die Leiche zu identifizieren?«

»Was, mein Mann?« Erna rollte mit den Augen. »Niemals.«

»Dann bitte ich Sie, Frau Kührer. Geht es? Oder soll ich einen Arzt holen?«

»Nein danke«, wehrte sie ab. »Eine Mutter weiß, wie ihr

Kind aussieht. Auch später noch, wenn das Kind ausgewachsen ist. Eine Mutter vergisst niemals, wie ihr Kind aussieht.«

»Wir haben das Opfer ohne Kleider gefunden«, sagte Pospischil, »er hat auch keinen Schmuck getragen.«

»Mein Daniel hat nie Schmuck getragen, mein Herr. Eine Mutter hat ein Kind oft genug gebadet, um es auch ohne Kleidung zu erkennen. Da können gar net so viele Jahre vergehen, dass eine Mutter ihr Kind nicht wiedererkennen würd.«

»Könnten Sie bitte gleich, Frau Kührer? Bringen wir es hinter uns? Geht es Ihnen dafür auch wirklich gut genug? Ich hätt auch an Schnaps im Büro, wenn Sie was brauchen sollten.«

Erna fuhr herum. »Na, des geht jetzt net. Ich hab der Durchlaucht versprochen, mich umzuhören im Schloss. Die Fürstin wartet auf meinen Bericht, Herr Polizeiagent.«

»Dann gehen Sie bitte hinauf und machen Sie schnell«, sagte Pospischil. »Aber bleiben Sie behutsam.«

Der Major nahm Erna sanft zur Seite. »Ich bitt Sie noch einmal, Frau Kührer, schonen Sie die Fürstin. In ihrem Zustand vertragt sie keine Aufregung. Oder soll nicht besser ich raufgehen und es ihr erklären?«

»Nein, Herr Major«, erwiderte Erna. »Ich denke, die Fürstin braucht jetzt den Beistand einer Frau.« Sie eilte die Treppe hinauf, ohne sich noch einmal umzudrehen. Selbstverständlich würde sie sich an den Rat des Majors halten, nur anlügen konnte sie die Durchlaucht nicht.

Fürstin Sophie saß wie ein dicker Käfer auf der roten Chaiselongue. Über ihrem Kopf hing ein Gemälde des Heiligen Georg. Es war eines von vielen in den Wohnräumen des Schlosses. Der Thronfolger verehrte den Heiligen offenbar.

»Hat Sie etwas herausfinden können?«, rief die Fürstin ihrer Dienerin erwartungsvoll zu.

Erna nickte keuchend. Zuerst die kopflose Leiche und dann das Stiegensteigen. Es war zu viel. Sie holte tief Atem.

»Jetzt sag Sie mir endlich, was los ist.«

»Eure Durchlaucht dürfen sich nicht aufregen.«

»Ich reg mich auf, wenn ich nicht endlich die Wahrheit erfahre.« Schnaubend strich die Fürstin über den dicken Bauch. »Also, raus damit!«

»Die Polizei hat im Park eine Leiche gefunden, Eure Durchlaucht.« Erna machte einen Knicks. »Die Polizei weiß noch nicht, wer es ist. Und deshalb wurden alle im Schloss befragt.«

»Was? Ein Toter im Park?« Die Fürstin riss die Augen auf. »Das ist nicht möglich. Ein Attentat? Gott stehe uns bei. Wer ist es denn?«

»Die Leiche liegt am Institut in der Elisabethpromenade, Eure Durchlaucht. Es fehlt ihr der Kopf.«

»Was sagt Sie da? Der Kopf fehlt?«

»Ich muss Eure Durchlaucht bitten, mich für ein paar Stunden zu entbehren. Ich soll mir den anschauen. Weil es könnt mein ältester Sohn sein.«

»Mein Gott!« Durch den Körper der Fürstin ging ein Ruck. Der Brustkorb sackte nach vorne, die Beine öffneten sich, die Knie gingen auseinander, der Rocksaum rutschte hoch und ein dunkelroter Faden kroch über die Innenseiten der Beine.

»Oh nein! Zu Hilfe. Bei der Fürstin ist es so weit!« Erna schrie und schlug die Hände vor dem Gesicht zusammen. Kurz darauf waren das Stubenmädchen und der Kämmerer zur Stelle. Auch die Kinder kamen herbei und weinten: »Mama! Mama! Mama!«

»Ruft den Arzt! Holt den Doktor Eisenmenger! Ihre Durchlaucht ist so weit!«, krächzte der alte Janaczek. Breitbeinig und mit geöffneten Armen baute er sich vor den Kindern auf, damit sie den Schmerz der Mutter nicht mit ansehen mussten.

Da eilte der Herr Major über die Treppen herbei. Wie die anderen stand er da und starrte auf die sich krümmende Fürstin. Hinter ihm der Wachmann mit dem Säbel an der Hüfte. Beherzt übernahm der Major das Kommando, schickte alle fort bis auf das Stubenmädchen und trug mit der Hilfe des jungen Fräuleins die Fürstin ins Schlafgemach. Hinter verschlossener Tür wollte man auf das Eintreffen des Mediziners warten. Der Kämmerer holte einen Kübel Wasser und entfernte das Blut vom Steinboden. Erna brachte die aufgeregten Kinder in einen Nebenraum. Sie machte sich schwere Vorwürfe. Vielleicht hätte sie die Fürstin besser angelogen.

Auch Pospischil kämpfte sich in den ersten Stock hinauf. So schnell wie der schlanke Major und der Wachmann schaffte er es allerdings nicht. Selbst der alte Diener war mit erstaunlicher Leichtigkeit über die Treppe hinaufgestiegen, wie Pospischil etwas neidisch beobachtete. Oben folgte er dem Klang der aufgeregten Stimmen und fand Frau Kührer mit den Kindern des Thronfolgers in einem saalartigen Raum mit holzverkleideten Wänden, düsteren Gemälden und ausgestopften Tierköpfen. Frau Kührer bemühte sich redlich, die fürstlichen Kinder zu trösten. Als Pospischil näher trat, sah er die Tränen auf den Wangen der Frau. Ein Gefühl von Mitleid übermannte ihn und er nahm Frau Kührer ohne Umschweife in die Arme. »Ist ja nicht Ihre Schuld, Gnädigste. Sie wollten die Fürstin nicht anlügen. Das ehrt Sie. Es ist nicht Ihre Schuld.« Pospischil tätschelte über den breiten Rücken der Frau.

»Aber es is viel zu früh für die Niederkunft«, jammerte sie.

»Es wird schon alles gut werden. Kommen S' mit mir. Ich bring Sie hinaus.«

»Das geht nicht, ich kann die Kinder nicht allein lassen.«

»Natürlich nicht.« Pospischil bedauerte zutiefst, dass er mit seiner Todesnachricht ein solches Chaos verursacht hatte. Aber was sollte er machen, wenn er am Institut eine Leiche ohne Kopf liegen hatte, deren Identität dringend auszuforschen war? »Die Identifizierung hat Zeit bis morgen«, sagte er. »Bleiben Sie im Schloss bei den Kindern. Vor allem beruhigen Sie sich. Es wird für Sie kein schöner Anblick werden. Sammeln Sie Kraft.«

»Das geht ja auch wieder nicht«, Frau Kührer knetete ihre Hände. »Was sag ich meinem Mann heut Abend? Solange ich nicht Gewissheit hab, ob Ihre Leich womöglich die unseres Buben ist, kann ich nicht nach Haus. Das geht nicht, Herr Polizeiagent. Ich muss mir die Leich heut noch anschauen.«

Pospischil überlegte. Es war schwer, in dieser verworrenen Situation einen Rat zu geben. Einerseits tat ihm die Frau leid, andererseits drängte es ihn, die Identität des Unbekannten zu erfahren. Traurig blickte er auf die drei Kinder auf dem Teppich, die in ihren braunsamtenen Kleidern äußerst verstört wirkten. Das Mädchen hatte ihre Ärmchen um die beiden Buben gelegt und versuchte summend, die schluchzenden Brüder zu beruhigen. Die kleine Sophie stimmte mit heller, klarer Stimme ein Lied an. »Es klappert die Mühle am rauschenden Bach, klipp-klapp.« Die Buben lehnten ihre Köpfe an die Schulter der Schwester. Pospischil stiegen Tränen der Rührung in die Augen. »Vielleicht warten wir hier gemeinsam, bis der kleine Habsburger das Licht der Welt erblickt hat, und dann fahren wir zum Institut.«

»Das ist wirklich nett von Ihnen.« Frau Kührer lächelte und trocknete mit einem Tuch ihre Tränen. »Setzen Sie sich bitte dort drüben in den bequemen Sessel. Da sitzt die Fürstin sonst immer.«

Pospischil war seit über zwanzig Jahren bei der Polizei, aber eine ähnliche Situation wie diese hatte er noch nicht erlebt.

KAPITEL 12

3. OKTOBER 1908

Der herbeieilende k. u. k. Hofarzt Doktor Eisenmenger half der Fürstin, so gut er es vermochte. Die Ärmste bekam kaum Luft. Die Augen traten aus den Höhlen, der Mund stand weit offen. Der Brustkorb hob und senkte sich in rasendem Tempo. Zunächst schnitt der Arzt das enge Mieder auf. Es schien das Atmen der Fürstin auf der Stelle zu erleichtern. Ihre jammernde Stimme gewann an Kraft. Die Fürstin schrie sich den Schmerz aus dem Leib. Der k. u. k. Hofarzt ließ die Türen zum Zimmer der Fürstin verriegeln. Die Gemäuer des Schlosses vibrierten unter den Qualen der Gebärenden. Als der dritte Sohn des Thronfolgers Franz Ferdinand aus dem Becken seiner Mutter befreit wurde, war der kleine Körper blau angelaufen. Das Herz hatte noch im Leib der Mutter zu schlagen aufgehört. Der gellende Schrei der Fürstin, als sie ihren toten Sohn in Armen hielt, fuhr den Wartenden hinter der verschlossenen Tür durch Mark und Bein. In Windeseile trug es die traurige Botschaft durch das Schloss. Diener holten die verstörten Kinder des Thronfolgers herbei und brachten sie der trauernden Mutter. Die Fürstin verlangte, ihre Liebsten in dieser schweren Stunde an der Seite zu haben. Erna Kührer wurde nicht mehr gebraucht, sie durfte gehen.

Erna fasste den Polizeiagenten ängstlich am Arm.

»Bitte, Herr Polizeiagent, bringen Sie mich zu Ihrem Toten. Ich bitte Sie. Sofort. Ich will es hinter mich bringen. Der Tag is eh scho verdorben.«

Pospischil, von der Nachricht der Habsburger Totgeburt zutiefst betroffen, hätte die Gegenüberstellung im Institut nun gerne verschoben, doch Frau Kührer verlangte nach Gewissheit. So ging er mit der armen Frau durch den kalten und trüben Spätnachmittag zum Vorplatz des Südbahnhofs. Dort stiegen sie in einen Fiaker. Der warme Atem des Pferdes pustete nebelige Wölkchen in die Luft. Schweigend saßen sie nebeneinander und lauschten dem gleichmäßigen Klang der auf das Kopfsteinpflaster schlagenden Pferdehufe. Wenig später trafen sie im neunten Wiener Gemeindebezirk ein. Noch hatte Pospischil Erna Kührer nicht die volle Wahrheit über den Zustand des toten Körpers gesagt. Die Bedauernswerte wusste nichts von der Zerstückelung, nichts von verschiedenen Fundstellen in den Brunnen und Teichen des Schlossparks. Er nahm sich vor, sie im Nebenraum warten zu lassen, während er in aller Eile die Teile unter einem Tuch so anordnen wollte, dass ihr hoffentlich das volle Ausmaß des schrecklichen Verbrechens an diesem jungen Menschen, sei er nun ihr Sohn oder nicht, verborgen blieb. Pospischil hatte in seiner langen Dienstzeit einigen Hinterbliebenen von Mordopfern in der ersten Trauer beistehen müssen. Dieser Fall war jedoch in seiner Grausamkeit einzigartig. Ein Grund mehr für Pospischil, sich auf eine baldige Pensionierung zu freuen.

Während der Kutschfahrt vom Schloss bis zum Institut hatte er die Frau verstohlen beobachtet und versucht abzuschätzen, wie viel er ihr zumuten konnte. Seine Erfahrung sagte ihm, Menschen reagierten unterschiedlich in ihrem Schmerz. Bei Erna Kührer schien die Emotion nach innen gerichtet. Sie sprach kaum, ihr Körper war voll Anspannung, die Miene war wie versteinert. Bleich und tapfer ging sie neben dem Polizeiagenten auf das Gebäude an der Elisabethpromenade zu. Das rege Treiben und den Lärm vom Markt nebenan schien sie nicht wahrzunehmen. Pospischil winkte dem Portier kurz zu, dann führte er die Frau durch die Büroräume, an den Schreibmaschinen und dunklen Schränken vorbei, abwärts über die Treppen in den Keller. Im Untergeschoß befand sich neben der Asservatenkammer auch das Reich von Doktor Leopold Frisch. Sein Assistent war, wie er vermutete hatte, um diese Zeit nicht mehr hier. Pospischil fand die Räume dunkel und verlassen vor. »Gleich ist es so weit«, sagte er leise zu Frau Kührer. Bitte nehmen Sie Platz.« Er deutete auf einen Sessel an der Wand und reichte ihr ein Glas Wasser. Frau Kührer sank nieder und trank. Dann schloss sie die Augen.

»Bitte warten Sie hier, ich hole Sie in wenigen Minuten. Ist das in Ordnung für Sie, Gnädigste?« Erna Kührer nickte schwach.

Pospischil eilte in den kleinen Nebenraum und schloss rasch die Tür hinter sich. Hier lagen die Leichenteile. Frisch hatte sie mit einem Präparat eingerieben, um ihren Verfall zu stoppen. Im Moment war das Ende der Ermittlung schwer abzuschätzen. Pospischil versuchte flach zu atmen und zog seine Handschuhe über. Dann holte er zwei gefaltete Leichentücher aus dem Schrank, platzierte auf dem Seziertisch die Hände, Arme, Beine, Füße und den Torso in der Ordnung eines bis auf den Kopf vollständigen Körpers. Dann drapierte er die Tücher so, dass es den Anschein erweckte, eine vollständige Person läge unter den Laken. Nur die Hände und Füße lugten hervor. Dorthin, wo der Kopf hätte sein sollen, stopfte er ein weiteres gefaltetes Tuch. Wenn er Glück hatte, reichten Hände und Füße für die Identifizierung. Wenn nicht, würde er vorsichtig den Brustkorb freilegen. Sorgfältig achtete Pospischil darauf, dass die Schnittstellen unter dem Tuch unsichtbar blieben. Letztlich hoffte er auf eine beherrschte Frau, die sich nicht dazu hinreißen ließe, in ihrem Schmerz die Einzelteile in ihrer Entsetzlichkeit zu entblößen.

»Ich bin so weit«, sagte er schließlich leise durch die offene Tür. »Wenn Sie bitte nähertreten würden, Frau Kührer! Ich bitte Sie, sich nicht zu wundern. Das Mittel zur Desinfizierung riecht etwas unangenehm. Ich rate Ihnen, nicht zu tief zu atmen.«

Kein Wort sagte sie, allein ihre Augen sprachen Bände. Mit versteinerter Miene erhob sie sich und ging auf ihn zu. Vor dem Tisch blieb sie mit geradem Rücken, die Hände wie zum Gebet verschlossen, stehen. Erna Kührer hob das Kinn. »Es fehlt der Kopf, sagten Sie?«

»Es tut mir leid, Frau Kührer. Ich versichere Ihnen, die Polizei unternimmt alles, um ihn zu finden.« Pospischil blieb dicht hinter ihr. Beobachtete genau, um einzugreifen, sollte sie ohnmächtig werden oder den Stoff von den Leichenteilen zu ziehen beabsichtigen.

Frau Kührer umkreiste langsam den Tisch. »Ja, das ist mein Sohn«, sagte sie tonlos. »Mein Daniel hat besonders schöne Monde, wissen Sie.«

»Monde, Frau Kührer?« Pospischil zog die Brauen hoch. Im nächsten Moment begriff er. »Aha. Ich verstehe. Die Finger und die Zehennägel. Daran erkennen Sie Ihren Sohn? Sind Sie sicher?«

»Das sind die schneeweißen Halbmonde von meinem Daniel, Herr Polizeiagent.«

Pospischil schluckte. »Ich danke Ihnen, Frau Kührer. Mein Beileid. Sie dürfen Ihren Sohn begraben, sobald wir die Ermittlungen abgeschlossen haben.«

»Ich möchte jetzt nach Hause. Könnten Sie einen Wagen für mich rufen?«

»Selbstverständlich, Frau Kührer, ich habe den Fiaker gebeten, vor der Tür zu warten. Die Gebühr übernimmt das Polizeiinstitut. Sagen Sie ihm einfach die Adresse. Und wenn es Ihnen recht ist, komme ich in den nächsten Tagen bei Ihnen vorbei.«

Ihre schweren Lider hoben sich. »Wozu? Ich habe meinen Sohn identifiziert.«

Pospischil drückte die verrutschte Brille auf seinem Nasenrücken gerade. »Wir möchten denjenigen finden, der Ihrem Sohn das angetan hat. Das möchten Sie doch auch, oder? Wir stehen noch am Beginn unserer Ermittlungen. Vielleicht können Sie uns helfen.«

Erna Kührer nickte schwach.

»Darf ich Sie und Ihre Familie um einen kleinen Gefallen bitten, Frau Kührer?«

Sie sah ihn mit einem kummervollen Blick an.

»Der Fundort der Leiche im Garten des Schlosses muss geheim bleiben. Der Schutz und die Sicherheit des Thronfolgers und seiner Familie hängen davon ab. Sie verstehen?«

Sie nickte wieder. »Ich verstehe. Es ist in Ordnung. Ich danke Ihnen.«

Er begleitete sie hinaus, bezahlte den Fuhrmann, ließ sich eine Quittung geben und ging zurück, um die Tücher von der Leiche zu entfernen und für den Kollegen Frisch wieder alles so hinzulegen, wie er es beim Betreten des Raumes vorgefunden hatte. Als er sich zu Fuß auf den Nachhauseweg machte, um in der klaren, kühlen Luft seine Gedanken zu ordnen, musste er sich eingestehen, dass er trotz des Mitgefühls für die Mutter eine enorme Erleichterung verspürte. Immerhin stand nun fest, wessen Mörder sie suchen mussten. Die Ermittlungen schritten voran. Der Schmerz von Frau Kührer erinnerte ihn wiederum an seine verstorbenen Eltern. Wie durch einen Schleier des Vergessens tauchten die Schatten der Toten schemenhaft vor ihm auf. Keine zärtlichen Gesten oder gar Umarmungen hatte es in seiner Kindheit gegeben. Pospischil wischte eine

Träne von seiner Wange. Die Eltern hatten sich bis zum Tod gesiezt. Auch die Kinder mussten Vater und Mutter siezen. Respekt ging über alles. Vertrautheit galt als Schwäche. Mit Wehmut versuchte Pospischil den Tag in Erinnerung zu rufen, als seine Schwester in sein Leben getreten war. Den Tag, als er sie zum ersten Mal sehen und berühren durfte. Fünf war er damals gewesen. Der Geruch nach schmutzigen Windeln stieg in seine Nase und der Klang des zart quäkenden Stimmchens. Später hatte Gerti oft ganz spontan ihren Bruder mit festem Griff umarmt und an sich gedrückt. Wohl aus einem angeborenen Bedürfnis heraus, denn auch sie war von den Eltern nicht in den Arm genommen worden. Pospischil atmete aus. Keine Frau hatte ihm je mehr bedeutet als seine Schwester. Kaum vorstellbar, würde man eines Tages ihn zur Identifizierung ihres zerstückelten Leichnams bitten. Er schüttelte das Frösteln von seinen Schultern und eilte heimwärts.

Von der Elisabethpromenade bog er in die Berggasse ein. Auf der Höhe der Praxis des Psychotherapeuten Doktor Freud blieb er vor einer Litfaßsäule kurz stehen und betrachtete das Plakat der Wiener Kunstschau. Mit einfachen Strichen und farbigen Punkten war eine Frau mit langen blonden Haaren skizziert, gerade so, als ob der Maler sich keine Zeit hätte nehmen wollen, ein ordentliches Porträt anzufertigen. Einen Wimpernschlag später riss ihn das Geräusch von sich nähernden Schritten aus seinen Betrachtungen. Pospischil fuhr herum. Ein groß gewachsener Mann eilte mit klappernden Absätzen vorbei. Ein Schäferhund trottete mit hängendem Kopf und über den Boden schnüffelnder Nase nebenher. Der Hund hob das Bein und urinierte plätschernd gegen die Litfaßsäule mit dem seltsamen Plakat. Der Mann drehte sein Gesicht zur Seite und nickte Pospischil zu. Dieser grüßte mit der Hand an der Hutkrempe zurück und da fiel ihm ein, dass seine neue

Mitbewohnerin in der Lange Gasse wohl vor der Nacht noch hinausmusste. Er konnte Gerti neben der Hausarbeit nicht auch noch die Obsorge für die Hündin überlassen. Pospischil beschleunigte seinen Schritt. Gleich morgen Früh würde er reichlich Futter für Labrador und eine Leine zum Gassigehen einkaufen. Ach verdammt! Pospischil griff sich an die Stirn. Morgen war ja Sonntag! Alle Märkte und Geschäfte hatten geschlossen! Achselzuckend hoffte er auf die Weitsicht seiner Schwester. Gewiss hatte sie sich fürsorglich um alles Nötige für die Hündin gekümmert. Was täte er nur ohne seine Gerti?

KAPITEL 13

4. OKTOBER 1908

Am Sonntag gegen elf Uhr schritt Pospischil an der Seite seiner Schwester aus dem Stephansdom im Zentrum Wiens. Die Heilige Messe in der ehrwürdigen Kirche war ergreifend schön gewesen. Insbesondere die vibrierenden Klänge der mächtigen Orgel im Hauptschiff veranlassten sogar einen überzeugten Atheisten wie Pospischil gelegentlich dazu, an eine höhere Macht zu glauben. Auf dem Stephansplatz drehte sich Pospischil um und betrachtete das Bogenfeld über dem Tor mit der Christusfigur, flankiert von zwei Engeln. Martin Neuhofer stand hinter ihm. Er und Gerti hatten ihn zu diesem Sonntagsausflug überredet. Obwohl er eigentlich den Sonntag nach dem Besuch des Brausebades in der Hermanngasse geruhsam zu Hause verbringen hatte wollen, abgesehen von einer winzigen Gassi-Runde mit Labrador am Nachmittag. Gut, der Arzt hatte ihm tägliche, mindestens dreißigminütige Bewegungseinheiten verordnet. Nur deshalb war er überhaupt mit Gerti und Martin mitgegangen. Nun stand er inmitten einer Menschenmenge, die er so gar nicht leiden konnte. Die neue Elektrische über den Ring sei ein Erlebnis, hatte der Neuhofer geschwärmt. Unbedingt wollte er heute ihn und die Gerti zum Essen einladen. Weil er sich beim Polizeipräsidenten für den jungen Kollegen so eingesetzt hatte. Dabei war der Brief mit der Fürsprache für den Neuhofer gar kein besonderer Aufwand gewesen. Das Schreiben und das Formulieren war er als Agent des Instituts gewohnt. Umso mehr freute es ihn, dass seinem

Freund nun die fristlose Entlassung zumindest aufgeschoben, wenn nicht sogar aufgehoben wurde. Nichtsdestotrotz musste Neuhofer sich mit einem Monat Gehaltsentzug abfinden. Wie auch immer. Es kam überhaupt nicht in Frage, dass der Martin mit seinem dürftigen Gehalt ihn und die Schwester zum Essen einlud. Pospischil protestierte aufs Heftigste dagegen und konnte sich schließlich durchsetzen. Er würde die Zeche bezahlen.

»Unser Bürgermeister hat sich endlich für eine Bahntrasse durch die Innere Stadt entschieden«, erzählte Neuhofer, während die Dreiergruppe die Kärntner Straße Richtung Ring entlangspazierte. »Eine Untergrundbahn, wie man sie in Budapest gebaut hat, fände ich viel praktischer. Der ganze Lärm würde in der Erde versinken.«

Gerti blieb vor jeder Auslage der feinen Modegeschäfte stehen und bestaunte mit glänzenden Augen die feinen Waren. Pospischil war froh über die geschlossenen Läden. Gerti hätte sich trotz der knappen Kasse nur schwerlich von einem Einkauf abhalten lassen. Es ergibt schon einen Sinn, dachte Pospischil amüsiert, am Tag des Herrn die Geschäfte geschlossen zu halten. Den Ehemännern und anderen Kavalieren blieb dadurch das hart verdiente Geld länger in der Tasche. Da fiel ihm wieder ein, wie fürsorglich Gerti für den Hund eingekauft hatte, während er darauf vergessen hatte. Die Gerti war ein Schatz und er fühlte sich beschämt. Bei nächster Gelegenheit wollte er ihr einen Blumenstrauß kaufen. Geduldig warteten er und Neuhofer, bis sie mit dem Auslagenschauen fertig war. Dann gingen sie weiter.

»Da vorne«, drängelte Neuhofer, »da bei der Oper ist die Station, gleich kommt die Elektrische, da ist sie schon. Ihr werdet euch wundern, wie schön die glänzen, die neuen Garnituren mit den getrennten Einstiegen.« Unüberhörbar sprach die Begeisterung für die moderne Technik des Transportwesens aus Neuhofer.

Von links rumpelte ein Wagen der Linie A heran. Tatsächlich hatten sich die Wagen verändert, wie Pospischil mit einem Blick feststellte. Hinter einem erweiterten Perron fanden sich abgegrenzt durch ein Gitter die Aus- und die Einsteigestellen. Pospischil trat zögernd näher, während Gerti und Neuhofer aufgeregt zappelnd auf den Einstieg zusteuerten. Pospischil fuhr nicht ohne Grund lieber mit dem Fiaker oder mit dem Einspänner. Von seinem Unwohlsein inmitten von Menschenmassen abgesehen, kam es immer wieder zu Unfällen, weil die immer häufiger fahrenden Automobile in die auf Schienen fixierten Elektrischen hineinfuhren, oder weil bei dem Gedränge auf den offenen Plattformen Passagiere auf die Straße hinunterstürzten. Die Kaiserstadt hatte seit Einführung der elektrischen Bahnen jedes Jahr neben zahlreichen Verletzten nicht wenige Todesfälle zu beklagen. Pospischil war auf der Hut. Die getrennten Zu- und Eingänge minimierten zum Glück das Geschiebe. Pospischil bezahlte die verlangte Gebühr für drei Personen. Den Protest Neuhofers, der ja eigentlich zur Fahrt eingeladen hatte, ignorierte er mit stoischer Ruhe. Wäre ja noch schöner, den Kollegen aus niederem Dienst, noch dazu mit suspendiertem Gehalt, zahlen zu lassen. Gerti und Neuhofer beeilten sich und steuerten sofort auf freie Plätze am offenen Fenster zu. Pospischil machte das Drängeln ins Innere Probleme, doch Gerti hatte vorsorglich ihre große Handtasche auf dem Platz ihr gegenüber abgestellt. So saßen sie rasch alle beieinander.

Mit einem Ruck kam die Elektrische in Fahrt. Der nächste Halt war vor dem Reichsratsgebäude. Aus weißem Stein gemeißelt wie ein Tempel aus der Antike. Die Sonne erleuchtete das Gebäude majestätisch. Gerti hob die Hand an die Stirn. »Jessas, ist des schee.«

Pospischil dachte, sie spreche vom Reichsratsgebäude, aber nein, ihr Kopf war in die Richtung des kleinen Wartehäuschens am Ring gedreht. Es war mit bunten Glühkugeln, mit Girlanden und mit gelb-schwarzen Fahnenstoffen zur Huldigung des Kaisers geschmückt.

»Manche Wagen tragen den kaiserlichen Namenszug und zu beiden Seiten die Ziffern Sechs und Null für sechzig sowie zwei Kaiserkronen«, schwärmte Neuhofer. »Ihr müsst euch das im Dunkeln mal anschauen. Da leuchten die Kugeln und dann glitzern die Elektrischen wie Christbäume zu Weihnachten. Für das Kaiserjubiläum ist dem Staat nichts zu teuer.«

»Mei, ist des schee.« Gerti hatte Tränen in den Augen. Sie konnte sich kaum halten vor Freude, faltete ihre Hände vor der Brust und atmete immer wieder tief ein und aus. »Mei ist des schee.«

Pospischil freute sich mit seiner Schwester.

»Na, war das net a guade Idee mit der Tramwayfahrt?« Neuhofer zwinkerte seinem Freund zu.

»Ja, Martin. Das war wirklich eine famose Idee.« Pospischil zog die Mundwinkel hoch.

Im gleißenden Sonnenlicht tauchte der hohe Turm des neuen Rathauses auf.

»Schaut!«, rief Gerti, als sähe sie das stattliche Gebäude heute zum ersten Mal. »Da oben am Turm, der Rathausmann.« Ihre Hand schirmte die tief stehende Sonne ab.

Pospischil blinzelte zu dem eisernen Ritter der Standarte hinauf. »Weißt eh, warum der dort oben mit der Fahne an der Schulter steht?«, schrie er in Richtung seiner Schwester, um das Bimmelgeläut zu übertönen.

»Rathaus!«, brüllte der Schaffner.

»Weil der Turm net höher hat sein dürfen als der von der nahe gelegenen Votivkirchn?«

Pospischil schmunzelte. »Genau. Der Architekt hat dem Kaiser an Streich g'spielt. Zwar ist der Turm des Rathauses um einen Meter niedriger als der von der Votivkirche, aber mit dem Ritter ist er dann dennoch höher g'worden.«

»Und gegen einen Ritter kann unser gütiger Kaiser nichts einzuwenden haben.« Neuhofer lachte.

An der Station stiegen weitere Fahrgäste zu. Es wurde immer enger im Wagen. Ächzend setzte er sich wieder in Bewegung Richtung Universität.

»Heut demonstrieren s' gar net«, bemerkte Neuhofer. »Des arbeitsscheue Gsindel, des.«

»Gegen was demonstrieren s' denn für gewöhnlich?«, fragte Gerti mit runden Augen.

»Weil s' nix arbeiten wollen, de Obezahrer.«

»Gerti, es fing nach einer Rede des Kirchenrechtsgelehrten Ludwig Wahrmund an«, erklärte an Neuhofers Stelle Pospischil seiner Schwester die Sachlage, »es war eine Rede an der Innsbrucker Universität Anfang dieses Jahres.«

»Wieso, was hat er denn g'sagt, der Gelehrte von der Kirchn, was die Studenten nachher auf die Straßen trieben hat?«

Neuhofer winkte mit einer abwertenden Geste ab, Pospischil erläuterte es genauer: »Es ging um den angeblich schädlichen Einfluss der Kirchn auf die Freiheit der Wissenschaft. Daraufhin haben s' den Wahrhofer mit Unterrichtsverbot bestraft. Na mehr hat's net braucht. Die Studenten gingen für ihren Professor in Scharen auf die Straßen. Zuerst in Innsbruck, wenige Stunden später in Wien.«

»Aha!« Gerti hob die Augenbrauen. »Des hab ich gar net g'wusst.«

»Is eh net so wichtig«, raunte Neuhofer. »In unseren Kreisen arbeitet man, da studiert man net.«

Pospischil neigte den Kopf. »Beides hat seine Berechtigung,

lieber Freund. Wir brauchen die Wissenschaftler und wir brauchen die Arbeiter.«

Neuhofer verzog das Gesicht. »Wenn du nix zum Essen hast, nutzt dir die ganze Wissenschaft nichts.«

»Meiner Seel. Des is wahr.« Gerti rückte ihren Hut zurecht und presste die Handtasche an ihren Busen. »Da war sie, die Universität, jetzt hab ich sie gar net richtig bewundern können.« Ihr Kopf drehte sich zum Fenster. »Wir san scho vorbei.«

»Seids ihr net hungrig?« Pospischil seufzte. Das Gedränge wurde immer ärger. Da ging das Gebimmel erneut los. »Schottentor!«, rief der Schaffner.

»Wir müssen raus!« Pospischil fuhr hoch. »Gestatten, dürfen wir vorbei?« Mit angewinkelten Armen versuchte er, durch das Gedränge zur Tür zu gelangen.

»Na, hammas leicht eilig?«, nuschelte ein junger Bursch mit einer Zigarette im Mundwinkel.

»Ich muss aussteigen!«, rief Pospischil genervt.

»Nur keine Sorge, die Tür is eh offen.« Neuhofer schob Gerti vor sich her. »Wir kommen schon raus. Net buserieren.«

»Lasst die Dame und die zwei Herren vorbei«, rief der Schaffner. Die Leute wichen zur Seite, zogen den Bauch ein, machten sich schmal.

»Na, geht ja!«, lachte der Schaffner. »Auf Wiederschaun die Herrschaften!«

Pospischil atmete tief aus, als er endlich wieder festen Boden unter den Füßen hatte. Schweiß glänzte auf seiner Stirn.

»Mei, war des schee«, freute sich Gerti noch immer.

»Gemma«, drängte Pospischil, »I hab so an Hunger.«

Aber Gerti und Neuhofer wollten dem neuen Triebwagen nachschauen. So musste er warten, und wie er so dastand, sich umsah, trat ein ungleiches Paar in sein Blickfeld. Er, von kleiner und zarter Statur von Kopf bis Fuß in Schwarz gekleidet, sie etwas größer und auffallend schmal in der Mitte. Ihm kam vor, die Figur in dem dunkelbraunen Pelzmantel, im Übrigen viel zu warm für das milde Wetter, ähnelte der der toten Kaiserin Sisi. Auch der lange Hals, das leicht vorgereckte Kinn, der dunkle Schleier bis zur Nasenspitze, der elegante Hut. Ja. Als wäre es Ihre Kaiserliche Majestät. Das ist ja der Krzizek, durchfuhr es Pospischil in der Sekunde. Und die Schmale war gewiss die Frau Gemahlin. »Grüß Sie Gott«, sagte er laut, sodass der etwa fünf Meter entfernt stehende Amtssekretär es hören musste. Als sich der Mann an der Kreuzung umwandte, lüftete Pospischil den Hut. »Küss die Hand, Verehrteste.« Eine angedeutete Verbeugung schickte er der unbekannten Schönheit, als sie sich zu ihm drehte. Wegen des Schleiers konnte er ihre Augen nicht sehen, wohl aber die auffallend weiß durchscheinende Haut ihres Gesichts mit dem schmalen Kinn, dem herzförmigen kirschroten Mund. »Meine Verehrung, Herrschaften«, setzte Pospischil hinterher.

Krzizek beugte den Kopf noch etwas tiefer, und da erntete er den Anflug eines Lächelns vom hochmütigen Amtssekretär, bevor dieser die Hand seiner Frau nahm und mit ihr energisch die Straße querte.

»Wer war das denn?«, hörte er Gertis Stimme neben sich. »Die zwei schaun ja aus wie die Gespenster aus der Geisterbahn im Prater.«

»Der aktuelle Mordfall«, raunte Pospischil. »Ich hab euch von der zerstückelten Leich im Belvedere-Park neulich erzählt. Das eben war der Sekretär der Modernen Galerie im unteren Schloss und die Dame an seiner Hand … vermutlich die Gattin. Die Familie des Sekretärs und die des Opfers wohnen seltsamerweise im gleichen Haus.«

»Mir scheint, des war grad die Freifrau von Herberstein«, sagte Neuhofer und gaffte dem Paar ungeniert hinterher. »Ja, bestimmt. Die Freifrau aus der hoch verschuldeten Landadelsfamilie mit dem astreinen Stammbaum.«

»Ein astreiner Stammbaum?« Gerti hakte sich bei ihrem Bruder ein. »Das klingt lustig.«

»Eine Vermischung«, erklärte Neuhofer und ging voraus, »entehrt den Stamm.« Er mäßigte seinen Schritt, da Gerti in ihren Stöckelschuhen dem Tempo der Herren nicht folgen konnte. »Ich habe bei der Polizei einen Kollegen«, führte er aus, »der beschäftigt sich in seiner freien Zeit mit österreichischen und ungarischen Adelshäusern. Man glaubt ja gar net, wie viele es von denen gibt bei uns. Die vermehren sich wie die Karnickel. Nicht nur durch Fortpflanzung, auch durch zunehmende Nobilitierungen von Bürgerlichen durch unseren gütigen Kaiser«, sagte er. »Kürzlich hat mir dieser gewisse Kollege etwas Brisantes von den Herbersteins erzählt. Eine von der Sippe soll einen kleinen Wiener Amtssekretär heiraten haben müssen, um net zu verhungern. Die Familie soll alle Ländereien verkauft haben und trotzdem bankrott sein. Von dem Paar war eine Zeichnung in einem Magazin abgebildet. Ich hab's g'sehn. Ja, bestimmt, das ist diese Freifrau. Auffallend, wie dünn die is, und immer hat sie das Gesicht verschleiert. Seltsame Person.«

»Offenbar kriegt sie bei dem bürgerlichen Ehemann nichts zu essen«, kicherte Gerti. Ihre spitzen Absätze klapperten über das Trottoir.

»Hat die leicht was mit eurem geheimen Mordfall zu tun?«, fragte Neuhofer.

»Ausschließen kann ich es nicht«, erklärte Pospischil. »Wenn das Opfer mit der Freifrau in irgendeiner Weise Kontakt g'habt hat«, er hüstelte, »wer weiß, wer weiß.«

In der Lange Gasse begrüßte Labrador die Heimkehrenden mit wedelndem Schwanz. »Gleich kriegst a Papperl«, lachte

Pospischil und streichelte über das Fell. Gerti zog sich sofort um. Mit schlicht geschnittener Bluse, braunem Rock und bequemen Schlapfen kehrte sie in die Wohnküche zurück. Am Herd band sie eine weiße Schürze um die Hüfte, dann öffnete sie den Deckel eines großen Topfes. »Hm, die Rindssupp'n is guad worden. Mit an richtigen Beinfleisch. Ka braunes Gschloder von aner Suppenwürze.«

»Und was gibt's als Hauptspeis?«, fragte Pospischil. Seine Hände strichen genüsslich über den runden Bauch.

»Wiener Schnitzel mit Erdäpfelsalat. Alles vorbereitet, die Schnitzel hab i in der Früh paniert, müssen nur noch im Schmalz rausbacken werden.« Gerti hievte die hohe Bratpfanne aus Gusseisen auf die Gasflamme und löffelte das Schmalz aus dem Tiegel hinein.

Pospischil tastete mit der Zunge über die Lippen. Gewiss hatte er es dem Besuch von Neuhofer zu verdanken, dass es diesen Sonntag in zwei Gängen Fleisch zu essen gab. Das Geschwisterpaar leistete sich eigentlich nur mehr eine Fleischspeise in der Woche, seit der Bettgänger wieder ausgezogen war. Die Schlafgebühr des Industriearbeiters hatte ihnen ein zusätzliches Einkommen beschert. Dafür hatten sie jetzt wieder mehr Platz in der Wohnung. Während Neuhofer eine Kiste Bier aus dem Keller holte, gab Pospischil dem Labrador Futter in einer für diesen Zweck entfremdeten Suppenschüssel. Mittlerweile duftete es in der Wohnung nicht nur nach der Rindssuppe, sondern auch nach den brutzelnden Schnitzeln im Fett. Vergnügt deckte Pospischil den Tisch und dann wurde serviert.

»Herrlich«, zeigte sich Neuhofer von Gertis Kochkünsten beeindruckt. »Du wärst die richtige Ehefrau für mich«, scherzte er und spülte reichlich mit Bier nach. »Liebe geht bekanntlich durch den Magen.«

»Geh hör auf«, lachte Gerti. »Bin viel zu oid für di.«

Je mehr Neuhofer von dem Gebräu trank, desto redseliger wurde er. So beklagte er sich nicht nur über die schlechte Behandlung durch seine Vorgesetzten, auch über die fehlende Anerkennung durch die Weiberleut. Dabei hätte er einiges zu bieten, den recht sicheren Posten bei der Zivilen mit Altersversorgung vor allem, aber die jungen Fräulein heutzutage schauten nur auf das schnelle Geld, jammerte er. Pospischil und Gerti versicherten dem Freund, dass er gewiss der Richtigen bloß noch nicht begegnet sei, er solle Geduld haben, und dann bat Pospischil Neuhofer um einen Gefallen. »Kannst dich vielleicht umhören bei deinem Kollegen, der sich mit dem Adel so gut auskennt? Mich würd interessieren, ob es weitere Informationen zu der angeheirateten Familie des Amtssekretärs der Modernen Galerie gibt.«

»Klar. Mach ich gerne. Bin ja zwangsweise freigstellt, hab eh viel zu viel Zeit.« Neuhofer begann zu lallen, und weil das viele Bier sich offenbar nicht nur auf seine Sprachfertigkeit, sondern auch auf seine Blase schlug, stand er immer wieder auf, um hinaus auf das Häusel am Gang zu gehen. Beim vierten Mal wankte er beträchtlich und dabei passierte es. Bei der Rückkehr in die Wohnküche stieß er gegen die Kante am Herd. Sofort tropfte Blut von seiner Handkante. Auf dem hellen Terrazzo bildete sich im Nu eine kleine Blutlacke. Gerti sprang auf. »Jessas!«, rief sie und eilte zum Verbandskasten.

Blitzschnell war Labrador zur Stelle und leckte über die Wunde. »Nicht!«, rief Neuhofer, aber die Hündin ließ sich nicht abhalten. Winselnd schleckte sie das Blut vom Boden. Neuhofer sank zittrig auf die Holzbank nieder. Im Nu war Gerti zur Stelle und wickelte eine Bandage um die Wunde. »Pfui«, sagte sie zu der Hündin, »pfui Teufel, geh weg! Husch!« Gerti drängte Labrador mit abwehrenden Händen zur Seite. Das Tier knurrte leise mit eingezogenem Schweif.

Pospischil war die ganze Zeit über wie erstarrt sitzen geblieben. Bis sich die Hündin beruhigt in die Ecke neben dem Herd zurückgezogen hatte. Nachdenklich sah er zu, wie Gerti nach der Versorgung von Neuhofers Wunde vor sich hinmurmelnd den Tisch abräumte. Das Bild der nach Blut dürstenden Hündin beschäftigte ihn und er suchte nach einer Verbindung zu seinem aktuellen Fall. Die Erkenntnis steckte im Detail. Man musste sie nur aufspüren. Pospischil stützte seinen Kopf zwischen den Händen und massierte mit den Fingerkuppen die Schläfen.

»Ich hab's!«, rief er. »Labrador soll uns helfen, den fehlenden Kopf zu finden! Wo der Kopf ist, ist der Mörder nicht weit!«

KAPITEL 14

4. OKTOBER 1908

Für den Nachmittag wurde der österreichisch-ungarische Thronfolger in Wien zurückerwartet. K. u. k. Major Alexander Brosch bereitete sich seit der Früh im Büro der Militärkanzlei auf das Treffen vor. Er wollte dem Thronfolger die Depesche der Geheimpolizei mit dem Bericht über den grausigen Leichenfund persönlich überbringen. Über den Tod seines vierten Kindes war Seine Hoheit bereits unterrichtet. Gestern hatte sich der Major beim Hofarzt nach dem Befinden der Fürstin erkundigt. Ihre Hoheit hatte sich nach der Totgeburt einigermaßen erholt, wenngleich die seelischen Wunden lange brauchen würden, um zu heilen.

Der Tod war Major Brosch durchaus vertraut. Auf dem Schlachtfeld hatte er Kameraden sterben gesehen. Jeder Einzelne war ein Verlust. Der Tod dieses ungeborenen Kindes aber traf ihn besonders hart. Nichts war sinnloser, als zu sterben, bevor man gelebt hatte. Brosch steckte das versiegelte Schreiben in die Uniformjacke und machte sich auf den Weg durch den Park ins Obere Belvedere. Der frühe Oktober zeigte sich milde. Eine tief stehende Sonne warf bizarre Schatten über die steinernen Figuren, verzerrte ihre Mienen zu finsteren Fratzen. Der Wind säuselte durchs Geäst der Baumkronen. Als der Major die Freitreppe hinaufstieg, schweifte sein Blick über die rauschenden Kaskaden und Brunnen. Der Wind trieb den feinen Wassernebel weit in den Park hinein. Bis zu den Blumenbeeten, in denen die orangeroten Astern ein letztes Mal in diesem Jahr in Blüte standen. Ein heftiger Luftzug trug einen Schwall abgerissener blutroter Blütenblätter über die flachen Rücken der gestutzten Buchsbaumhecken. Die rote Farbe ließ Major Brosch an den fehlenden Kopf der zerstückelten Leiche denken. Ob der Schädel hier irgendwo versteckt lag? Zwischen den Buchsbäumen vielleicht? Forschend sah er sich um. Sein Freund Josef Krzizek glaubte noch immer an einen Angriff auf die Autorität des österreichischen Kaiserhauses durch Feinde der Monarchie. Brosch schüttelte den Kopf. Welche verschwörerische Absicht sollte hinter dem Mord am Sohn einer Bedienerin und dem Verstreuen der Körperteile in den Gewässern des Belvedere-Parks stecken? Wenn man von der Totgeburt der Fürstin auf den Schrecken nach der Überbringung der grausigen Nachricht absah, war kein gezielter Angriff auf das Wohl der kaiserlichen Familie zu erkennen. Der Major seufzte. So viel er auch nachdachte, es fiel ihm keine plausible Erklärung für diese wahnsinnige Tat ein. Brosch straffte den Rücken und atmete tief durch. Dieser alte Polizeiagent wirkte vernünftig, er musste auch ein recht erfahrener Ermittler sein. Brosch traute ihm zu, die Wahrheit ans Licht zu bringen. Die kaiserliche Familie hatte genug andere Sorgen. Brosch hob zackig den Arm, um den Wächter vor dem Haupteingang zu grüßen. Der Mann schlug die Absätze hart aneinander, nahm Haltung an und salutierte vorschriftsmäßig.

In der Sala terrena empfing der k. u. k. Haushofmeister Janaczek den Offizier und überbrachte eine Botschaft der Fürstin. Sie fühle sich schwach und könne den Herrn Major bedauerlicherweise nicht persönlich empfangen. Der Herr Major möge im Audienzzimmer auf Seine Kaiserliche Hoheit warten. Der alte Diener verbeugte sich und schickte sich an, den Offizier in das Audienzzimmer zu begleiten. Brosch kam der Verdacht, dass die Fürstin ihm seit Tagen aus irgendeinem Grund aus dem Weg ging, da öffnete sich neben ihm das eiserne Tor zum Vestibül und eine Schar Dienerschaft lief herbei. Major Brosch trat zur Seite. Geschäftig und geschwätzig wurden hölzerne Kisten über die Auffahrtsrampe des Vestibüls in das Innere des Schlosses geschoben.

»Seine Hoheit haben in den Wäldern Böhmens viel Wild geschossen, Herr Major«, krächzte Janaczek. »Wie üblich werden die schönsten ausgestopft und zu den anderen an die Wände in der Beletage gereiht.«

»Ich verstehe«, sagte Major Brosch. Es stand ihm nicht zu, die Leidenschaften des Thronfolgers zu bewerten. Noch nie hatte er an dem Totschießen von wilden Tieren etwas Erbauliches finden können.

Janaczek geleitete den Major mit steinerner Miene über die Flügeltreppe in das erste Stockwerk. Das Audienzzimmer befand sich im Ostflügel des Schlosses unweit der Kapelle des Oktogons und war ein Ort, an dem man gerne verweilte. Alleine wegen des prachtvollen Deckengemäldes des hochbegabten Italieners Giacomo del Pò. Ebenso prächtig zeigten sich die Stuckaturen und Verzierungen entlang der Wände und Fensternischen. Der Raum wirkte weitläufig, da er abgesehen von einem ovalen, in Gold gerahmten Spiegel und wenigen Sesseln nicht mit Möbeln verstellt war. Überall sonst verdeckten ausgestopfte Tierköpfe neben Porträts der Kaiserfamilie in düsteren Farben die Wände des oberen Schlosses, seit Franz Ferdinand hier residierte. Major Brosch hatte sich an die Wildschweine, Hirsche, Hasen und allerlei Vogelvieh mittlerweile gewöhnt. Gefallen fand er keinen daran. Er setzte sich, richtete seinen Degen und genoss die Ruhe. Der treue Haushofmeister zog sich rücklings zurück. Der Körper des alten Mannes hinterließ einige Minuten lang einen modrigen Geruch, den der Major nur ungern einatmete.

»Servus, lieber Brosch!«

Der Offizier schreckte hoch. War er kurz eingenickt? Im Audienzsaal des Belvedere? Wie unverzeihlich! Erschrocken blickte er in das breitflächige Gesicht des Erzherzogs von Österreich-Ungarn. Obwohl noch benommen von dem unbeabsichtigten Nickerchen, bemerkte er den etwas aus der Fasson geratenen Schnurrbart an der Oberlippe des Thronfolgers. Struppig drehten sich die Barthaare ineinander. Die ungewöhnliche Unordnung auf der ansonsten stets tadellos rasierten Haut machte den Erzherzog um Jahre älter. »Kaiserliche und Königliche Hoheit sind zurück aus Konopischt. Wie schön.« Mit einem Satz stand Major Brosch auf seinen langen Beinen und salutierte.

Der Erzherzog winkte ab. »Ach, lassen S' das. Wir sind da unter uns.« Er lächelte milde. »Als ich vom Unglück meiner Sophie g'hört hab, wollte ich unverzüglich aufbrechen. Aber das Verpacken der Exponate, die ich mit nach Wien nehmen wollte, hat leider Gottes mehr Zeit in Anspruch genommen, als ich gedacht hab.« Er seufzte tief. »Sonst wäre ich früher da gewesen.« Der Thronfolger geriet beim Sprechen sichtlich außer Atem.

Die Reise von Böhmen nach Wien muss ihn sehr angestrengt haben, dachte Brosch. »Es tut mir unendlich leid, was geschehen ist, Kaiserliche Hoheit.«

»Der liebe Gott schickt uns Prüfungen, Herr Major. Wir können nur beten und hoffen, dass er es am Ende gut mit uns meint und uns die Tore zum ewigen Paradies öffnet.« Franz Ferdinand faltete die Hände vor seiner Brust. »Was gibt es Wichtiges zu berichten, mein Guter? Der Janaczek hat so eine Andeutung gemacht.«

»Kaiserliche Hoheit, ich habe zu meinem Bedauern weitere schlechte Nachrichten zu überbringen.« Brosch holte tief

Luft. »Es hat einen unangenehmen Zwischenfall gegeben.« Er griff in seine Brusttasche und fischte das versiegelte Schreiben hervor.

Der Erzherzog hob die Brauen. »Gibt es Bericht aus Montenegro? Droht uns ein Krieg?«

»Aber nein, keine Sorge, Kaiserliche Hoheit. Es handelt sich um eine rein zivile Angelegenheit. Allein die Örtlichkeit des Vorfalls zieht das Kaiserhaus in die Sache mit hinein. Vonseiten der Geheimpolizei ist uns allerdings Diskretion zugesichert worden. Die Öffentlichkeit wird nichts erfahren. Die Angelegenheit wird streng geheim gehalten.«

»Ja, um Gottes willen, reden S' net um den heißen Brei herum. Sagen S' schon. Was ist g'schehn?« Erzherzog Franz Ferdinand trat ungeduldig schnaufend von einem Bein auf das andere.

Brosch reichte dem Thronfolger das polizeiliche Schriftstück. »Bitte, Kaiserliche Hoheit, lest selbst.«

Der Erzherzog nahm hüstelnd das Papier an sich, brach das Siegel, entfaltete es und überflog den Text mit gerunzelter Stirn. »Eine Leiche in meinem Park? Zerstückelt? Wie ist das möglich?« Er blickte seinem Militäradjutanten fest in die Augen. »Wissen S' Näheres zur Causa? Hier steht ja nicht viel. Wer ist das Opfer? Kennen wir es? Und wer hat diese abscheuliche Tat verbrochen?«

Brosch lockerte seine steife Haltung. »Der Bedauernswerte ist der älteste Sohn von Erna Kührer, der Bedienerin in der Modernen Galerie, Kaiserliche Hoheit. Der Täter muss noch ausgeforscht werden.«

»Die Moderne Galerie!« Der Thronfolger machte ein saures Gesicht. »Dieses Provisorium im Unteren Belvedere bringt uns nichts als Unglück. Diese Bedienerin wird sofort aus dem Dienst entlassen!« Ein zorniger Funke spiegelte sich in seinen hellen Augen. »Man muss sich die Bediensteten künftig genauer anschauen. Sagen Sie das dem Krzizek. Niemandem ist zu trauen in diesen Zeiten. Überall schleichen Spione und Anarchisten herum.«

»Mit Verlaub, Kaiserliche Hoheit«, warf Brosch ein. »Diese Frau trifft keine Schuld. Im Gegenteil. Schlimm genug, dass ihr Sohn …«

»Verschonen S' mich mit rührseligen Geschichten.« Franz Ferdinand zog die Stirn in Falten. »Dass diese Frau keine Schuld trifft, ist juristisch nicht erwiesen, solange die Tat nicht aufgeklärt ist.«

Major Brosch verbiss sich eine weitere Erwiderung.

»Ich dulde auch keine herumschnüffelnden Zivilisten in meinem Schloss«, fuhr der Thronfolger fort. »Meine arme Sophie braucht Ruhe und Frieden. Ich verlange, von der zivilen Polizei in dieser Angelegenheit verschont zu werden. Hier heroben werden s' den Mörder ja wohl kaum vermuten.« Der Erzherzog stieß einen rauen Lacher aus und hielt dem Major das Schreiben der Geheimpolizei an die Brust.

»Gewiss nicht, Kaiserliche Hoheit.« Brosch faltete das Blatt Papier und steckte es in seine Uniform.

»Mehr gibt es dazu nicht zu sagen und nun und bitt ich Sie drum, ein Schreiben an den Präsidenten der Vereinigten Staaten von Amerika in meinem Namen aufzusetzen. Ich würde Präsident Theodore Roosevelt gerne Ende des Jahres besuchen und mit ihm über seinen Friedensnobelpreis plaudern. Sein Staatenbund da drüben interessiert mich. Ob so etwas in der Art bei uns auf dem Kontinent um des Friedens willen möglich wär?« Der Thronfolger hüstelte. »Ich möchte diese Option eingehend prüfen. Schreiben Sie das dem amerikanischen Präsidenten. Jetzt dürfen Sie sich zurückziehen. Ich bin müde. Es war eine anstrengende Reise von Konopischt nach Wien.«

Franz Ferdinand gähnte und gab seinem Adjutanten mit einer wegwischenden Handbewegung ein unmissverständliches Zeichen. Die Unterredung war auf der Stelle beendet.

KAPITEL 15

5. OKTOBER 1908

Am Montagmorgen spazierte Erna von der Ungargasse hinauf zum Rennweg, um nach dem Wochenende ihren Dienst in der Galerie anzutreten. Etwas flau war ihr im Magen von dem vielen Bier, das sie gestern Abend mit dem Franzl getrunken hatte. Der Sonntag war wie immer viel zu rasch vergangen. Besonders angenehm war der Abend mit der Familie verlaufen. Er hatte sie abgelenkt von den Sorgen, die sie plagten. Mit einem Seufzer blickte sie hinauf in den wolkenverhangenen Himmel. Das Wetter hatte sich über Nacht gewandelt. Der Herbst schickte die ersten Nebel mit kühler Nässe in die Stadt. Düster war es, als sie am Rennweg nach dem Schlüssel in ihrer Handtasche kramte und ihn nicht finden konnte zwischen all dem Zeug, das sie immer mit sich führte. Dass die Tür unverschlossen war, stellte sie erst nach Minuten vergeblicher Suche fest. Beim Eintreten schlug ihr ein scharfer Geruch nach Farbe und Kalk entgegen. Mit Bedacht, nicht mit den Schuhsohlen in den Schmutz zu treten, schritt sie in Hut und Mantel zum Zwecke der Inspektion des Verschmutzungsgrads sämtliche Räume ab. Auf den Parkettböden des Flurs und der von den Gemälden befreiten Ausstellungszimmer lagen Unmengen von Papierbögen. Darauf standen Doppelleitern neben Kübeln, Pinseln und allerlei Werkzeug. Selbst im kleinen Marmorsaal lehnte eine Leiter geradezu fahrlässig an der kostbaren Wand. Immerhin, sämtliche Spiegel hatte man mit Papier abgedeckt. Zwischen all dem Chaos stapften Männer in mit bunter Farbe bekleckerten Gewandungen umher. »Küss die Hand, Gnädigste«, hörte sie einen Zuruf. Erna reckte das Kinn und grüßte stumm mit leichtem Kopfnicken zurück. »Chef sein im Büro.« Die Worte des Arbeiters in gebrochenem Deutsch erregten in ihr ein seltsam ungutes Gefühl, was gewiss nicht seine Absicht gewesen war. Erna betrat das Zimmer am Ende des Westflügels und sah Krzizek über seinen Büchern sitzen. »Ich melde mich zum Dienst. Guten Morgen, Herr Amtssekretär.«

»Guten Morgen, Frau Kührer. Bitte setzen Sie sich.«

Seine finstere Miene und der strenge Tonfall bestärkten Erna in ihrem Gefühl, dass sie keine guten Nachrichten zu erwarten hatte.

»Ich bin noch gar nicht für die Arbeit hergerichtet, Herr Krzizek. Mein Mantel …«

»Bitte, setzen Sie sich«, fiel er ihr ungeduldig ins Wort.

Erna ließ sich auf den Stuhl fallen.

»Seine Kaiserliche Hoheit, der Thronfolger ist aus Böhmen zurückgekehrt.« Während der Herr Amtssekretär zu ihr sprach, blieb sein Blick in dem offenen Buch für die Registrierungen sämtlicher schriftlicher Eingänge haften. Auch das war ein schlechtes Zeichen. Erna war auf der Hut.

»Nachdem Seine Kaiserliche Hoheit von dem Fund der Leiche im Park unterrichtet worden war, hat Seine Kaiserliche Hoheit angeordnet …« Er schaute auf und fing Ernas angespannten Blick ein, »Sie unverzüglich aus dem Dienst der Modernen Galerie zu entlassen. Ich bedaure diese Maßnahme, glauben Sie mir, Frau Kührer. Aber mir sind die Hände gebunden.« Krzizek fischte nach einem Blatt Papier unter dem Indexbuch. »Ich habe ein entsprechendes Schreiben vorbereitet. Bitte, wenn Sie hier unterzeichnen würden.« Er deutete mit dem Zeigefinger auf eine Linie mit Punkten auf dem Papier. Von der Federspitze tropfte lila Tinte. »Mist«, murmelte Krzizek und tupfte mit einem Tuch die Tropfen von der Tischplatte.

Erna starrte auf die Feder in der Hand des Amtssekretärs. »Ich kann das nicht unterschreiben. Das ist nicht gerecht.«

»Der Anordnung Seiner Kaiserlichen Hoheit ist unverzüglich Folge zu leisten, Frau Kührer. Bitte geben Sie den Schlüssel für die Galerie zurück und unterschreiben Sie.«

»Warten Sie!« Erna holte tief Luft. »Das alles ist ein schreckliches Missverständnis. Lassen Sie mich mit der Fürstin sprechen.« Sie schoss auf, umklammerte den Griff ihrer Handtasche. »Warten Sie. Ich kläre das auf. Ich bin gleich wieder zurück. Diese Dienstentlassung ist ein bedauerliches Missverständnis, Herr Amtssekretär.« Der Stuhl polterte zurück. Erna stürmte aus dem Büro.

»Frau Kührer! Machen Sie sich nicht unglücklich!«, schrie Krzizek hinterher. »Der Schlüssel!«

Doch sie war schon beim Ausgang zum Park. Ihr Puls pochte gegen den Hals. Erna lief so schnell es mit den Stöckelschuhen möglich war. Zwei Stufen auf einmal nahm sie über die Freitreppe. Weder sah sie den Mann mit der schwarzen Tasche noch den Hund an der Leine noch hörte sie das Rauschen der kaskadensprühenden Brunnen. Dumpf vor Wut hastete Erna an den in herbstlichen Farben stehenden Hecken die Steigung entlang, ohne nach rechts oder links zu schauen.

»Ich muss zu Ihrer Durchlaucht … der Fürstin Sophie«, keuchte sie atemlos, als sich der Wachmann ihr beim Eingang zum Vestibül entgegenstellte. Erna zeigte mit der Hand zum Eingang des Schlosses. Eine Unzahl von Bediensteten in Arbeitskleidern tummelte sich in der Sala terrena. Stubenmädchen, Diener, Kindermädchen, Köche, Gärtner. Schweres Gepäck wurde geschoben, hektisches Geschwätz drang nach draußen. Erna sah Janaczek in seiner lächerlich engen Jacke mittendrin stehen und mit den Armen fuchteln. Erna schnappte nach Luft. »Ich muss dringend zu Ihrer Durchlaucht, Fürstin Sophie. Lassen Sie mich vorbei. Ich bin ihre Zofe!«

»Die Fürstin hat sich zum Gebet in die Kapelle zurückgezogen«, erwiderte der Wachmann streng. »Von dem Besuch einer Zofe weiß ich nichts.«

»In der Kapelle ist sie also. Die befindet sich im südöstlichen Eckpavillon der Beletage. Nicht wahr?«

Der Wachmann glotzte mit offenem Mund. Erna nutzte seine Irritation und huschte vorbei in die Sala terrena. Noch bevor der überrumpelte Mann ihr nacheilen konnte, rannte sie mit hochgerafftem Rocksaum Richtung Südostturm zur Kapelle. Die hohe Holztür öffnete sich knarrend.

»Eure Durchlaucht, verzeiht!« Erna trat in den dunklen Raum. »Ihr wurdet gewiss noch nicht unterrichtet von meiner entehrenden Entlassung. Ich, die gerade durch ein schreckliches Verbrechen den ältesten Sohn verloren hat.« Ernas Stimme zitterte. Sie holte tief Luft. »Ihr seid wie ich eine Mutter, Eure Durchlaucht, Ihr werdet verstehen, dass es nicht gerecht ist, mich für den Tod meines Sohnes zu bestrafen. Ich habe noch drei weitere Kinder, Fürstin. Mein Mann ist seit Langem leidend und arbeitslos. Wir brauchen jeden Heller.«

Ein Lichtstrahl brach durch das hohe schmale Fenster und erhellte ein prachtvolles Deckengemälde mit biblischen Gestalten über dem Altar in Gold, Weiß und Silber. Engelsfiguren blickten auf die auf dem Absatz kniende, in Schwarz gekleidete Fürstin hinab.

»Wie impertinent! Was glaubt Sie denn, wer Sie ist. Fort mit Ihr!« Die Fürstin machte mit ihrer behandschuhten Hand eine wegwischende Bewegung, bevor sie sich abwandte und mit gefalteten Händen zu ihrer Zwiesprache mit Gott zurückkehrte.

Erna fasste sich an die Brust. Ihr Verstand vermochte die

Worte der Fürstin nicht zu begreifen. »Eure Durchlaucht!« Ihre Stimme brach. »Beim letzten Male hatten wir uns so nett unterhalten, beinahe wie Freundinnen. Ich dachte … ich bitte inständig dienen zu dürfen mit all meiner Kraft, Eure Durchlaucht.«

»Freundinnen? Wir?« Die Fürstin zog sich ächzend hoch. In vorgebeugter Haltung tasteten ihre beringten Finger über den noch immer beachtlich gewölbten Bauch. »Mein Kind ist tot geboren. Wie kann Sie es wagen, sich mit mir und meinem Schmerz zu vergleichen? Was erlaubt Sie sich?«

Inzwischen war der Wachmann in der Kapelle eingetroffen und zog in angreifender Geste mit breiten Beinen seinen Degen aus dem Gürtel.

»Untersteh Er sich, in der Kapelle vor den Augen Gottes die Waffe zu ziehen!« Die Fürstin hob beide Arme. »Bringt diese Person fort, aber ohne Gewalt.«

Der Degen glitt zurück in den breiten Haltgürtel.

Erna erstarrte. »Es ist nicht gerecht«, murmelte sie. Ihr Atem war zurückgekehrt, wie der Schmerz und die Scham. Sie hatte sich getäuscht. Das Geschenk der Fürstin, der goldene Armreif, bedeutete nichts. Es war ein Almosen, wie die Münze des reichen Fürsten für den Beutel des Bettlers. Erna spürte den Druck der schweren Hände auf ihren Schultern und den Atem des Wachmanns im Nacken. Murmelnd forderte er sie auf, mit ihm zu gehen. Ihr Rücken versteifte sich, ihre Füße stemmten sich in den Boden. Die linke Hand streifte den goldenen Reifen vom Armgelenk und warf ihn mit Schwung vor die Füße der Fürstin. Der Reifen landete auf dem harten Stein. Leises Klirren. Ein spitzer Schrei der Fürstin. »Unerhört! Fort mit Ihr!«

Der Wachmann packte Erna am Arm und zerrte sie durch die offene Tür auf den Ausgang der Kapelle zu. Sie drückte dagegen, er zerrte sie weiter, stieß sie vor den Augen des Haushofmeisters durch die Sala terrena zum Vestibül. Wie eine gemeine Diebin warf man sie vor die Tür. Schweißdurchnässt, der dunkle Mantel mit dem Kalk der weißen Wandfarbe befleckt, der Hut schräg ins Gesicht verrutscht, die Handtasche gefallen, der Verschluss aufgesprungen, der Inhalt im Kies verstreut, wusste sie nicht, wie ihr geschah. Erst nach einigen tiefen Atemzügen fasste sie sich und sammelte ihre Habseligkeiten ein, bevor sie sich mit erhobenem Haupt und gestrecktem Rücken zum Abstieg durch den Park aufmachte. Der Krzizek musste ihr jetzt helfen. Er war ihr etwas schuldig … nach allem … was sie in diesen fünf Jahren für ihn getan hatte.

KAPITEL 16

5. OKTOBER 1908

Der Nebel hatte sich verdichtet. Eine Wolkenwand hing über dem grünen Dach des Oberen Belvedere. Pospischil rieb seufzend über den schmerzenden Rücken. Langsam wurde er zu alt für die Ermittlungsarbeit im Freien. Besonders bei diesem rheumatischen Wetter. Er hätte den Doktor Frisch mit der Hündin losschicken sollen. Stattdessen war der Kollege jetzt im warmen Institut mit Papierkram beschäftigt, während Labrador und er frierend im Park nach dem fehlenden Kopf suchten, den die Uniformierten nicht finden konnten. Sapperlot! Der verdammte Kopf musste doch irgendwo sein! »Such, Labrador, such!« Pospischil hielt der Hündin mit behandschuhten Fingern die rechte abgeschlagene Hand von Daniel Kührer vor die Schnauze. Pospischil hatte den Geruch des Präparierungsmittels abzuwaschen versucht. Labrador schnüffelte und wanderte mit der Nase über die Wege, Beete und steinernen Figuren, entlang der Brunneneinfassungen und hinter die dichten Buchsbaumhecken. Die Zunge hing ihr aus dem keuchenden Maul. Der Schwanz wedelte und die Nase wanderte hin und her. Pospischil kam der Verdacht, dass seine Hündin sich bloß daran erfreute, mit ihm durch den schönen Park zu spazieren. Keineswegs erweckte das Verhalten der Hündin den Eindruck, eine Spur zu dem fehlenden Schädel aufzunehmen. Pospischil seufzte und zog den aufgestellten Kragen seines Gehrocks bis an die Ohren hinauf. Es war kalt geworden, zu kalt für leichte Kleidung. Da näherten sich energische Schritte über die Kieselsteinwege. Pospischil drehte sich um, drückte mit dem Zeigefinger seine verrutschte Brille zurecht und staunte nicht schlecht, als er Frau Kührer mit rot angelaufenem, trotz der Kälte verschwitztem Gesicht herbeieilen sah. »Grüß Sie Gott, liebe Frau Kührer.« Er lüftete den Hut. »Sind Gnädigste schon im Dienst?«

Seltsam, sie schien ihn nicht zu bemerken. Pospischil trat zurück, da er fürchtete, sie würde im nächsten Moment in ihn hineinrennen. Ihre Augen schauten ins Leere. Da blieb sie endlich stehen, wandte langsam den Kopf in seine Richtung und glotzte mit verwirrtem Blick auf die Hündin. Ein deutlicher Ruck ging durch ihren Körper, ihre Knie beugten sich. »Nehmen S' den Hund weg!« Ihr Kreischen kam so unerwartet, dass Pospischil zurückzuckte.

»Gnädigste! Ich versichere Ihnen, meine Labrador ist völlig harmlos.«

»Ich bin als Kind bissen worden. Ich hasse Hundsviecher!« Wie von Sinnen stapfte sie an ihm und der bei Fuß stehenden Hündin vorbei.

»Aber bittschön, Frau Kührer, so bleiben S' stehen. Ich möcht mit Ihnen reden.« Pospischil sah der Bedienerin kopfschüttelnd hinterher. »Na ja«, sagte er zu Labrador. »Sie hat grad ihren Sohn verloren. Da kann man schon a bisserl seltsam werden.« Der kalte Wind brauste um seine Ohren. Ein Schauer jagte über seinen Rücken. »Mir reicht's. Des bringt nichts. Komm, steigen wir am Bahnhof in einen Fiaker und machen uns aus dem Staub.«

Labrador legte die Ohren an und blickte treuherzig zu ihrem Herrchen hoch.

»Heute finden wir den Kopf von dem Kührer-Buben eh nicht«, redete er weiter auf das Tier ein. »Vielleicht schauen wir auf einen Sprung in der Ungargasse vorbei. Bei dem Haus, wo die Kührers und die Krzizeks wohnen.« Der Polizeiagent blickte nachdenklich zum oberen Schloss hinauf. Ein Schwarm Krähen zog flügelschlagend über das grüne Kupferdach. »Ich würd gern mit dem Ehemann von der Bedienerin und mit der dünnen, blassen Gattin von dem Sekretär reden«, murmelte er. »Es ist schon seltsam, dass die alle unter einem Dach wohnen.« Pospischil wandte sich wieder seiner Hündin zu. »Zuerst gönnen wir uns aber einen kräftigen Mokka im Stadtparker Kurhaus, Labrador.« Pospischil griff an seine schwarze Tasche, in der die abgeschlagene Hand in Papier gewickelt lag.

»Papa! Papa!« Max stolperte über die Stufe zum Hof, streckte im Flug seine Arme aus und konnte den Sturz in den Staub wendig abfedern. Blitzschnell war der Knabe wieder auf den Beinen. »Papa! Papa!«

»Was ist denn los, Maxi?« Franz Kührer löste die Bürste vom Rücken des Kaltbluts und drehte sich seinem Sohn zu. Seppel schnaubte und schüttelte die braune Mähne.

»Da war wieder der große dunkle Mann. Ich fürcht mich so.«

»Wo war ein Mann, Maxi?«

»Auf der Straße vor der Tür, Papa!«

Franz Kührer querte blitzschnell den Hof und trat durch den schmalen Gang auf die Ungargasse hinaus. Nach links und nach rechts wendete er den Kopf. Dann drehte er sich zu seinem Sohn. »Ich sehe niemanden, Maxi. Was hat er getan?«

»Er war auf einmal da und hat uns mit schwarzen Augen angeglotzt. Der Moritz hat gleich in die Hose g'macht vor lauter Angst.«

»Hat der Mann etwas gesagt, Bub?«

Max schüttelte den blond gelockten Kopf. »Nein, nur so g'schaut und die Hände gehoben.«

»Wie gehoben?«

Max öffnete seine Arme, spreizte die Finger und fletschte die Zähne, so, als wollte er etwas zermalmen.

»Ist das der gleiche böse Mann, von dem ihr mir schon einmal erzählt habt? Damals, als die Klementine verschwunden ist?«

Max nickte. »Ja, Papa. Der gleiche böse Mann.«

»Wo ist der Moritz jetzt, Maxi?«

»Oben. Er zieht sich was Trockenes an.«

Franz Kührer beugte sich zu seinem Sohn. »Wenn der Mann noch einmal vor unserem Haus steht, schreist du laut um Hilfe. Hast du verstanden?«

»Ja, Papa.«

»Und jetzt geh hinauf und hilf deinem Bruder. Ich komm gleich nach.«

»Ja, Papa.«

Franz Kührer trat nachdenklich durch die offene Tür in den Stall, nahm die Bürste vom Haken und strich über das braune Fell des Kaltbluts. Seppel wieherte und scharrte mit dem rechten Huf. Minutenlang führte Franz die Bürste gleichmäßig über den Rücken des Pferdes, wobei er grübelte, wer dieser fremde Mann gewesen sein konnte. Einer, der sich einen Jux daraus machte, kleine Buben zu erschrecken? Seppel schnaubte. Franz legte die Bürste zur Seite, gabelte frisches Stroh in den Trog, verschloss die Tür und ging hinauf in die Wohnung im vierten Stock, um nach den Kindern zu sehen. Die Zwillinge wussten noch nichts vom Tod des großen Bruders. Nachdem Klementine durch die Nachricht einen phlegmatischen Rückfall erlitten hatte, hatte er es nicht übers Herz gebracht, den Buben von den Grausamkeiten des Lebens zu erzählen.

Gegen elf Uhr stieg Hans Pospischil aus dem Fiaker, bezahlte, ließ sich eine Quittung ausstellen und ging auf das Haus in der

Ungargasse Nummer zwei zu. Das Zinshaus schmiegte sich schmal zwischen zwei wuchtige, mit Engelsfiguren geschmückte Wohngebäude. Gerade einmal sechs Fenster reihten sich in der Breite, und rechnete man das Mezzanin mit ein, maß es fünf Stockwerke in die Höhe. Die Fassade war glatt und in dezentem Grau gehalten. Zarte Ornamentmalerei, wie sie gerade modern war, zierte die Rahmungen. Das Haus musste erst vor Kurzem neu gestrichen worden sein. Eine recht feine Adresse für eine einfache Bedienstete, dachte er. Gerade als er die Hand zur Klingel heben wollte, trat ein korpulenter Mann in einer dunkelblauen Schürze durch das Tor auf ihn zu.

»Zu wem möchten der Herr?«, fragte er neugierig.

»Habe ich die Ehre mit dem Hausmeister dieser Adresse?«

»Hermann Buchholz. Zu Ihren Diensten, Herr …?« Seine buschigen Augenbrauen wanderten hoch.

Pospischil fasste in die Innentasche seines Gehrocks und zückte die Kokarde mit dem Dienstausweis. »Polizeiagent Johann Pospischil von der Geheimpolizei. Ich möchte zu den Familien Krzizek und Kührer, wenn es recht ist.«

»Geheimpolizei? Soso. Ist es wegen dem toten Kührer-Sohn?«

Pospischil nickte und steckte Ausweis und Kokarde zurück.

»Na unterschiedlicher könnten die zwei Familien net sein«, sagte er. Der kräftige Mann deutete dem Polizeiagenten den Weg durch einen dunklen, schmalen Flur, in dem es ein wenig nach Pferdestall roch.

»Obwohl«, der Hausmeister kratzte sich am Kopf. »Die Kührers sind einfache, ja schlichte Leut, dennoch anständig, wär da nicht der missratene Sohn. Der ist … pardon, der war ein rechter Falott.«

»Der Daniel Kührer war ein Falott? Wie meinen Sie das?« Pospischil spitzte die Ohren.

»Man soll ja nicht schlecht über Tote reden.« Buchholz neigte den Kopf. »Ich weiß eh nix. Mir sagt ja keiner was. Dabei wär ein Hausmeister in der Pflicht, alles Wichtige in seinem Revier zu erfahren. Insbesondere wenn es sich um Verbrechen handelt. Nicht wahr? Nur dann kann für die nötige Ordnung gesorgt werden. Mit dem Kührer-Buben is ja keiner zurechtkommen. Da können S' fragen, wen S' wollen. Der hat da net herg'hört. Der Hausbesitzer, Sie kennen ihn vielleicht, weil der besitzt viele Zinshäuser in Wien. Also, dieser reiche Baron Theodor von Blaustein ist kurz davor gestanden, der Familie wegen dem Sohn die Wohnung zu kündigen. Ich hab ihm g'sagt, die Familie is eh in Ordnung, nur der älteste Sohn macht a Problem. Stellen S' Ihnen vor, der Herr Baron wollt alle miteinander auf die Straße setzen. Mir hat die Familie leidgetan. Na ja, des hat sich ja jetzt erledigt.« Der Mann seufzte tief.

»So schlimm war es mit dem Daniel Kührer?«, bohrte Pospischil.

»Leider. Leider. Manche bessern sich halt nie. Wie er aus Wien verschwunden is, kurz bevor er zum Militärdienst einzogen worden wär, haben hier alle aufgeatmet. Keiner hat g'rechnet, dass der zurückkehrt. Der hätt dem österreichisch-ungarischen Militär eh keinen Dienst erwiesen. Wahrscheinlich hätten s' den nach zwei Wochen rausg'schmissen aus dem Heer.«

»Er hätte also den Militärdienst antreten sollen?«, fragte Pospischil.

»Ja, drum haben alle denkt, der bleibt eh net lang in Wien. Des is a Vagabund. Dass sie jetzt seine Leich im Belvedere-Park«, er lachte spitz auf, »ausg'rechnet im Schlosspark von unserem ehrenwerten Thronfolger, g'funden haben, is scho irgendwie a Ironie.«

»Woher wissen S' das mit dem Belvedere?«, fragte Pospischil.

»Das stand in keiner Zeitung, und die Kührers wurden angewiesen, über die Details zum Fall wegen der heiklen Sachlage, na ja, is eh scho wurscht, zu schweigen.«

»Man hat so seine Beziehungen, Herr Polizeiagent.« Buchholz grinste. Nach einem Räusperer fuhr er fort. »Dass de Sach rund um den Mordfall geheim is, versteht sich von selbst. Von mir erfahrt g'wiss keiner was, des schwör i.« Buchholz schlug in militärischer Gestik die Absätze aneinander. »Da brauchen S' Ihna kane Sorgen machen. Ich weiß, was sich g'hört, i hab meinen Militärdienst für das Reich ohne Murren alle drei Jahr bis zur letzten Minute abg'leistet. Stets zu Diensten, für die Monarchie, für den Kaiser, für Recht und Ordnung. Jawohl.«

»Da bin ich beruhigt, lieber Herr Buchholz. Und wenn Sie so gute Kontakte haben, wissen S' sicher mehr über den Verstorbenen als alle anderen in diesem Haus. Sind S' so gut, weihen S' mich bittschön ein.«

»Ja, der Geheimpolizei tu ich gerne den Gefallen.« Er grinste wieder und zeigte eine Reihe stumpfer gelber Zähne. »Kommen S' weiter in meine bescheidene Stube.« Er fischte einen Schlüssel aus der Brusttasche seiner blauen Schürze und drehte sich um. Pospischil folgte ihm durch einen dunklen, kühlen Gang. Als sich die unscheinbare Tür zur Wohnung des Hausmeisters im Parterre öffnete, schlug Pospischil der Geruch von eingebranntem Kohl entgegen. Unverwandt meldete sich der Hunger durch ein kräftiges Rumoren in der Magengegend. »Ähm, Herr Hausmeister, darf die Hündin mit in die Wohnung? Ich versichere Ihnen, sie ist überaus artig und wohlerzogen.«

»Na klar, nehmen S' des Viecherl ruhig mit.«

»Dankeschön. Wenn S' vielleicht a Schüsserl mit Wasser hätten? Bittschön. Das wär nett.«

»Aber selbstverständlich.« Der Hausmeister ging in die

Wohnküche, nahm ein Gefäß aus Keramik, schlurfte retour zum Gang raus bis zur Bassena an der Wand, ließ Wasser einlaufen, kehrte um und stellte das Gefäß auf den Boden. »Da hast, Viecherl, lass dir das Wiener Hochquellwasser schmecken.«

Labrador wedelte mit dem Schweif und schleckte geräuschvoll das Wasser. Der Hausmeister und Pospischil warteten, bis das Tier den Durst gestillt hatte, und dann ließen sich alle in der Wohnküche nieder. Pospischil sah sich interessiert um. Der nicht ungemütliche Raum war rund drei Meter hoch, sauber geweißelt, gekehrt und aufgeräumt, wie er es dem Mann in der Schürze gar nicht zugetraut hätte. Auf dem Ofen stand ein Topf. Vermutlich schmorte darin der duftende Kohleintopf. Eine Frau schien es in diesem Haushalt nicht zu geben. Keine Blumen, keine verspielten Dekorierungen, keine Vorhänge, kein Tischtuch. Alles in diesem Raum war sachlich und zweckmäßig. Vor allem herrschte hier Ordnung.

Der Hausmeister holte aus einem Hängeschrank eine schlanke Flasche mit klarer Flüssigkeit und zwei Schnapsgläser. »Den kauf i immer beim Brandtweiner am Tandelmarkt. Der is himmlisch, den müssen S' probieren. Aus gereiften Wachauer Marillen ist der gebrannt. Ein Gottesgeschenk.«

Pospischil lächelte. »Bin zwar im Dienst. Allerdings, wenn Sie den Schnaps so anpreisen, kann ich net Nein sagen.«

Die klare Flüssigkeit gluckerte in die Gläser. Pospischil nippte. »Wirklich superb. Sapperlot.«

Herr Buchholz strahlte. »Also, was wollen S' wissen, Herr Polizeiagent?«

»Ob der junge Herr Kührer Feinde gehabt hat.«

»Ha!« Buchholz lachte laut auf. »Nur Feinde, Herr Polizeiagent, keine Freunde. Der Daniel war durch und durch schlecht. So einer hat keine Freunde. Hat alle g'schimpft, überall Schulden g'macht und benommen hat sich der, als ob er der Kaiser persönlich wär. Ja, und im G'fängnis war er a scho. Hat aber nix g'holfen. Da drin is er g'wiss ka bissl besser worden.«

»Im Gefängnis?« Des hätt der Frisch doch recherchieren müssen, dachte Pospischil und kratzte sich irritiert am Kopf.

»Ja, im Häfen war der Falott. Das weiß ich von seinem Herrn Vater. Der hat es mir in einer weinseligen Stund beim Alten Heller vorn in der Ungargasse erzählt. Des is scho länger her. Die Familie hat zuerst woanders g'wohnt, wissen S'. Irgendwo weit draußen in der Vorstadt in an Loch. Erst seit etwa fünf Jahren leben die bei uns.«

»Dann hat der Daniel Kührer wohl eine Jugendstrafe ausgefasst.« Jugendstrafen waren in seiner erkennungsdienstlichen Datei nicht erfasst. Frisch hatte also keinen Fehler beim Recherchieren gemacht. Pospischil atmete durch.

Buchholz nickte und schenkte nach.

»Hat der junge Kührer etwa kürzlich jemandem was Böses getan?«, fragte Pospischil.

»Ja«, erwiderte Buchholz. »Den Juden vom vierten Stock hat er blutig geprügelt.«

»Wann genau ist das geschehen?«

Buchholz runzelte die Stirn. »Vor an Monat ungefähr, oder sogar etwas früher.«

»Also zwischen Ende August und Anfang September. Interessant.«

Buchholz nickte. »Der Herr Goldstein ist Kaufmann. Ein sehr ruhiger, stiller Herr, der gewiss zu keinem Mord fähig wär. Wenn Sie das denken sollten, Herr Polizeiagent.«

»Sie würden sich wundern, lieber Herr Buchholz, wer aller zu einem Mord fähig sein kann, wenn die Umstände es verlangen. Kann ich diesen Herrn Goldstein sprechen?«

»Da haben S' heute Glück, Herr Polizeiagent. Der dürft zufällig mal zu Haus sein. Sonst ist er meist auf Reisen. Geschäftlich vermutlich.«

»Wissen Sie, warum der junge Kührer ihn verprügelt hat?«

»Ah, wegen an Blödsinn. Der Wirt in der Ungargasse hat a blechernes Schild über der Tür hängen. Da steht drauf, dass Juden und Hunde net erwünscht san. Hat eh kaner ernst g'nommen. Bloß der depperte Kührer-Bua wollt sich wieder einmal wichtigmachen und hat den Herrn Goldstein wegen dem Schild aus dem Lokal g'schmissen. Obwohl es ihm kaner ang'schafft hat. Der Wirt ganz bestimmt net. Weil der Herr Goldstein hat immer seine Zech bezahlt.«

Pospischil erinnerte sich an eine Zeitungsnotiz vor einigen Wochen in der Kronen Zeitung. Bürgermeister Lueger hatte den Wirten im Falle von Schwierigkeiten mit zwielichtigen jüdischen Gästen in der Tat empfohlen, solche Schilder anzubringen. »Fällt Ihnen sonst noch ein Zwischenfall ähnlicher Natur zu Daniel Kührer ein, Herr Buchholz?«

Der Hausmeister schüttelte den Kopf und bot dem Polizeiagenten einen weiteren Schnaps an, den dieser jedoch ablehnte. Pospischil bedankte sich.

»Eine letzte Frage, Herr Buchholz, san S' ehrlich, ist der Tod des jungen Herrn Kührer ein Verlust?«

Der Hausmeister hob die Augenbrauen, schaute verdutzt und sagte schließlich: »Na, für unser ehrenwertes Haus sicher net, höchstens für die Familie. Das gemeinsame Blut schweißt z'samm.«

»Danke, Herr Buchholz.« Pospischil nahm die Leine und stieg mit Labrador hinauf in die Beletage zum Juden Goldstein. Etwas außer Atem wartete er ein paar Minuten vor der Tür, bevor er klopfte.

Der Mann hatte ein freundliches Gesicht und bat den Polizeiagenten, nachdem dieser den Grund für seinen Besuch kurz umrissen hatte, samt Hündin weiter in seinen Salon. Er habe Kaffee oder Tee, wenn gewünscht. Pospischil dachte an seine Reizblase, wollte weder Kaffee noch Tee, aber nach dem Schnaps beim Hausmeister war er durstig und bat um ein Glas Wasser, das Herr Goldstein auch sofort aus der Küche holte, während es sich Pospischil im Wohnsalon auf einem breiten Armstuhl gemütlich machte. Als er Herrn Goldstein kurz darauf geradeheraus fragte, wo er Ende September gewesen sei, erzählte dieser von einer zweiwöchigen geschäftlichen Reise nach Prag und notierte eine Adresse, an der sich die Polizei gerne erkundigen dürfe. »Ich bin erst seit Kurzem wieder in Wien, Herr Polizeiagent.«

»Ich habe von einem Zwischenfall vor etwa einem Monat in dem Gasthaus in der Ungargasse erfahren«, sagte Pospischil. »Daniel Kührer hat Sie blutig geschlagen. Das muss kurz vor Ihrer Geschäftsreise gewesen sein. Warum haben Sie den tätlichen Angriff nicht angezeigt?«

Der Kaufmann winkte ab und setzte sich auf ein englisch gemustertes Sofa. Mit überschlagenen Beinen lehnte er sich zurück und stützte den Kopf auf die Hand. Herr Goldstein hatte auffallend zarte Gliedmaßen für einen Mann. Eigentlich war alles an ihm schmal, vermutlich bis auf das Portemonnaie – wie Pospischil anhand der kostbaren Vasen und Porzellanfiguren auf den luxuriösen Möbeln und der wertvollen Taschenuhr an der goldenen Kette an der schmalen Brust des Mannes folgerte.

»Was hätte es gebracht?« Herr Goldstein zog die Augenbrauen hoch. »Dieser junge Mann wird durch einen längeren Aufenthalt in einem Gefängnis nicht zum besseren Menschen, glauben Sie mir.«

Pospischil schmunzelte. »Sie kennen die Familie?«

»Nein. Nicht wirklich. Die Mutter ist unter der Woche tagsüber außer Haus, der Vater ein seltsamer Kauz. Ich glaub, der wäre am liebsten mit seinem alten Pferd verheiratet. Die Kinder, ja, die sind lebendig. Die Zwillinge herzig und die Tochter eine Schönheit. Zumindest war sie das bis vor Kurzem.«

»Wie meinen Sie das, Herr Goldstein? Ist etwas mit der Tochter nicht in Ordnung?« Pospischil schmeckte noch immer den scharfen Brand vom Hausmeister am Gaumen und trank das Glas Wasser in einem Zug aus. Sofort drückte die aufgenommene Flüssigkeit empfindlich auf seine Blase.

»Ich sah das Kind in den letzten Wochen gelegentlich gemeinsam mit dem älteren Bruder auf der Straße. Herr Polizeiagent, ich merke es in den Augen, wenn einem Kind die Unschuld zu früh genommen wird. Da reime ich mir eben etwas zusammen.«

Pospischil beugte sich vor. »Wie bitte?«

»Der Bruder hat seine schöne Schwester zur Hure gemacht. Ich bin ein guter Beobachter, Herr Polizeiagent.«

»Ja, warum haben Sie das nicht angezeigt oder wenigstens den Eltern erzählt?«

Herr Goldstein seufzte. »Nicht, dass es mich kaltgelassen hätte. Ich habe mich mit dem Hausmeister diesbezüglich beraten. Sie können das vielleicht nicht verstehen, Herr Polizeiagent, aber als Jude muss man sehr aufpassen in dieser Stadt. Schnell wird einem etwas angehängt oder nachgesagt, das nicht der Wahrheit entspricht, aber dennoch sofort geglaubt wird. Der gute Ruf ist mein Geschäft. Verstehen Sie?«

»Schon gut, Herr Goldstein. Ich mache Ihnen keine Vorwürfe. Sie sagen also, Sie hätten sich mit dem Hausmeister beraten, was zu tun sei?«

»Ja. Er hat mir empfohlen, gar nichts zu unternehmen. Er selbst würde sich der Sache annehmen und mit den Eltern reden.«

»Und? Hat er mit den Eltern geredet?«

»Vermutlich. Die Streitigkeiten zwischen ihm und dem jungen Kührer sind dann schlimmer geworden. Das konnte man im ganzen Haus hören. Einmal soll der junge Mann gar handgreiflich gegen den Herrn Hausmeister geworden sein. Aber wie gesagt, ich war zwischenzeitlich in Prag. Entschuldigen Sie, jetzt im Nachhinein betrachtet, hätte ich mich wirklich noch einmal erkundigen müssen. Das arme Mädel.«

»Schon in Ordnung. Schließlich haben Sie ja etwas unternommen. Von Streitigkeiten oder gar Handgreiflichkeiten mit dem Daniel Kührer hat mir der Hausmeister vorhin gar nichts erzählt.«

»Es ging um die Gebühr für das Türöffnen nach zehn Uhr. Der junge Kührer ist oft zu spät nach Hause gekommen und dann hat er sämtliche Nachbarn mit seiner Schreierei geweckt, weil er nicht bezahlten wollte und ja, auch den Hausmeister hat er rüde beschimpft. Ich konnte es bis herauf zu meinem Fenster hören. Diesem Kührer-Sohn rutschte leicht die Hand aus.«

»Der junge Mann war wohl nicht beliebt.«

Herr Goldstein lächelte. »In diesem Haus wurden nicht viele Tränen nach seinem Ableben vergossen, Herr Polizeiagent.«

»Das war's dann schon. Ich belästige Sie nicht länger.« Pospischil drehte sich um, stutzte und fügte hinzu. »Ähm, dürft ich vielleicht eine Toilette benutzen?«

»Selbstverständlich.« Herr Goldstein sprang auf und deutete mit dem gestreckten Arm in die Richtung. »Die zweite Tür rechts. Diese Wohnung hat einen eigenen Wasseranschluss für ein Klo. Sie können dort sogar Hände waschen. Ich lege Wert auf Reinlichkeit, Herr Polizeiagent.« Herr Goldstein zwinkerte ironisch.

»Danke herzlich.« Nachdem Pospischil erleichtert und gereinigt war, lüftete er vor Herrn Goldstein den Hut. »Habe die

Ehre.« Dann verließ er die Wohnung und läutete gegenüber bei Familie Krzizek. Labrador hechelte hinterher.

Ein junges Dienstmädchen mit einem Häubchen auf dem Kopf, eine weiße Schürze um den schlanken Leib gebunden, öffnete. Pospischil zeigte die Kokarde und bat um eine kurze Unterredung mit der Dame des Hauses.

»Die Gnädigste fühlt sich nicht wohl. Bitte erledigen Sie die Angelegenheit rasch und behutsam.« Das Fräulein flüsterte.

Pospischil versprach, nicht lange zu stören, trat in den geräumigen Flur und wurde in ein noch geräumigeres Wohnzimmer weitergeführt. Dort wartete er stehend und lauschte den Takten einer Pendeluhr. Das aus dunklem Holz und gläsernen Türen gefertigte Gehäuse reichte vom Boden bis knapp unterhalb des Plafonds. Ein gewiss kostbares Exponat. Pospischil sah sich weiter um und blickte auf blasse Tapeten und landschaftliche Ölgemälde an den Wänden. Ein Kristallluster hing mittig und beleuchtete einen runden Tisch mit weißem Tuch. Dazu gab es vier Sessel und eine blaue Couch. Auf dem Boden ein blassblauer Teppich mit eingewebtem Wappen, zwei Wölfe mit einem roten Schild, wohl das Symbol der Familie der Freifrau von Herberstein, resümierte Pospischil. Er erinnerte sich an die Auskunft seines Freundes Neuhofer über die Herbersteins, um die er ihn letztens gebeten hatte. Die blaublütige Familie war finanziell ruiniert. Verspekuliert, wie etliche in diesen schweren Zeiten. Der Vater hatte Selbstmord begangen, die Mutter war kurz darauf verstorben. Der einzigen Tochter blieb nichts anderes übrig, als sich blamiert aus der feinen Gesellschaft ins Bürgerliche zurückzuziehen. Pospischil lauschte dem schlagenden Pendel. Hier im letzten Stock der Ungargasse Nummer zwei war sie also gelandet. Die stolze Freifrau von blauem Blut. Pospischil fuhr herum. Ihm war, als würde er beobachtet. Heimlich. Versteckt. Eine Beklemmung ergriff ihn. Er lockerte den Kragen. Für gewöhnlich war er es, der andere beobachtete. Da auch Labrador mit Unruhe und Winseln reagierte, täuschte er sich wohl nicht. Gab es ein Loch in der Wand? »Pst«, machte Pospischil. »Alles ist gut.« Die Hündin wurde ruhig. Das Pendel schlug hin und her. Innerhalb von Sekunden war es im Salon düster geworden. Als ob sich dunkle Regenwolken vor das Fenster geschoben hätten. Pospischil starrte auf die weißen Vorhänge, konnte jedoch nicht hindurchblicken. Dann drückte er auf den Lichtschalter neben der Tür. Die Kristalle in dem Deckenleuchter glitzerten auf. Wenige Augenblicke später erschien die blasse Freifrau in einem bodenlangen schwarzen Spitzenkleid. Das helle Haar trug sie straff aus der Stirn frisiert, wodurch ihr eine unnahbare Strenge anhaftete. Dennoch, ohne den dunklen Schleier vor dem Gesicht war sie eine ätherische Schönheit. Mit großen hellen Augen blickte sie zwischen Pospischil und der Hündin hin und her.

»Stört es Sie, dass sie mich begleitet?«, fragte Pospischil vorsichtig. »Sie ist friedlich und sauber.«

Die Freifrau winkte mit leidvoll gerunzelter Stirn ab. »Ich habe nichts gegen Hunde einzuwenden.« Trotz ihrer relativen Jugend und Schlankheit bewegte sie sich schwerfällig, und als sie sich auf das Sofa gleiten ließ, schien es Pospischil, als litte sie bei jeder Bewegung Schmerzen. Sie winkte ihm schwach und er setzte sich ihr gegenüber. Labrador ließ sich zu seinen Füßen nieder und legte ihre Schnauze auf die Vorderpfoten.

»Verehrte Freifrau, hat Ihnen Ihr Mann vom Tod des Daniel Kührer erzählt?«

»Die Freifrau können Sie unbesorgt weglassen, Herr Polizeiagent. Ich habe mich sozusagen hinausgeheiratet. Eine Frau aus dem Adel kann ihren Titel an den bürgerlichen Ehemann nicht weitergeben. Umgekehrt wäre das indes kein Problem. So sind sie halt, die Regeln.« Sie hielt dem Blick des Polizeiagenten stand und verzog keine Miene. »Ich halte mit niemandem in diesem seltsamen Haus Kontakt«, sagte sie und hob das Kinn. »Schon gar nicht mit den Männern. Mein Gemahl allerdings schätzt die Frau Kührer. Er sagt immer, sie leiste gute Arbeit in der Galerie. Deshalb hat er ihr wohl vor fünf Jahren die Wohnung im vierten Stock über den Baron von Blaustein vermittelt, zu dem wiederum meine Familie gute Beziehungen gepflegt hatte. Doch seit dem Bankrott und dem Tod meiner Eltern haben sich die Dinge verändert.« Ihre Stirn legte sich in Falten. »Mein einziger Wunsch ist ein Kind, um mich bei meinem Ehemann für seine Großzügigkeit zu bedanken. Der Herrgott allerdings scheint mich bestrafen zu wollen, wofür auch immer.« Sie senkte mit verkniffenem Mund die Lider. »Es mag uns keine Frucht unserer Liebe gelingen.«

Pospischil wagte kaum, sie anzusehen. Ihre Offenheit beschämte ihn. Zudem ging von ihrer Person ein körperlich spürbarer schmerzlicher Kummer aus, den er kaum auszuhalten vermochte. Das kurze Verlangen, diese zarte Person tröstend in den Arm zu nehmen, scheuchte er mit einem tiefen Atemzug hinfort. Stille erfüllte den Raum, die einzig durch den gleichmäßigen Schlag des Pendels und den hechelnden Atem der Hündin unterbrochen wurde. Mit kerzengeradem Rücken saß die Freifrau vor ihm und starrte zu Boden.

»Ihr Mann wünscht sich Kinder?«, fragte er schließlich.

»Kinder reinen Blutes«, antwortete sie. »In dieser verkehrten Welt scheinen nur die einfachen und die unreinen Leute mit Fruchtbarkeit gesegnet zu sein.«

Sekundenlang überlegte Pospischil, welche Frage er noch stellen konnte, ohne erneut eine Litanei ihres Schmerzes auszulösen. So war er erleichtert, als die Dienerin hereinkam und ihn bat, die Gnädigste nun zu schonen. Die Freifrau brauche dringend Ruhe. Pospischil verabschiedete sich mit einem hingehauchten Handkuss und den besten Genesungswünschen für die Leidende. Mit trippelnden, auf Zehen geführten Schritten flüchtete er so leise wie möglich aus der Wohnung. Der Schlag der Pendeluhr schickte ihm einen lauten Gong hinterher.

Zum Abschluss nahm er sich die Befragung der Familie des Opfers vor. Schlimmer konnte es nicht mehr werden.

KAPITEL 17

5. OKTOBER 1908

Das Material der Eingangstür zur Wohnung der Familie Kührer im vierten Stock zeugte vom Unterschied zwischen den Stockwerken, dem Souterrain und dem Mezzanin, zwischen Reich und Arm, zwischen Vornehm und Derb. Unten dunkles und schweres Holz, oben helle und mürbe, aus billigen Holzresten zusammengeflickte Türen, an denen der unansehnliche braune Lack an vielen Stellen abblätterte. Zudem senkten sich die Plafonds von Etage zu Etage deutlich ab. Eben noch in einem hohen, herrschaftlichen Zimmer gesessen, dachte Pospischil nun in eine Art von Höhle zu blicken. Düster und eng.

»Grüß Gott, Herr Kührer. Mein Name ist Pospischil. Ich bin der ermittelnde Polizeiagent im Todesfall Ihres Sohnes Daniel. Darf ich Ihnen mein tief empfundenes Beileid aussprechen?« Er räusperte sich. »Leider muss ich Ihnen ein paar Fragen stellen.«

»Meine Frau ist bei der Arbeit. Die Kinder sind im Kabinett und wollen schlafen«, versuchte der schmächtige Mann mit den durchsichtigen Augen offenbar den Besuch abzuwehren. »Ich … ich wollte gerade in den Hof, mein Pferd braucht frisches Heu.«

»Herr Kührer. Es ist wichtig. Auf ein Wort.«

Mit verkniffenen Lippen rückte der Mann einen Schritt in den Schatten zurück. Herr Kührer war etwa gleich groß wie Pospischil, maß jedoch höchstens die Hälfte seines Umfangs.

Pospischil trat nickend ein, lüftete den Hut und ging Herrn Kührer hinterher in eine winzige Wohnküche. An den Herd zwängte sich ein Tisch, an dem tatsächlich vier schmale Stühle Platz fanden. Ein fünfter stand an der Wand. Darüber hing ein schlichtes Holzkreuz.

»Ihr ältester Sohn scheint bei den Nachbarn nicht gerade beliebt gewesen zu sein, Herr Kührer.« Pospischil setzte sich.

Herr Kührer blieb stehen und kratzte mit der rechten Hand quer über seinen linken Unterarm. »Daniel ist schon ein anstrengendes Kind gewesen. Er hat von Geburt an wenig geschlafen, viel geschrien. Als die Klementine da war, ist es schlimmer geworden. Und dann sind die Zwillinge gekommen … ach, was rede ich.« Er knetete seine Finger. »Daniel ist tot.«

»Was hat ihn so verstört?«, fragte Pospischil. »Geschwister sind doch etwas Erfreuliches.«

Franz Kührer zuckte mit den Achseln. Die Haut an seinen Wangen sah ausgetrocknet aus, an der hohen Stirn klebten Schuppen. Überhaupt, diese Stirn. Pospischil war fasziniert von der fünfeckigen Schädelform des Mannes. Dabei konnte man Herrn Kührer nicht hässlich nennen. Symmetrisch geschnitten, die schmale Nase auffallend, die hellen, in einer Linie stehenden Augen, die in manchen Momenten einen klugen und weisen Ausdruck annahmen. Aber diese Haut. Wie Pergament. Besonders an den sehnigen Unterarmen war sie stark gerötet und entzündet. In den unzähligen Fältchen des Gesichts stand die Mühsal des Lebens eines einfachen Arbeiters geschrieben. Dabei hätte Pospischil den Mann gerade wegen seiner breiten Stirn auf den ersten Blick für einen Intellektuellen gehalten. So konnte man sich täuschen.

»Es war wohl die Enge«, seufzte Franz Kührer. »Wir haben früher in der Vorstadt in einem Loch gelebt. Seit wir hier in der Ungargasse wohnen dürfen«, sein Blick ging an Pospischil vorbei, irgendwohin durchs schmutzige Fensterglas in die

Dunkelheit der einbrechenden Nacht. »Er war halt zu lange alleine«, fuhr er fort. »Einzelkinder entwickeln sich oft nicht zu einer angemessenen Reife. Ja, es war unsere Schuld. Wir hätten eher für Nachwuchs sorgen sollen.«

»Das liegt in der Natur der Sache. Meinen Sie nicht, Herr Kührer?«

Franz Kührer nickte. »In der Natur der Sache«, wiederholte er. »Ja, alles liegt der Natur der Sache.« Er sprach in einem Tonfall, als ob er an den eigenen Worten zweifeln würde.

»Ihr Sohn war im Gefängnis?«, fragte Pospischil rhetorisch.

Herr Kührer nickte seufzend. »Eines Tages ist er in der Schule mit einem Messer auf den Lehrer losgegangen.« Er ließ die Schultern sinken. »Sie haben ihn von Amts wegen in die Besserungsanstalt gesteckt. So nannten sie es, ja, ich erinnere mich, von Amts wegen. Wir konnten nichts machen. Dort musste er so lange bleiben, wie es die Behörde für notwendig hielt. Die Eltern wurden nicht gefragt.« Herr Kührer seufzte. »Zwei ganze Jahre. Als er rauskam, haben wir ihn kaum wiedererkannt. Ich glaube, dort ist er erst richtig bösartig geworden.«

»Was ist dann mit Ihrem Sohn geschehen, Herr Kührer?«

»Das Militär wollte ihn zum Dienst einziehen. Da ist er verschwunden. Ohne ein Wort. Ohne Gepäck. Einzig das bisserl Geld aus der Familienkassa, die paar Kronen für den Notfall, die hat er mitgenommen. Aber das macht nichts. Weil das Geld hätten wir ihm ohnehin gegeben ..., wenn er gefragt hätte.« Seine Fingernägel scharrten geräuschvoll über den geröteten Unterarm.

Pospischil starrte auf die Bewegung seiner Finger. Das Kratzen war fürchterlich. Verlegen wandte er sich ab. Labrador winselte. »Pst«, sagte Pospischil. »Alles ist gut.«

»Danach bin ich krank geworden«, erzählte Franz Kührer weiter. »Meine Haut löst sich von Zeit zu Zeit. Wie bei einer

Schlange.« Er räusperte sich. »Früher war ich Fuhrmann bei einem Unternehmer in der Innenstadt, konnte gut mit Pferden, hatte einen eigenen Gaul und einen Wagen. Die feinsten Leute habe ich herumkutschiert. Stets zu deren Zufriedenheit. Nie gab es Beschwerden. Aber dann wollte keiner mehr mit mir fahren.« Er zuckte mit den Schultern. »Sehen Sie mich an. Dabei bin ich ein sauberer Mann. Jeden Tag wasche ich mich. Die Hygiene hilft aber nicht. Ich kann mich waschen, so viel ich will, es wird nicht besser. Im Gegenteil, mit Wasser und Seife wird es noch ärger.« Er seufzte. »Ich bin ein Pechvogel, Herr Polizeiagent. Sosehr ich mich auch anstrenge, Gott straft mich. Ich bringe es zu nichts. Einzig die Familie ist mein Anker, mein Halt.« Sein Blick wurde weich. »Das Kaltblut ist mir geblieben und der Wagen. Aber niemand will einem wie mir Arbeit geben. Nicht einmal bei der Reitschule in der Ungargasse. Ich bin ihnen zu alt. Ein Glück, dass die Erna das Putzen in der Modernen Galerie hat. Sonst müssten wir betteln.«

»Ja, ein Glück«, sagte Pospischil müde von dem vielen wehleidigen Gejammer. Zuerst unten bei der Freifrau und nun hier bei dem Fuhrmann. »Dürfte ich kurz das Zimmer sehen, in dem Ihr Sohn geschlafen hat?«

Herr Kührer zog die Mundwinkel nach unten. »Daniel hat in unserem Schlafzimmer genächtigt.« Er stand auf. »Kommen Sie.«

Pospischil folgte dem Mann in ein helles Zimmer. Es war eindeutig das schönste der Wohnung. Weiße Vorhänge, dunkles Parkett, ein Schrank, eine Kommode und ein breites Bett. Es sah aufgeräumt aus. Nichts wies auf den längeren Aufenthalt eines jungen Mannes hin. »Gibt es noch Sachen von Ihrem Sohn?«

Herr Kührer ging zu dem Schrank, öffnete und zog eine Jacke aus braunem Leder hervor. »Die ist von ihm.«

»Darf ich?« Pospischil griff nach der Jacke und bückte sich zu Labrador. »Schau, das ist von unserem Opfer. Kannst du ihn riechen?«

Labrador schnüffelte über das Leder und legte die Ohren an.

»Der Hund riecht wohl nur das Leder.« Herr Kührer nahm die Jacke und hängte sie in den Schrank zurück.

»Was ist mit Ihrer Tochter, Herr Kührer? Klementine heißt sie, nicht wahr? Verstand sie sich gut mit dem großen Bruder?«

Franz Kührer schob die Unterlippe vor. »Sie leidet sehr an dem Verlust ihres großen Bruders.«

»Könnte ich mit ihr reden?«

»Sie hatte Kopfweh und hat sich niederg'legt.«

»Bitte, könnten Sie nachsehen? Nur ein paar Worte. Es ist wichtig.«

Franz Kührer schlurfte mit hängendem Kopf aus dem Zimmer. Pospischil folgte ihm.

»Warten Sie bitte in der Küche. Ich komme gleich wieder.«

Fünf Minuten später kehrte er mit einem Mädchen am Arm zurück. »Bitte machen Sie es kurz«, sagte er. »Sie ist krank.«

Pospischil erschrak, weil das Kind so mager war. Herr Goldstein in der Beletage hatte von einer Schönheit gesprochen. Pospischil versuchte sich vorzustellen, wie das Mädchen wohl ausgesehen haben mochte, bevor sie durch den großen Bruder ihre Unschuld verloren hatte, so wie der Nachbar es vermutete. Ihr Haar war in der Tat trotz des ungepflegten Eindrucks von prachtvoller Struktur. In weichen, dicken Wellen fiel es in einem Kornfeldblond bis zu den Hüften hinab. Die Augen waren das Auffälligste in diesem zarten Gesicht. Wie beim Vater schimmerten die Iriden der Tochter in einem durchsichtigen Blau. Anders als beim Vater war das Blau des Mädchens rein und klar.

Pospischil räusperte sich. »Schau, Klementine, das ist Labrador. Sie ist ein richtiger Polizeihund.«

Franz Kührer wandte sich an Pospischil. »Sie liebt Tiere, so wie ich.«

Pospischil lächelte dem Mädchen aufmunternd zu. »Ich habe sie erst vor wenigen Tagen am Kanal in der Rossau kennengelernt. Wir haben uns sofort ineinander verliebt. Nun lebt sie bei mir und hilft mir bei jenen Ermittlungsarbeiten, wo eine schnüffelnde Nase von Vorteil ist.«

Die Hündin erhob sich, tapste auf das Mädchen zu und schnupperte an den nackten Zehen, leckte über die Ferse. Der feingliedrige Körper des Kindes steckte in einem weißen Leinenhemdchen, das bis zu den Knöcheln reichte.

»Nicht, Labrador«, fuhr Pospischil dazwischen, doch Franz Kührer winkte ab. »Lassen S' die Hündin ruhig machen. Klementine hat keine Angst.«

Klementine hob das Köpfchen und blickte auf das Tier hinab. Durch die Berührung der Schnauze strömte eine wohlige Wärme in die kalten Kinderfüße. Die Wärme floss die Waden hinauf bis in das Becken und in den Bauch. Dorthin, wo der tiefe Schmerz seit Wochen nagte und brannte. Die eben noch gekrümmten Zehen des Mädchens wurden weich und glatt, auch die Finger, die Arme, der Rücken … Klementine schloss die Augen und seufzte.

»Klementine, hat dir jemand etwas getan?«, fragte Pospischil behutsam.

Das Kind schmiegte ihre Wange an die des Vaters. »Es war der Graf hinter der Kirche«, flüsterte sie. »Er hat mir wehgetan.«

Es hatte den Anschein, als wollte sie ihr Leid alleine der Hündin erzählen. Einzig dem Tier galten ihr Blick und ihre Stimme. »Ich habe geblutet«, sagte sie. »Die anderen haben mir auch wehgetan. Aber geblutet habe ich nur bei dem Herrn Grafen.«

»Was sagst du da?« Franz Kührer ließ seine Tochter auf den Stuhl gleiten, kniete vor ihr nieder, umschloss ihre mageren Knie mit seinen Fingern. »Welcher Graf, meine Klementine? Ich hatte ja keine Ahnung. Kind, so rede mit deinem Vater.«

»Der dicke Mann in der großen, schönen Wohnung bei der alten Kirche.«

»Sein Name, Klementine«, bat Pospischil.

»Graf Rollowitz.« Klementine hob die Hand und streichelte über den Kopf des Tieres. Ihr Blick wich dem des Vaters aus. »Sein Name steht auf einem goldenen Schild an der Eingangstür.«

»War er es, der dich im Stadtpark in den Teich gestoßen hat, Klementine?«, fragte der Vater.

Sie hob ihr Kinn und blickte ihren Vater fest und entschlossen in die Augen. »Nein, im Stadtpark war ich ganz allein. Ich wollte es beenden.«

Franz Kührer schloss sein Kind in die Arme und küsste es auf den Scheitel. Immer wieder. Stille Tränen kullerten über seine Wangen. »Jetzt wird alles gut, Klementine.«

»Ich kenne diesen Grafen«, sagte Pospischil, von der Szene zwischen Vater und Tochter ergriffen. »Wenn Ihre Tochter vor der Polizei eine Aussage macht, wird er vor Gericht erscheinen und sich für seine Tat rechtfertigen müssen.«

Franz Kührer fuhr herum. »Selbstverständlich zeigen wir das Schwein an. Der Graf muss dafür büßen. Hätte ich es eher gewusst, hätt ich sofort etwas unternommen. Aber sie hat ja kaum mehr etwas gesagt seit dem Unfall im Stadtpark.«

»Was ist denn im Stadtpark passiert?«, fragte Pospischil.

»Im Teich hab ich sie g'funden«, antwortete der Vater und senkte den Blick. »Gerade noch rechtzeitig. Sie hat uns bis heute nicht verraten, was dort geschehen ist. Wir dachten, sie kann sich net mehr erinnern wegen dem Schlag gegen den Kopf beim Sturz.«

»Hat dein Bruder dich zu diesem Grafen gebracht?«, fragte Pospischil weiter.

Klementine nickte. »Daniel hat Geld gebraucht. Wenn er es nicht schafft, bis zum Ende des Jahres zwanzigtausend Kronen aufzutreiben, bringen sie ihn um, hat er gesagt. Ich bin seine Schwester, ich musste ihm helfen.« Das Kind begann herzhaft zu schluchzen. »Es ist meine Schuld, dass der Daniel jetzt tot ist, Vater. Ich wollte nicht mehr zu den Männern gehen. Aber der Daniel hat noch nicht genug Geld gehabt. Deswegen haben sie ihn umgebracht. Es ist meine Schuld. Sie haben ihn bestraft.«

»Wer, Klementine! Wer hat Daniel bestraft?«

»Ich weiß es nicht.« Klementine schrie den Schmerz aus ihrem Leib. »Es ist alles meine Schuld! Meine Schuld! Ich bin schlecht.«

»Nein, Klementine«, erwiderte Pospischil mit fester Stimme. »Du kannst nichts dafür. Daniel ist nicht wegen dir gestorben. Ganz bestimmt nicht.«

»Nein?« Sie sah ihn flehend an.

»Ich schwöre es, Klementine. Du kannst nichts dafür.« Pospischil spürte einen Stich in der Brust, als er in die hellen, glasklaren Augen der Tochter blickte. Gut vorstellen konnte er sich in diesem Moment, wie schön sie sein würde, sobald der Schmerz verklungen war. »Ich möchte mich bei dir für deine Aussage herzlich bedanken«, sagte er beherrscht. »Du hast der Polizei einen großen Verdienst erwiesen.«

»Wirklich?«

Pospischil lächelte. »Ja, und Labrador mag dich auch. Sieh nur. Das macht sie sonst nicht.« Die Hündin schmiegte den

Kopf an die Waden des Mädchens. Da lächelte das Kind. Endlich.

»Herr Kührer, hätten Sie vielleicht eine Fotografie Ihres Sohnes, die Sie uns überlassen können?«, fragte Pospischil. Es war ihm eingefallen, dass er gar nicht wusste, wie das Opfer aussah. »Es würde uns bei den Ermittlungen sehr helfen.«

Franz Kührer griff wortlos in eine Schublade unter dem Esstisch und fischte eine Fotografie heraus. »Das wurde anlässlich seiner kirchlichen Firmung aufgenommen«, sagte er. »Ein neueres gibt es nicht. Daniel hat sich seither aber kaum verändert. Ein paar Kilo hat er zugenommen, aber das Gesicht, das sieht noch immer so aus. Er rasierte sich täglich. Darauf legte er Wert.«

»Danke, Herr Kührer. Es wird uns bei der Suche nach dem Mörder Ihres Sohnes helfen.«

»Hoffentlich, Herr Agent. «

„Können S' mir vielleicht Namen von Freunden oder Haberern nennen, mit denen sich Ihr Sohn getroffen hat?«

»Beim Alten Heller in der Ungargasse, von unserem Haus ein Stückerl weiter nach rechts auf der anderen Straßenseite, hat er sich mit Männern troffen. Ich kann Ihnen aber leider keine Namen nennen.«

»Das Wirtshaus hab ich beim Hergehen gesehen, ich werde mich dort umhören. Auf Wiedersehen, Herr Kührer und alles Gute.«

Als Pospischil das Haus in der Ungargasse in den frühen Abendstunden verließ, kam ihm Erna Kührer im goldfarbenen Schein der Straßenlaternen entgegen. In ihrem Gesicht las er eine tiefe Sorge, was den Polizeiagenten angesichts der Umstände nicht weiter verwunderte. »Grüß Sie Gott, Gnädigste.« Pospischil lüftete den Hut.

»Gibt es Neuigkeiten bezüglich meines Sohnes?«, fragte sie im Vorbeigehen.

»Durchaus. Ihre Tochter hat uns von einem Mann erzählt, der ihrem Bruder gedroht haben soll. Der Spur werden wir nachgehen.«

»Sie hat mit Ihnen geredet?« Erna Kührer hob die Augenbrauen.

»Ja, Frau Kührer. Sogar eine Aussage habe ich aufgenommen. Ein gewisser Graf Rollowitz hat Ihrer Tochter ein Leid angetan. Reden Sie mit Ihrem Mann, er wird alles erklären. Ich muss jetzt weiter. Der Hund, Sie verstehen.« Er lächelte. »Guten Abend, liebe Frau Kührer.«

Als hätte Labrador verstanden, zog sie an der Leine und drängte zu einer Litfaßsäule. Pospischil starrte auf das Porträt des Kaisers von Österreich und Königs von Ungarn und dachte nach, welchen Kontaktmann der Wiener Unterwelt er ausquetschen könnte, um rasch herauszufinden, wer den jungen Kührer wegen seiner offenen Schuld bedroht hat, da hörte er ein glucksendes Geräusch.

»Nicht!«, rief er. Zu spät. Labrador hatte bereits einen braunen Haufen exakt vor das Haupt des Monarchen gelegt.

Wenige Minuten später betrat er mit Labrador das Wirtshaus zum Alten Heller. Der Gestank nach Zigarettenqualm und nach zu heißem Fett beleidigte sein Riechorgan. Naserümpfend ließ Pospischil den Blick kreisen, musterte kurz die vier Karten spielenden Männer in der dunklen Ecke und trat hüstelnd an den Wirten am Schanktisch heran. »An schönen Abend«, sagte er und zeigte ihm das Foto von Daniel Kührer. »Können Sie sich an Personen erinnern, mit denen sich dieser Mann hier in letzter Zeit getroffen hat?« Pospischil zeigte seine Kokarde.

»Ich hab schon g'hört, dass der Daniel tot is. Na ja, wirklich schad is net um ihn. Hat ständig provoziert. Ja, der war oft hier bei mir, seit seiner Rückkehr nach Wien und hat sich mit vielen getroffen.«

»Erinnern Sie sich vielleicht auch etwas genauer? Ist Ihnen jemand aufgefallen?«

»Na ja, wenn ich nachdenke, fallt mir ein, dass er sich mit so an feinen Pinkel vor ungefähr einem Monat zusammengesetzt hat bei mir. Der war anders als die Männer, mit denen er sich sonst so troffen hat.«

»Denken Sie noch schärfer nach. Was haben die beiden gemacht? Karten gespielt, oder was?«, drängte Pospischil.

»Postkarten hat der Daniel dem verkauft.« Der Wirt hob beide Hände. »Was darauf abgebildet war, hab ich von hier aus net sehen können.«

»War dieser feine Pinkel zufällig ein gewisser Graf Rollowitz, Herr Wirt?«

»Ja, jetzt, wo Sie den Namen sagen, erinnere ich mich, dass der Daniel ihn so genannt hat. Hab mi eh g'wundert, was der mit so einem zu tun hat. Aber es geht mi ja nichts an. Der Graf ist seither im Übrigen nicht mehr bei mir im Wirtshaus g'wesen.«

»Haben Sie sonst noch etwas belauschen können? Oder ist Ihnen ein Streit zwischen dem Daniel Kührer und fremdländisch sprechenden Männern aufgefallen?«

»G'stritten hat der Daniel dauernd, aber die haben alle Wienerisch g'sprochen, Fremde kommen da selten vorbei.«

KAPITEL 18

6. OKTOBER 1908

Erna Kührer machte sich für die Arbeit zurecht, als wäre es ein Tag wie jeder andere. Als wäre nicht der Tod ihres ältesten Sohnes zu beweinen und als hätte nicht der Krzizek sie auf Befehl des Thronfolgers hochkant aus der Galerie geworfen. Nachdem sie mit einem letzten Blick in den Spiegel die Frisur und den Sitz des Hutes überprüft hatte, küsste sie zum Abschied ihren Franzl auf den Mund. Er war ihr in diesen schwierigen Zeiten eine große Hilfe. Von den Kindern hatte sie sich vor wenigen Minuten verabschiedet. Klementine war heute Morgen lebendig wie schon lange nicht mehr. Erna konnte das Glück kaum fassen. War es möglich, dass die gestrige Aussprache mit dem Polizisten bei dem Kind eine Lösung ihrer Bedrückung bewirkt hatte? Erna nahm sich vor, dem netten älteren Herrn mit der lustigen Brille bei nächster Gelegenheit gebührend zu danken. Wenn es mit Klementine so weiterging, würde sie bald wieder die Schule besuchen können.

Erna rieb mit den Fingern über ihre Schläfen, als sie das Haus verlassen hatte und auf die Straße in das Licht getreten war. Ein bohrender Kopfschmerz plagte sie plötzlich. Sie dachte an die Aussprache mit Josef Krzizek. Nur mit Mühe hatte sie ihn überzeugen können, ihr in dieser schwierigen Situation, für die sie nichts konnte, beizustehen. Erna hatte ihm vorgerechnet, wie oft sie ihm in den vergangenen fünf Jahren in sexueller Hinsicht behilflich gewesen war, und dadurch, ja, so hatte sie es ihm gesagt, sehe sie die Gefälligkeiten mit der Wohnung und der Arbeit mehr als ausgeglichen. Sie war mit dem Krzizek in jeder Hinsicht quitt. Als er dennoch immer noch nicht zu einer Unterstützung in ihrer Angelegenheit bereit war, hatte sie mit härteren Geschützen auffahren müssen und ihm gedroht, seiner Gemahlin von den speziellen Diensten zu erzählen. Dieses Argument hatte ihn schließlich zur Vernunft und zur Einsicht gebracht.

Erna lächelte in sich hinein, während sie die Straße entlangmarschierte und die Tasche energisch hin und her schwang. Der Krzizek war zwischen ihren Fingern zerronnen wie heißes Wachs. Angefleht hatte er sie, der zarten Frau Gemahlin nichts von den sexuellen Gefälligkeiten zu verraten. Zufrieden straffte Erna ihre Schultern. Sie müsse warten, hatte er schließlich klein beigegeben, bis der Thronfolger verreise. An den Tagen, an denen er nicht im Schloss verweile, dürfe sie zur Arbeit in die Galerie kommen. Er könne sie nur für die Zeit bezahlen, in der sie tatsächlich arbeite. Sie hatte protestiert, doch dann seinem Angebot zugestimmt. Der Krzizek war Staats- und Hofbeamter und musste sich an die Weisungen und Vorschriften aus dem Hofministerium halten. Gleich war er zum Brosch in die Militärkanzlei hinübergelaufen, wo er die Auskunft eingeholt hatte, dass das nächste Manöver in den Kronländern bereits in zwei Wochen stattfinden sollte und der Thronfolger mit Sicherheit daran teilnehmen werde. Zwei Wochen musste sie also irgendwie überbrücken. Erna seufzte. Zum Glück nahm der Thronfolger nahezu ständig an Manövern teil. Seine Kaiserliche Hoheit hatte sich gebührend auf den Thron vorzubereiten. Den Entfall des Lohnes für die Zeiten, da der Erzherzog im Belvedere verweilte, würde sie verschmerzen. Das Wichtigste war für Erna das Wohl der Familie. Franzl brauchte von der Sache nichts zu erfahren. Sie dachte an seine Krankheit und seufzte. Sie würde sparen, würde sich keinen neuen Übergangsmantel leisten. Im Grunde benötigte sie ja nicht viel, um glücklich zu sein. Sie wusste sich zu helfen, so war es immer schon gewesen. Weiterhin würde sie morgens das Haus verlassen und erst abends zurückkehren. Ein bisserl Auslagen schauen, ein bisserl spazieren gehen im buntbelaubten Herbst. Ein paar Tage, um in Ruhe über alles nachzudenken. Erna näherte sich dem Rennweg. Ihr war ein wenig kalt in dem dünnen Mantel. Sie dachte an die vielen Obdachlosen, die am Kanal herumlungerten, und überlegte, ob sie es sich wie diese Menschen bei einer Brücke oder gar in den dunklen unterirdischen Gängen der Stadt bequem machen sollte. Sie schüttelte den Kopf. Das war nichts für sie. Lieber blieb sie im Park des Belvedere, setzte sich auf eine der schön grün gestrichenen Bänke und döste mit geschlossen Augen ein paar Stunden vor sich hin. Der Park war ihr vertraut. Es war so still und so friedlich, besonders an so einem trüben Tag bei wenig Besuch, wenn das Gelände den Eichhörnchen, Igeln, Raben, Krähen, Tauben und anderem Getier gehörte. Sie wollte beobachten, dem Wasser beim Sprudeln, den Blumen beim Verblühen, den Blättern beim Herabfallen zusehen und hinaufblicken auf das Schloss des künftigen Kaisers von Österreich-Ungarn. Wenn es ihr zu kalt wurde, konnte sie hinaufsteigen bis zum Vestibül. Die Anstrengung würde sie wärmen. Erna ließ sich auf einer der grünen Bänke nieder. Da schlich sich ein giftiger Gedanke in ihren Kopf. Sie sah das hochnäsige, eingebildete, unfreundliche, nicht dem höfischen Stand entsprechende Eheweib des künftigen Kaisers vor ihrem inneren Auge. Die Durchlaucht hatte ihr die Freundschaft verweigert. Erna blies wütend Atemluft aus. Die Fürstin war nicht besser als sie. Eine Frau, eine Mutter und Ehegattin. Erna presste die Kiefer aufeinander. »Trampel depperter!« Vor Kurzem hatte sie der Durchlaucht noch Schläfen und Schultern massiert. Das Gestöhne der Fürstin unter ihren

Fingern hing noch in ihrem Ohr. Ernas rechte Hand wanderte hinüber zu ihrer linken, dorthin, wo das kühle Metall des goldenen Armreifs fast noch auf der Haut spürbar war. Sie hätte das Schmuckstück nicht zurückgeben sollen. Im Pfandhaus in der Dorotheergasse hätte man ihr gutes Geld dafür gegeben. Erna bückte sich zornig, nahm eine Handvoll weißer Kieselsteine und schleuderte sie mit Schwung in das brausende Wasser des kaiserlichen Brunnens vor ihr.

Gegen die Mittagszeit, nach der Versorgung von Seppel und dem Ausmisten des Stalles, ging Franz Kührer mit den Kindern hinauf in die Wohnung. Dort legte er in der Küche Holz nach, um das Feuer im Herd anzufachen und die erkalteten Zimmer zu wärmen. Dann nahm er den Topf mit der Krautsuppe, die Erna am Vorabend gekocht hatte, und stellte ihn auf den Herd. Dazu schnitt er vier Scheiben Brot vom Laib ab, nahm Löffel, Teller, Wassergläser und deckte den Tisch. Die Zwillinge aßen und tranken ordentlich. Auch Klementine hatte wieder Appetit wie früher. Franz streichelte über das lange, weiche Haar seiner Tochter. Der Anblick ihrer schmalen Schultern rührte ihn. Er hätte ihren Schmerz früher bemerken müssen. »Alles wird gut«, sagte er. Er dachte an den Tag, als er sie aus dem Tümpel im Stadtpark gezogen hatte. Durch das Unglück schien sich ihr Wesen ins Innere geflüchtet zu haben. Auch wenn es ihr endlich wieder besser ging. Es machte ihn wütend. Die Geschichte mit dem Grafen würde er seinem toten Sohn nicht verzeihen. Franz nahm Klementines kalte Hände und küsste sie warm. »Ich bin immer für euch da. Ihr könnt mir alles sagen.«

Max blickte vom Essen hoch. »Wieso ist Klementine so dünn geworden, Papa?«

Sein Bruder Moritz boxte ihm in die Schulter. »Dünn is

schöner als dick. Unser Herr Kaiser ist auch dünn.« Max kicherte. »Unsere Klementine ist so dünn wie der Kaiser, hihi.«

»So, jetzt ist Schluss mit der Blödelei«, mahnte der Vater. »Wenn ihr mit dem Essen fertig seid, geht rüber und gebt für eine Stund a Ruh.«

Murrend zogen die Buben ab. Klementine ging mit ihren Brüdern. Franz folgte ihnen in das Kabinett. Als die drei in ihren Betten unter den Decken verschwunden waren, ging das Gekicher der Zwillinge erneut los.

»Ruhe, Kinder. Es wird Zeit, dass ihr in die Schule kommt. Dort wird euch der Übermut schon noch ausgetrieben«, mahnte der Vater.

Sofort war es still im Zimmer. Franz ging zurück in die Küche. Gerade als er sich ein Glas Bier einschenken wollte, klopfte es gegen die Eingangstür. Es gab niemanden, den er um die Mittagszeit erwartet hätte. Argwöhnisch spähte er durch das Guckloch. Dunkle Augen in einem breiten Gesicht starrten ihm entgegen.

»Wir kaufen nichts«, rief Franz durch die geschlossene Tür.

»Ich habe Frage zu Daniel Kührer.«

Franz schluckte, drehte den Schlüssel und öffnete einen Spalt. »Sind Sie von der Polizei? Ich habe gestern einem Polizeiagenten alles erzählt, was ich weiß. Ich kann nicht mehr sagen, bedaure.«

Der Mann zeigte keine Marke, sondern stieß ihn blitzschnell und unsanft rücklings gegen die Wand. Die Tür fiel ins Schloss und der Fremde drückte Franz Kührer die Handkante gegen die Kehle.

»Nein. Ich nicht Polizei. Ich Freund von Daniel. Dein Sohn schulden zwanzigtausend Kronen.«

Jetzt erst bemerkte Franz, dass der Mann nur gebrochen Deutsch sprach. »Wer sind Sie? Was wollen Sie?« Seine größte

Sorge galt den schlafenden Kindern in der Kammer. Wie ein Blitz schoss ihm ein Gedanke in den Kopf. Das musste der große böse Mann sein, den die Zwillinge unten auf der Straße gesehen hatten.

»Name nicht wichtig. Ich wollen zurück Geld.« Der Mann sah sich um. »Hast du Geld?«

Unvermittelt spürte Franz, wie die Hitze seinen Nacken hinaufkroch. Das musste der Mörder seines Sohnes sein. Franz Kührer hob abwehrend die Hände. »Wir besitzen keine zwanzigtausend Kronen. Wir sind arme Leute. Aber ein bisschen etwas kann ich geben. Ich habe es im Stall versteckt. Dazu müssten wir in den Hof hinunter gehen.«

»Wie viel?« Der Kerl wich keinen Zentimeter zurück. Seine dicken Finger drückten auf Kührers Kehle.

»Tausend Kronen haben meine Frau und ich gespart«, krächzte er. »Wir möchten uns ein Fuhrwerk kaufen.«

Der Fremde verzog das Gesicht. »Nix Fuhrwerk. Du zahlen jedes Monat, bis zwanzigtausend Kronen sind bei mir.« Er machte einen Satz zur Seite. »Du gehen voraus.«

Als Franz Kührer sich mit dem Schlüssel in der Hand umdrehte, spürte er etwas Spitzes, Hartes, vermutlich ein Messer, in seinem Rücken.

»Los!« Der Kerl stieß ihm den Fuß in die Waden.

Franz stolperte die Treppen hinab. Keineswegs hatte er tausend Kronen irgendwo versteckt. Aber er musste verhindern, dass seine Kinder Zeugen wurden von dem, was nun geschehen würde. Dieser Mann hatte vermutlich seinen Sohn getötet und nun bedrohte nun auch noch den Rest seiner Familie. Ein Vater hatte die Pflicht, seine Familie zu beschützen. Mit allen Mitteln.

KAPITEL 19

6. OKTOBER 1908

Pospischil streichelte der Hündin über den Kopf. Das Tier machte es sich im Büro des Polizeiinstituts unter dem Schreibtisch des Polizeiagenten bequem. Als er mit Frisch die Fakten durchging, mussten sie sich eingestehen, dass die Ermittlungsarbeit um das Verbrechen im Schlosspark des Belvedere bislang wenig erfolgreich war. Ein erstes Gespräch mit einem Informanten, einem Strizzi aus dem Pratermilieu, den er noch von seiner Zeit bei der k. u. k. Sicherheitswache kannte, hatte nur eine vage Spur in die östlichen Kronländer ergeben. Er sprach von Banden, die Schulden eintrieben. Eine solle besonders brutal vorgehen, man erkenne sie an tätowierten Ankern auf den Schultern. Nun, Pospischil seufzte, viel war es nicht, was er und Frisch herausgefunden hatten. Der Chefinspektor würde keine Freude mit dem Bericht haben. Vor allem fehlte nach wie vor der Kopf des Opfers und somit der Beweis für den Mord. Die gefundenen Körperteile waren unversehrt, von den Amputationen nach Eintritt des Todes abgesehen. Er erinnerte sich an den Bericht eines grausigen Falls in den Vereinigten Staaten. Ein Mann hatte in seinem Keller Tierköpfe in Eisschränken aufbewahrt, um nach und nach die Gehirne zu essen, von deren Verzehr er sich die Übertragung der animalischen Kräfte erhoffte. Pospischil schüttelte sich. Ob es in Wien Psychopathen gab, die sich von dem Verzehr menschlicher Gehirne ähnliche Kraftübertragungen erwarteten? Frisch schien es für möglich zu halten. Er eher nicht. Die vorgeschriebene Geheim- und

Zurückhaltung der Polizei zur Schonung des Thronfolgers und seiner Familie machte die Arbeit nicht einfacher. Labrador wedelte unter seiner Berührung mit dem Schweif. »Brav, meine Liebe, brav.« Pospischil drückte seufzend die Hände an den Schreibtischrand. Die ganze Zeit über ging ihm die Tochter der Kührers nicht aus dem Sinn. Die eingefallenen Wangen, der leere Blick aus glasklaren Augen, der dürre Körper, der die einstige Schönheit ihrer Jugend im besten Fall erahnen ließ. Es zerschnitt ihm das Herz. Das Kind musste unvorstellbare Qualen gelitten haben. »Frisch«, sagte er, »wenn die Uniformierten den Grafen Rollowitz zum Verhör bringen, stehen S' mir bittschön bei und halten S' mich zurück.«

»Pardon, Chef?« Frisch, mit der Niederschrift beschäftigt, sah von dem Blatt Papier in der Schreibmaschine auf.

»Ich kenn meine Grenzen, Kollege. Wenn mich der feine Herr zu sehr in Rage bringt, zuck ich aus und spring dem Widerling an die Gurgel oder stell sonst was Dummes an, was für meine Karriere bei der Polizei wenig förderlich wäre.«

»Auf Unzucht mit Jugendlichen steht Gefängnis, Chef. Wir haben die Aussage des Opfers und wir haben die Aussage des Wirten im Alten Heller, der beobachtet hat, wie der Daniel Kührer dem Grafen Postkarten verkauft hat.« Frisch zupfte an seinem Oberlippenbart. »Der Graf entgeht seiner Strafe nicht.«

»Die Aussage haben wir, aber«, Pospischil runzelte die Stirn, »selbst wenn das österreichische Strafgesetz von 1852 die Unzucht mit Jugendlichen aufs Schärfste unter Generalverbot stellt, hab ich dennoch Zweifel, dass der Mann vor Gericht kommt.« Ein Schmerz schoss unvermittelt in seinen Rücken. Krächzend spreizte Pospischil die Beine und versuchte sich mit aufgestützten Armen hochzuziehen. »Auch wenn vor dem Gesetz jeder Bürger gleich zu behandeln ist«, sagte er gepresst, »ein Graf ist immer noch ein Graf, Adel noch immer gleicher als Bürgertum. Gesetz hin oder her.« Der Schmerz im Rücken fühlte sich an wie ein enger Gürtel mit Nadeln. Der Polizeiagent stöhnte auf. Labrador hob den Kopf, spitzte die Ohren und begann zu winseln.

»Was ist denn, Chef? Fühlen Sie sich nicht wohl?« Frisch war blitzschnell, wie es nur jugendlich elastische Glieder zustande brachten, aufgesprungen und um den Tisch zu ihm gelaufen. »Tut Ihnen was weh? Kann ich helfen?«

Pospischil kam mit vorgebeugtem Oberkörper ächzend zum Stehen. Die Wirbelsäule schien verklebt oder versteift, das Aufrichten war nicht möglich. Der Schmerz kroch aus der Lende bis in die Beine hinab. Ausgerechnet jetzt musste sich sein Rückenleiden wieder bemerkbar machen! Verdammt! Mit einer Hand stützte er sich am Schreibtisch ab, mit der anderen griff er an das Zentrum des Schmerzes nach hinten. »Das Alter, junger Freund«, seufzte er, »is ka Lercherl. Der Ischias, der ist mein treuester Begleiter. Alle paar Monate sucht er mich heim. Des Gfrast.«

»Warten S', Chef, ich hol Ihnen den warmen Ziegelstein aus dem Speiseraum.« Frisch stürzte aus dem Büro und kehrte nach wenigen Augenblicken mit einem in ein Tuch gehüllten Ziegelstein zurück.

Den Ziegel hatte ihm die Gerti in die Arbeit mitgegeben. Für alle Fälle. Was tät er nur ohne ihre Umsicht? »Ah, das tut gut, danke.« Pospischil spürte, wie die Wärme des auf dem Ofen gewärmten Steins durch den Stoff von Hemd und Unterwäsche in seinen Körper floss. Innerhalb von Sekunden wurde die Wirbelsäule weicher und geschmeidiger. Er konnte sich wieder aufrichten. »Ausgezeichnet, Frisch. Ich danke Ihnen.«

»Warten S', Chef!« Frisch kramte in der Schublade seines Schreibtischs, fischte eine Spule Spagat heraus und schnürte seinem Chef den Feldbrandziegel fest an den Rücken.

»Wunderbar, dankschön, Kollege. Wie gut, dass wir wieder

den Ofen heizen, auf dem immer ein Ziegel für meine Ischias-Notfälle bereitliegt.« Pospischil lächelte gequält. »Daheim liegt auch immer ein Ziegelstein am Ofen. Das Leiden ist chronisch. Da kann man nichts machen. Sobald im Herbst die ersten Nebel aufsteigen, klopft der Ischias an meine Tür.« Pospischil ließ sich vorsichtig auf den Stuhl zurückgleiten. »Des is wie a Naturgesetz. Die Feuchte is mei Tod. Schlecht schau ma aus«, scherzte er trotz der Schmerzen. Pospischil tätschelte der Hündin den Kopf und drehte sich ächzend seinem Kollegen zu. »Frisch, es geht leider nicht anders, Sie müssen mir bei den Außendiensten helfen.«

»Werde ich, Chef. Seien Sie unbesorgt. Ich habe eh noch viel vom Praktischen zu lernen, wenn ich ein so exzellenter Polizeiagent wie Sie werden will.«

»Na, dann trifft es sich ja gut, wenn ich momentan a bisserl leidend bin.« Pospischil kicherte. Da klopfte es an der Tür.

»Herein!«

Ein junger Mann in Uniform erschien und salutierte. »Herr Polizeiagent, Graf Theodor von Rollowitz ist eingetroffen und der Herr Chefinspektor bittet zum Verhör.«

»Danke, danke. Ich komme.«

Frisch hob die Arme. »Soll ich helfen?«

»Unterstehen Sie sich«, protestierte Pospischil. »Ich bin ein aufrechter und pflichtbewusster Agent Seiner Kaiserlich und Königlichen Majestät und als solcher werde ich bis zu meinem letzten Tag am Institut auftreten. Mit Haltung.« Pospischil biss die Zähne zusammen, hob das Kinn, dehnte sich langsam in die Länge, das verräterische Knacksen im Rücken konnte hoffentlich nur er hören, ging zum Haken an der Tür, griff nach dem Gehrock und schlüpfte mit den Armen bedächtig hinein. »Sieht man den Ziegel am Rücken, Frisch?«

»Nein, Chef. Der Gehrock kaschiert ausgezeichnet.«

Pospischil straffte die Schultern. »Alsdann, jetzt gebe ich dem Herrn Grafen meine Ehre.«

Graf Theodor von Rollowitz war in der eleganten Montur inklusive Zylinder, steifem Kragen, seidener Weste und Gamaschen eine auf den ersten Blick imposante Erscheinung. Der Graf war schwer übergewichtig. Mit Grausen versuchte sich Pospischil vorzustellen, wie dieser Mann mit seinem schweren Körper dem zarten Kührer-Töchterchen Gewalt angetan hatte.

»Möchten Sie einen Advokaten hinzuziehen?«, fragte der Chefinspektor den Grafen.

»Brauch ich nicht. Ich bin unschuldig.«

Pospischil hatte das Protokoll zu führen. Er rückte seine Brille zurecht und ließ sich mit vor Schmerz zusammengepressten Zähnen neben seinem Vorgesetzten auf den Sessel sinken.

»Gut, dann fangen Sie an, Herr Pospischil.« Der Chefinspektor blätterte in einem Aktenbündel.

»Es liegt uns die schriftliche Aussage eines minderjährigen Mädchens vor, das behauptet, Sie hätten den Beischlaf mit ihr vollzogen, Herr Graf.« Pospischil bemühte sich um eine sachliche und ruhige Stimmlage, was ihm schwerfiel.

»Was? Das muss ein Irrtum sein. Wer behauptet so etwas? Wie ist der Name dieser impertinenten Person?«

»Die Fragen stellt die Polizei, Graf Rollowitz. Bitte antworten Sie«, wies ihn Pospischil zurecht.

»Unerhört! Das lasse ich mir nicht bieten. Ich bin ein Ehrenmann!«

»Ich bitte Sie um Ihre Mitarbeit, Herr Graf.« Der Chefinspektor erhob die Stimme. »Es ist sicher auch in Ihrem Interesse, dass wir die leidige Sache rasch aufklären.«

»Ich verstehe.« Graf Rollowitz entspannte sich und verschränkte die Arme vor der Brust. »Fragen Sie.«

»Kennen Sie einen Herrn Daniel Kührer?«, fragte Pospischil beherrscht.

Der Graf schüttelte das Doppelkinn. »Nie gehört.«

»Der Daniel Kührer hat im Wirtshaus in der Ungargasse mit erotischen Abbildungen gehandelt und es gibt Zeugen, die ihn mit Ihnen zusammen gesehen haben.«

Rollowitz beugte sich vor. »Zeigen S' mir das Bild von dem Mann.«

Der Chefinspektor schob das Foto mit dem Firmling über den Tisch.

»Des is ein altes Foto. Ich erkenn ihn trotzdem. Eine flüchtige Begegnung im Wirtshaus. Mehr nicht.«

»Herr Graf, was haben Sie mit diesem Mann für Geschäfte gemacht?«, bohrte Pospischil weiter.

»Ich weiß schon, dass der Handel mit unzüchtigen Bildern verboten ist«, sagte er gelassen. »Ich bin halt neugierig worden und hab ihm dezent über die Schulter geschaut. Das hat er gemerkt und wollt mir was anbieten. Aber auf seinen Bildern waren lauter hässliche Weiber. Ich habe sofort abgelehnt. Dabei sind wir ins Reden kommen. Haben ein Bier miteinander getrunken. Und dann ist eins ins andere übergangen. Und da ist mir rausgerutscht, dass ich alleinstehend bin und ein Fräulein bräucht. Eine für die Liebe, Sie verstehen?« Der Graf zwinkerte.

Pospischil verzog keine Miene.

»Ich habe ihn gefragt, ob er mir nicht helfen könnt«, fuhr der Graf fort. »Eine junge Frau wollte ich, meine Herren, aber eine im erlaubten Alter. Ich kenne und ich achte die Gesetze.«

»Die betreffende junge Dame war zwölf Jahre alt, Herr Graf.«

»Zwölf erst?« Der Graf richtete sein in Schieflage geratenes Monokel. Trotz des kühlen Wetters schwitzte er. Der Schweiß des Grafen stank säuerlich.

»Das wusste ich nicht. Ich habe mir keine Legitimation zeigen lassen«, erwiderte er achselzuckend.

»Eine Zwölfjährige sieht nicht aus wie eine erwachsene Frau, verehrter Herr Graf.«

Rollowitz verdrehte die Augen. »Ja, ich erinnere mich an die Dame, die der Herr Kührer vorbeigebracht hat. Sie war viel zu mager. Hat mir eh nicht gefallen.«

»Trotzdem hatten Sie mit ihr Beischlaf?«

»Aber nicht bis zum Koitus. Ich hab nicht in ihr abgespritzt, meine Herren. Dazu ist es gar net gekommen, weil das Mädel … ähm, sie ist kratzbürstig geworden.«

Pospischil wandte sich angewidert ab.

»Haben Sie keine Angst vor ansteckenden Krankheiten, Herr Graf?«, fragte der Chefinspektor. »An der Syphilis sterben allein in Wien jedes Jahr unzählige Männer. Aus allen Schichten.«

»Ich leide seit einem Jahr an einem Geschwür im Kopf«, erwiderte der Graf trocken. »Meine Sinne vernebeln sich von Tag zu Tag mehr. Wahrscheinlich habe ich deshalb auch das Alter der Dame falsch eingeschätzt.« Der Graf neigte sein Haupt, »meine Herren, ich bitte um Vergebung für dieses kleine Missgeschick mit dem Mädel.« Er lehnte sich zurück und verschränkte in abwehrender Geste die Arme vor der Brust. »Meine Lebenserwartung schätzen die Ärzte auf maximal ein Jahr. Glauben Sie, da fürcht ich mich vor der Syphilis? Die Rosskur mit Quecksilber würd sich bei mir eh nimmer auszahlen. Ich käme über das erste Stadium der Krankheit mei Lebtag net hinaus.« Der Graf fischte ein Stofftaschentuch aus der Brusttasche und wischte den Schweiß von seinem Gesicht. »So viel Spaß wie möglich will ich haben in der Zeit, die mir bleibt bis zum Jüngsten Gericht. Jeden Tag ein Loch zum Pudern, solange er mir noch steht, meine Herren.« Der Graf lachte rau. »Lang wird's eh nimmer gehen.« Das Taschentuch fiel aus seiner Hand. Die Finger zitterten.

Pospischil räusperte sich. »Pardon, Chefinspektor, ich muss nach draußen. Ich halt's da herinnen nimmer aus.« Als er aufstand, verrutschte nicht nur der Ziegel an seinem Rücken, auch der Schmerz im Lendenbereich zog sich wie ein elektrischer Schlag bis in die Beine hinab. Dennoch zwang er sich zur aufrechten Haltung. Vor dem widerlichen Grafen wollte er keine Schwäche zeigen.

Als er am Chefinspektor mit den Händen auf dem Ziegel vorbeiging, hörte er ihn sagen: »Hat der Herr Kührer Ihnen öfters … ähm … Damen vorbeigebracht?«

»Nein«, antwortete der Graf. »Ich habe unsere Geschäftsbeziehung nach der dürren Ware sofort beendet. Mittlerweile bedient mich ein anderer Herr. Einer mit besseren Manieren. Seine Ware ist zu meiner vollsten Zufriedenheit. Sie verstehen?« Der Graf grinste. »Und ich schwöre bei meiner Ehre, keine Einzige der Damen ist im unerlaubten Alter. Ich tupfe keine Kinder. Das ist gegen meine Ehr.«

Pospischil hielt an der Tür inne. Obwohl ihm vor Ekel schlecht geworden war, interessierte ihn brennend, was der Mann noch zu sagen hatte.

»Wann haben Sie den Herrn Kührer zuletzt gesehen?«, setzte der Chefinspektor die Befragung fort.

»Pah, da muss ich überlegen.« Der Graf stieß einen grunzenden Laut aus. Das schien ihm wohl beim Nachdenken zu helfen. »Anfang September«, sagte er schließlich, »ja, ich erinnere mich. Im Alten Heller in der Ungargasse war es. Reiner Zufall. Weil ich mich nur mehr selten in der Gegend aufhalte. Da hat dieser Kührer sich aufgeführt wegen eines jüdischen Geschäftsmanns. Hat ihn hinausgeprügelt. Einfach so. Ohne erkennbaren Grund. Der Kerl ist verrückt. Mit solchen Leuten mache ich keine Geschäfte, meine Herren. Aber warum fragen Sie mich so aus wegen dem Kührer? Ist etwas mit ihm?«

»Er ist tot, Herr Graf.«

»Tot?« Die Stimme des Grafen veränderte sich, stieg eine Oktave höher. »Hören Sie, wenn es um einen Mord geht, möchte ich einen Advokaten zur Befragung hinzuziehen. Weil einen Mord lass ich mir nicht anhängen auf meine letzten Tage. Des fehlte mir noch, dass ich vor meinem Ableben unehrenhaft hingerichtet werd. Der Herr Doktor Feuerstein ist ein kompetenter Jurist und mein Freund. Ich werde ihn anrufen, wenn Sie gestatten.«

»Ich denke, dazu besteht kein Anlass«, erwiderte der Chefinspektor ruhig. »Ich sehe kein Motiv. Warum hätten Sie den Herrn Kührer töten sollen, nicht wahr?«

»Richtig. Sehr richtig, ich danke Ihnen, Herr Chefinspektor für diese überaus kluge Feststellung. Ich hätte absolut keinen Grund gehabt, diesen Mann zu töten. Ich hab wirklich andere Sorgen. Darf ich jetzt gehen? Mein Kopf tut weh. Ich brauche dringend meine Medikamente.«

»Sie dürfen gehen, Herr Graf, nachdem Sie das Protokoll unterzeichnet haben, und eine Anzeige wegen unzüchtiger Handlung an einer Minderjährigen wird Ihnen nicht erspart bleiben.«

»Stecken Sie sich Ihre Anzeige an den Hut, mein Herr. Ich habe nichts Unrechtes getan. Der Doktor Feuerstein wird Ihre impertinente Anschuldigung im Handumdrehen zerschmettern.« Graf Rollowitz drückte das verrutschte Monokel auf seiner Nase mit zittrigen Fingern gerade und stand auf. Das mit seinem Schweiß benetzte Stofftaschentuch ließ er zurück.

Pospischil sah zu, dass er weiterkam. Dem Grafen wollte er nicht mehr unter die Augen.

»Ein unsympathischer und äußerst grober Herr, dieser Graf«, raunte der Chefinspektor Minuten später im Büro seinen beiden ermittelnden Agenten zu. »Aber er hat recht. Wenn überhaupt, dann wäre dem Daniel Kührer wegen der Kuppelei Minderjähriger ein Prozess zu machen. Gegen den Grafen haben wir rechtlich nichts Stichhaltiges in der Hand. Er behauptet ja, über das Alter des Mädchens falsch informiert worden zu sein. Außerdem ist er eine arme Sau, sollte das mit dem Geschwür in seinem Kopf der Wahrheit entsprechen.«

»Trotzdem hätte ich mir gewünscht«, erwiderte Pospischil, »dass der Widerling vor einen Richter muss, alleine der Klementine Kührer zuliebe.«

»Warum sind Sie eigentlich mitten in der Befragung aufgestanden?«, fragte der Chefinspektor. »Es wirkte unprofessionell, wenn ich das sagen darf. Sie sollten doch protokollieren. Und zwar bis zum Schluss.«

»Ich … ich … also ähm ich«, Pospischil hielt den Atem an, denn eben war der Ziegel im Rücken ein weiteres Stück nach unten gerutscht. Gleich würde er zu Boden fallen und vor den Augen des Chefs zerschellen. »Offen gesagt, das Gerede von dem Grafen hat sich mir … auf den Magen geschlagen.«

»Aha. Ihr Magenproblem. Ja, dann machen Sie schnell das Protokoll fertig, die letzten Sätze habe ich selbst notiert, und dann fahren Sie nach Hause, ruhen Sie sich aus und morgen sehen wir weiter.«

»Danke, Herr Chefinspektor, das mache ich in der Tat.«

Als der Chefinspektor den Raum verlassen hatte, blieb Pospischil und tippte das Verhörprotokoll.

»Ich werde mir heute Abend überlegen, wen wir noch befragen könnten. Wir müssen herausfinden, wer den Daniel Kührer bedroht hat. Ich hab Ihnen doch von dem Informanten im Prater und der Bande aus dem Osten mit den tätowierten Ankern auf den Schultern berichtet. Ich fürcht, wir müssen uns in den dunklen Untergrund begeben, Kollege. Dieser Hausmeister in der Ungargasse scheint mir auch irgendwie verdächtig. Der hatte jeden Grund, den Daniel Kührer zu hassen. Als Mörder kann ich ihn mir allerdings nicht recht vorstellen.« Pospischil seufzte. »Irgendwie treten wir auf der Stelle. Vielleicht haben wir etwas übersehen. Ich brauch Ruhe, um alles durchzudenken. Und jetzt bringen S' bitte das Protokoll dem widerlichen Grafen zur Unterschrift. Ich ertrag den nicht mehr und gehe jetzt mit Labrador nach Hause. Wir sehen uns morgen, Kollege.«

»Gute Nacht, Chef. Ich erledige das, kein Problem. Und wenn Sie es wünschen, steige ich auch mit Ihnen in die Tiefen der Wiener Unterwelt.«

»Wir nehmen meine Hündin mit, unsere geladenen Pistolen und ein oder zwei Uniformierte.« Pospischil verzog das Gesicht. »Damit sind wir auf der sicheren Seite.«

Pospischil löste den locker gewordenen Spagat um seine Mitte. Der Ziegel war ausgekühlt. Bis zur Wohnung in der Lange Gasse würde er es ohne Wärme auf dem Rücken schaffen. Dort wartete auf dem Ofen der nächste Ziegel. Trotz der Schmerzen im Rücken freute er sich auf den Spaziergang an der frischen Luft. Und auf das ungestörte Denken. Als er bei der Bürotür stand, drehte er sich noch einmal um. »Frisch, was meinen Sie, könnt es nicht doch eine Verschwörung gegen den Franz Ferdinand gewesen sein? Ein Anschlag der russischen Geheimdienste, um die österreichisch-ungarische Monarchie zu schwächen?«

»Chef, mit Verlaub. Das ergäbe überhaupt keinen Sinn. Ich halte diese Gerüchte für reines Verschwörungsgefasel.«

»Ja.« Pospischil schüttelte den Kopf. »Sie haben wohl recht, Frisch. Ich … ich sehe Gespenster, ich … ich sollte mir Ruhe gönnen. Ja, das sollte ich. Wussten Sie, dass ein tätowierter Anker auf der Schulter eine recht beliebte Modeerscheinung ist? Sogar in der Kaiserfamilie tragen ihn angeblich einige.«

»Wie bitte, Chef?«

»Die Kaiserin Elisabeth und ihr Sohn Rudolf hatten angeblich einen und Franz Ferdinand auch.«

»Jetzt pflanzen S' mich aber, Chef. Solch ein Verschwörungsunsinn. Die Bande aus dem Osten soll die gleichen Tätowierungen haben wie die Kaiserfamilie?« Frisch kicherte.

Pospischil zuckte mit den Schultern. «Vielleicht hab ich ja unrecht und es ist nur blödes Gerede. Grüß Sie Gott.«

»Jessas, Hansi. Wie schaust denn aus? Du bibberst ja am ganzen Leib. Hast dich verkühlt? Wie oft hab i g'sagt, du sollst den Gehrock gegen den Wintermantel tauschen, wenn's feucht und kalt wird. Aber was red i. Auf mich hörst ja net!« Gerti stemmte die Arme in die Hüften. »Hansi, bitte zieh morgen den Wollmantel an. Ich will dich net wieder wochenlang mit der Ziehsalbe einschmieren, weilst dich vor lauter Schmerzen nicht mehr rühren kannst.«

»Aber der dicke Mantel ist so schwer«, jammerte Pospischil, »der macht mich so unbeweglich.« Er stand in Unterhosen und mit nacktem Oberkörper vor dem Ofen und presste den warmen Ziegel an seinen Rücken. »Ah. Des is guat.«

»Meine Güte, Hansi. Du brauchst mehr Wärme als von dem kleinen Stein da, komm her.« Gerti schloss ihren Bruder in die Arme und drückte ihn fest an sich. Der heiße Ziegel im Rücken und die Gerti an seinem Herzen. Pospischil spürte eine Welle tiefsten Wohlbehagens in sich. Grummelnd schmiegte er sich an den weichen Körper seiner Schwester.

»Weißt was«, sagte Gerti und löste sich aus der Umarmung. Viel zu schnell, wie Pospischil bedauerte. »Jetzt gehst rüber ins Brausebad. Dort lasst deine versteiften Gliedmaßen weichbrausen. Und ich koch uns inzwischen was Gutes. Und danach gehe ich mit der Hündin runter und du legst dich hin, deckst dich fest zu und schlafst dich so richtig aus. Hast zu wenig

Ruhe in letzter Zeit. Du bist nicht mehr der Jüngste, vergiss das nicht.«

»Sapperlot. Wir haben einen Mord aufzuklären, Gerti. Einen Mord im Schloss Belvedere, der Residenz unseres Thronfolgers. Den Fall umgehend zu lösen ist von staatstragender Wichtigkeit. Da kann ich nicht an meine persönlichen Befindlichkeiten denken. Wenn die Sache zu lange dauert, gefährden wir die Geheimhaltung und somit die Sicherheit des Thronfolgers.«

»Mein Bruder und sein ewiges Pflichtbewusstsein.« Gerti schüttelte den Kopf. »Du solltest mehr an dich denken. Nicht immer nur an den Kaiser und seinen Hof.« Gerti küsste ihn auf die Wange. »Wann lasst di der Staat endlich in Pension gehen? Die viele Geheimnistuerei bei deinem Institut macht dich krank.«

»Geh, gib a Ruh. Ich gehör noch lang nicht zum alten Eisen, Gerti, außerdem kann ich es mir nicht leisten, in Pension zu gehen. Ich bin kein Uniformierter, als Ziviler kriegst kaum a Geld im Ruhestand.«

In diesem Jahr hatte die Stadt das Bad in der Mondscheingasse, wo er sonntags immer gerne hingegangen war, geschlossen. Veraltet sei es gewesen, die Renovierung hätte zu viel gekostet. Pah, Pospischil zupfte am Ärmel des Wollmantels. Schwer lag der dicke Stoff auf seinen Schultern. Beim Gehen ließ der Schmerz im Rücken aber allmählich nach. Überhaupt tat ihm jede aufrechte Körperhaltung momentan gut. Sobald er sich setzte, versteifte sich die Wirbelsäule und er kam kaum noch hoch. Warmes Wasser könnte tatsächlich helfen. Da hatte die Gerti schon recht. Und das Lavoir in der Küche, wo er sich für gewöhnlich wusch, eignete sich halt schlecht für therapeutische Waschungen. So ging er in das neue Volksbad in der Hermanngasse Nummer achtundzwanzig. Es war ungefähr derselbe Weg, und der halbstündige Fußmarsch Richtung Süden von der Josefstadt nach Neubau war wiederum dem Abbau seines Übergewichts förderlich, wenn er an die Ratschläge seines Arztes dachte. Zwar gab es in der nahen Florianigasse auch ein Tröpferlbad, aber dort fühlte er sich nicht wohl, das Personal war unfreundlich und die Sauberkeit ließ auch zu wünschen übrig. Mit einem guten Gefühl schritt er voran. In der Neubaugasse überlegte er, ob er in die neue elektrische Linie Nummer drei, die den Nordbahnhof mit dem Südbahnhof verband, steigen sollte. Langsam wurde er müde. Auch die Füße fingen in den ledernen Schuhen zu brennen an. Tapfer ging er weiter. Auf Nummer fünfundzwanzig passierte er das schmucklose Gebäude der Bezirksverwaltung von Neubau. Kurz bevor er in der Hermanngasse achtundzwanzig ankam, verließ ihn die Kraft. Pospischil blieb stehen und ließ seinen Atem zur Ruhe kommen. Dann trat er in das unscheinbare Haus ein und bezahlte bei der jungen Dame an der Kassa die verlangte Gebühr von fünf Kronen für die Benutzung der Einzelbrause. Aus dem Hintergrund dröhnte Kindergeschrei.

»Heut ist viel los bei uns«, sagte die Frau mittleren Alters mit dem Haarknoten gedehnt, »könnt sein, dass von Zeit zu Zeit der Wasserstrahl dürftig wird.«

»Danke«, sagte Pospischil, »Hauptsache, das Wasser ist warm.«

»Ja, der Herr. Bei uns gibt es immer konstant achtunddreißig Grad. Die Einzelkabinen finden S' im ersten Stock, gnädiger Herr.«

»Wunderbar. Wunderbar.« Pospischil stieg freudig die Treppen hinauf. *Bitte um Ruhe,* stand in dicken schwarzen Lettern auf einem Schild zu lesen. Allein das Stiegenhaus des Gebäudes war den Besuch wert. Heller Marmor an den Stufen und Säulen, begrenzt durch ein Metallgitter feinster Schmiedekunst mit runden Ornamenten und einem Griff aus poliertem Holz. In der Abteilung mit den Einzelbrausen ging es naturgemäß gemächlicher zu als unten in der Mehrpersonenabteilung. Zwei Männer schlichen mit gesenkten Köpfen an ihm vorbei. Sonst sah er niemanden. Es war sauber und roch nach frischer Wandfarbe. Pospischil öffnete mit dem Schlüssel die Kabine. Mit zögernden Bewegungen, um ja nicht den Ischias zu reizen, zog er sich aus, warf die Kleidungsstücke in die mitgebrachte schwarze Tasche und stieg mit Bedacht, nicht auf den Fliesen auszurutschen, unter die Brause, wo er zuvor das Wasser aufgedreht und die Temperatur geprüft hatte. »Ah herrlich.« Die Wärme erreichte seine Schultern, perlte den Rücken entlang und milderte im Nu den Schmerz oberhalb des Gesäßes. Etwa fünf Minuten lang schoss das Wasser dampfend aus dem Brausekopf, dann zog es sich ruckartig zurück bis auf ein dünnes, schwaches Rinnsal. »Sapperlot, was is da los?« Pospischil riss an der Armatur, wobei es gleich wieder im Rücken zwickte. »Scheißdreck, verdammter!« Seine Anstrengungen waren vergeblich. Auch aus der Nachbarkabine hörte er ärgerliches Fluchen. Er erinnerte sich an die Worte der jungen Frau an der Kassa. Sie hatte von einem dünnen Wasserstrahl wegen des regen Betriebs gesprochen. Nun wurde ihm klar, warum die Wiener das Brausebad gerne als Tröpferlbad bezeichneten. Im alten Bad in der Mondscheingasse, das angeblich nicht mehr den Ansprüchen der modernen Technik genügte, war das Wasser stets reichlich geflossen. Was half ihm die hübsch anzusehende Ausstattung, wenn es am Wichtigsten mangelte? Pospischil ärgerte sich, während er unter dem tröpfelnden Brausekopf zu frieren begann. Schon wollte er aus der Fußwanne steigen, da wurde der Strahl wieder stärker und nach weiteren Sekunden fühlte er die Wärme wieder angenehm auf seinem leidenden Rücken. »Ah, gut, ah, sehr gut …« Der

Dampf hüllte seinen Körper ein und nahm ihm die Sicht. Pospischil schloss die Augen und gab sich dem Genuss der Wärme mit all seinen Sinnen hin. Auf einem Holzbrett lag ein Stück gelbe Seife. Er nahm sie und rieb damit über den Körper. Ein herber Duft stieg in seine Nase und ein sanfter Schaum glitt über seine Haut. Nach etwa zwanzig Minuten spürte er vom heißer werdenden Wasser ein leichtes Brennen auf der Haut. Da war es genug. Energisch drehte er den Hahn zu, trocknete sich ab, zog sich an und spazierte zwar müde, jedoch mit deutlich geschmeidigeren Gliedmaßen als zuvor zurück in die Josefstadt. Gerti wird zufrieden sein mit mir, dachte er zärtlich und freute sich. In der Lange Gasse warteten Köstlichkeiten aus der böhmischen Küche auf ihn. Kurz vor der Wohnung, an der Ecke zur Florianigasse, kaufte er der Lavendelfrau ein duftendes Sträußerl ab. Für Gerti, seinen Schatz.

KAPITEL 20

7. OKTOBER 1908

Am nächsten Morgen trafen Pospischil und Frisch zeitgleich im Institut an der Elisabethpromenade ein und erhielten beim Portier die Aufforderung zum unverzüglichen Rapport im Büro des Chefinspektors. Mit grimmiger Miene und stehend empfing der Leiter der Abteilung seine beiden Zivilagenten im rauchumnebelten Amtszimmer. »Wir haben wieder eine Wasserleiche. Das hätte nicht passieren dürfen. Der zweite Mord liegt in Ihrer Verantwortung, meine Herren. Die Ermittlungen sind zu langsam. Wien wird von einem Psychopathen heimgesucht. So einer hört nicht auf zu morden. Sie müssen schneller ermitteln.«

»Wie kommen sie darauf, dass diese Donau-Leiche mit unserer Belvedere-Leiche in Zusammenhang steht?«

»Lieber Herr Pospischil. Haben Sie nicht in Ihrem Bericht diese Anker-Tätowierung bei der Bande der Schuldeneintreiber aus dem Osten erwähnt?«

Pospischil nickte mit offenem Mund.

»Und unsere Leiche hat so eine Tätowierung und beide Mordopfer sind im Wasser gefunden worden.«

»Oha, eine Anker-Tätowierung? Das ist interessant.« Pospischil kratzte sich am Kopf. »Wenn dieser Fremde den Daniel Kührer ermordet hat, wer bittschön hat dann den Fremden umgebracht?«

»Na also, Pospischil. Nur weiter so. Sie stellen die richtigen Fragen. Die Zerstückelung der Leiche und Verteilung beim Belvedere kann ich mir nur als Demonstration zu Abschreckungszwecken für weitere Schuldenmacher, die nicht zahlen, erklären.«

»Und wenn einer nicht mehr zahlen kann, schaut man, ob in der Familie Geld zu holen ist.«

»In der Familie Kührer scheint das ziemlich aussichtslos«, führte der Chefinspektor seinen Gedanken weiter.

»Genau, das ist der Punkt, Herr Chefinspektor. Das müssen wir uns ganz genau anschauen.«

Der Chefinspektor drehte sich um, griff nach Zigarette und Zündhölzern auf seinem Schreibtisch und steckte sich einen Glimmstängel zwischen die Lippen. »Der heute Früh gemeldete Tote hat schwere Kopfverletzungen«, sagte er und blies den Rauch in die Richtung der beiden Zivilen.

Pospischil hüstelte. Das tat er ihm zu Fleiß, er wusste, dass er keinen Qualm vertrug.

»Am Ufer der Donau ist er gefunden worden«, fuhr der Chefinspektor ungerührt fort. »In der Freudenau. Die Leiche scheint frisch zu sein, wenn man den Beschreibungen von Laien trauen kann.«

»Wir haben also einen Kopf auf der Leiche«, murmelte Pospischil. »Das ist schön. Ist der Tote auch sonst komplett, ich meine, im ganzen Stück?«

»Hab ich leicht was anderes behauptet?«, erwiderte der Chefinspektor launig. »Ich bin überzeugt, zwischen der Belvedere-Leich und der Donau-Leich besteht ein Zusammenhang. Des spür ich im Urin, und mein Urin täuscht mich nie. Fahren S' hin, befragen S' die Zeugen und stellen Sie umgehend fest, wer das bedauernswerte Opfer ist.«

Pospischil runzelte die Stirn. »Zwei Wasserleichen in Wien innerhalb weniger Tage. Das ist in der Tat ungewöhnlich. Wo exakt ist der Körper aus dem Fluss gezogen worden, Herr Chefinspektor?«

»Hinterm Lusthaus, gar nicht weit von der Volksschule im Prater entfernt.«

»Hinterm Lusthaus?« Pospischil pfiff durch die Zähne. »A schönes Platzl zum Sterben. Na gut, packen wir's.« Pospischil wollte sich umdrehen, da spürte er wieder den Schmerz im Rücken und zuckte zurück. »Frisch, es hülft nichts, i fürcht, momentan bin ich mit dem Hexenschuss nicht arbeitstauglich, zumindest nicht für eine Kraxlerei im freien Gelände. Fahren Sie an die Donau und ich schreib hier den Bericht zum Verhör des Grafen fertig.«

»Wollen S' wirklich nicht mit und die Leiche inspizieren, solang sie die Pathologen noch nicht aufgesägt haben?«, fragte der Chefinspektor mit verwundertem Gesichtsausdruck. »Sie mit Ihrem scharfen Blick erkennen gewiss mehr als der junge Herr Akademiker, der vielleicht aus reiner Unerfahrenheit Wichtiges übersehen könnt.«

Dem armen Frisch fiel sichtlich die Kinnlade herunter. Steif wie ein Brett stand er vor dem Vorgesetzten.

Pospischil winkte ab. »Der Frisch kann das, er ist von mir zehn Jahre lang geschult worden.«

»Na, wenn Sie meinen.« Der Chefinspektor blies hüstelnd eine Kette von Rauchkringeln aus. »Frisch. Was schauen S' so verdattert. Gemma, gemma! Fahren S' los. Die Kollegen warten mit dem Ermittlungskoffer im Wagen! Und vergessen S' die Kamera vom Pospischil nicht. Machen Sie Fotos, Herr Doktor. Der Fundort wird zwar nicht der Tatort sein. Trotzdem müssen wir die Stelle, wo die Person an Land geschwemmt worden ist, für den Akt dokumentieren.«

»Wer hat den Mann gefunden? Gibt es Zeugen?«, fragte Pospischil. »Möglicherweise konnten die jemand Verdächtigen am Ufer beobachten. Mörder entwickeln mitunter eine seltsame Anhänglichkeit zu ihren Opfern und können sich von den Leichen unschwer trennen. Ist eine emotionale Geschichte. Habe mal etwas von einem Arzt über die Gefühle von Mördern gelesen.«

»Unser lieber Herr Pospischil bildet sich weiter, Respekt«, gab sich der Chefinspektor ironisch und fuhr nach einem Räuspern fort. »Schulschwänzer sind unsere Zeugen. Ich glaube nicht, dass die Rotzpipen uns wertvolle Hinweise liefern werden.«

»Oh, sagen Sie das nicht«, erwiderte Pospischil. »Kinder sind oft erstaunliche Beobachter, und Frisch, seien Sie nicht zu behutsam mit den Schülern. Der erste Eindruck von Zeugen ist enorm wichtig. Erinnerung verschwimmt allzu rasch. Und Kinder sind härter im Nehmen, als man denkt. Packen S' trotzdem ein paar Zuckerl ein. Für den Fall, dass eine der Rotzpipen zu verschreckt sein sollte. Süßigkeiten wirken Wunder bei bockigen Gschroppen.«

»Jawohl, Chef«, sagte Frisch aufgekratzt. »Ich werde mir jedes Detail genau ansehen und Notizen machen, so wie Sie es mir beigebracht haben. Fotos werde ich knipsen und eine Handvoll Zuckerl packe ich auch mit ein. Jawohl. Ich werde nichts übersehen, Chef.«

Pospischil lächelte. »Sehr gut, lieber Frisch. Ausgezeichnet.«

Der Chefinspektor drückte mit dem Daumen den abgerauchten Stummel in den Aschenbecher. »Schauen S', dass S' weiterkommen, Frisch. Sonst bringen S' die Leiche am Ende noch zu de großkopferten Gerichtsmediziner in der Pathologie in der Sensengasse, ohne dass wir sie vorher ang'schaut hätten.«

Pospischil eilte mit Frisch in deren Büro. Dort öffnete er schnaufend die Schublade seines Schreibtischs und hob die Schlitzverschlusskamera in der ledernen Umhängetasche heraus, die ihm bereits unzählige Male gute Dienste erwiesen hatte. Frisch nahm die Tasche dankend an sich.

Über der Gegend rund um das Lusthaus hing zu dieser Jahreszeit der modrige Geruch feuchter Erde vermischt mit dem Odeur Fäulnis zersetzenden Falllaubs. Der Polizeiwagen ratterte gemächlich durch die Hauptallee, die sich vom Praterstern über viertausendfünfhundert Meter entlang mächtiger Kastanienbäume in gerader Linie dahinzog. Bei dem regnerischen Wetter verirrten sich kaum Spaziergänger auf die Promenade, die 1766, wie Frisch wusste, von Kaiser Joseph II. zur allgemeinen Benutzung dem Volk freigegeben worden war. Davor hatte das Gelände des Praters einzig dem Kaiser und seinem Hof als Jagdgebiet gedient. Das Lusthaus bildete das Ende der Promenade. Es war ein kleines, elegantes Gebäude, in dem sich früher die feinen Gesellschaften nach der Jagd zum Schmause getroffen hatten. Hinter dem gelb angestrichenen Lusthaus führte ein löchriger Weg durch die mit Eichen bewaldete Freudenau direkt zum Donauufer. Der Polizeiwagen passierte den Pavillon. Den Eingang flankierten hohe Stangen mit dem Doppelwappen von Österreich-Ungarn auf breiten Stoffbahnen. Auf der linken Seite hielten die Krallen eines schwarzen Adlers das von der Kaiserkrone getragene Brustschild, das die Wappen der Kronländer darstellte. Das ungarische Wappen, erhöht von der Stephanskrone, wurde von zwei schwebenden, weiß gekleideten Engeln gehalten. Frisch dehnte den Rücken und reckte den Hals. Wäre er nicht gesessen, wäre es ihm angesichts der heiligen Insignien nach Salutieren gewesen. Da fiel sein Blick auf ein junges Paar. Der Herr in der blauen Uniform eines Leutnants, die Dame in einem dunklen Mantel, das blonde Haar unter einem breitkrempigen Hut verborgen. Wange an Wange lugten sie durch die Fenster des achteckigen Pavillons. Frisch bemerkte Lichter hinter den Scheiben aufblitzen. Der Leutnant hielt einen großen schwarzen Schirm über den Hut der Dame. Schließlich lösten sich die beiden

Betrachter und setzten den Weg entlang der kahlen Kastanienbäume fort. Im Sommer wurde dieser Abschnitt rund um das Lusthaus fernab des belebten Pratersterns gerne von Liebenden frequentiert. Auch er war mit seiner Rosi schon einmal hier gewesen. Frisch schmunzelte unter den wehmütigen Gedanken, bevor er sich wieder der Beobachtung des Paares widmete. Den Polizeiwagen schienen die jungen Leute nicht zu bemerken. Frisch konnte von seinem Platz im Wagen aus direkt in die vor Liebe erstrahlenden Mienen schauen. Das sich anhimmelnde Paar war so entrückt, dass der Chauffeur mit quietschenden Reifen ausweichen musste. Erst da drehten sie sich erschrocken um. Frisch lächelte ihnen entschuldigend zu, bevor er sich seufzend im Sitz zurücklehnte. Seit zehn Jahren wohnte seine Freundin Rosi im Haus der Mutter am Semmering und half bei der Obsorge der Gäste. Seit damals liebte er die Tochter einer Gastwirtfamilie aus dem Marchfeld nahe der Grenze zur Slowakei. Wenn es nach ihm gegangen wäre, hätte er sie längst geheiratet und Kinder mit ihr gezeugt. Aber Rosi hatte andere Pläne. Studieren wollte sie und sie las alles, was ihr in die Finger kam. Ständig verschwand ihr Kopf zwischen Buchdeckeln. Frisch sorgte sich wegen ihrer manchmal etwas wirren Ideen. Wenngleich er sich nichts mehr wünschte, als Rosi glücklich zu sehen, hätte er gerne ein normales, bürgerliches Leben mit ihr geführt. Schließlich verfügte er mittlerweile über ein sicheres Staatsgehalt, mit dem es sich zwar nicht im Luxus, jedoch durchaus angenehm leben ließe. Kopfschüttelnd blickte Frisch aus dem Fenster.

Der Wagen passierte das schlichte Gebäude der Volksschule, das zwischen den grünen Zweigen und dem braunen Geäst des Laubwaldes verborgen lag. Die Umgebung war dünn besiedelt. In diesem Teil von Wien wurden nur wenige Kinder unterrichtet. Weil die nächste Kirche weit entfernt lag, hatte vor

Jahren jemand an einen dicken Eichenstamm ein Bild der heiligen Maria genagelt. Seitdem hielt ein etwas seltsamer Pfarrer aus der Leopoldstadt bei trockener Witterung hier Messen ab. Frisch spähte nach draußen, schon sah er das bunte Bildchen. Der Heiligenschein leuchtete selbst bei trüber Sicht zwischen den Baumstämmen hervor. Darunter baumelte eine dicke Perlenkette mit einem Holzkreuz. Frisch schloss die Augen und dachte wieder an Rosi.

»Da wären wir, Herr Doktor«, hörte er die laute Stimme des Uniformierten dicht neben sich. Frisch schreckte hoch. Der Wagen hielt mit einem Ruck an. Inzwischen regnete es in Strömen. Der Polizist spannte einen Regenschirm auf. »Bittschön, Herr Doktor.«

Frisch setzte mit den Halbschuhen auf dem feuchten Boden auf. Forschend sah er sich um. Ein Zweispänner mit einer offenen Ladefläche parkte am Rand des Weges. Der Leichenwagen. Etwa zwanzig Meter weiter standen drei Knaben in durchnässten Kleidern mit Schultaschen auf den Schultern. Bis hierher sah Frisch, wie sie froren. Er griff nach dem Ermittlungskoffer, hängte sich die Tasche mit dem Fotoapparat um, tastete in der Hosentasche nach den Zuckerln und steuerte auf die Kinder zu. Der Uniformierte folgte ihm mit dem Schirm. »Guten Morgen, mein Name ist Frisch, ich bin von der zivilen Polizei. Habt ihr die Leiche entdeckt?«

Der Größte der drei nickte verhalten. Frisch öffnete die Hand mit den Bonbons. Alle drei nahmen sich Zuckerln, schälten die Kugerl aus dem Papier und steckten sie mit klammen Fingern zwischen die Lippen. »Dankschön.«

»Ja, wir san zufällig da vorbeikommen«, erzählte der Mittlere. Das dunkle Haar klebte strähnig an seiner Stirn. »Wir wollten a bisserl spazieren gehen vor dem Unterricht«, ergänzte der Größere. »Da sind wir über den dort gestolpert.« Sein Blick deutete in die Richtung des Flussufers. »Zuerst haben wir denkt, da liegt a b'soffener Strawanzer, aber weil die Füß im Wasser waren, haben wir genauer hing'schaut.«

»Den hat einer derschlagen«, sagte der Kleinste mit weit aufgerissenen Augen. »Der Kopf is eindrückt.«

Frisch spähte zu der Leiche. Der Regen prasselte auf den Körper in ziviler Kleidung nieder.

»Hat jemand die Lage des Toten verändert, oder liegt er exakt so da, wie ihr ihn gefunden habt?«

Die drei lugten zum Ufer. Der Größere antwortete: »Der liegt genauso da, wie wir ihn g'funden haben«, sagte er, »meine zwei Freund san bei dem blieben, i bin rauf zum Weg und hab Alarm g'schlagen. Da waren Leut mit Hund unterwegs und mit Radln, da hat's no net g'regnet, so wie jetzt.«

»Das war mutig von euch.«

»Kriegn wir jetzt Schwierigkeiten z'aus, weil wir net direkt in die Schul gangen san? In der ersten Stund is eh nur Religion, Herr Polizist. Normalerweise gehen wir brav in die Schul.« Der Knabe duckte sich, als erwartete er Schläge.

Frisch schmunzelte. »Ihr brauchts ka Angst haben. Es is schon in Ordnung und danke, dass ihr den Leichenfund gleich gemeldet habts.«

Die drei strahlten.

»Habts ihr vielleicht jemanden Verdächtigen auf dem Gelände g'sehn?«

»Na«, antwortete der Größere. Das Zuckerl schlug hörbar gegen seine Zähne. »Da herunten war niemand, nur oben am Weg, bevor es ang'fangen hat zu regnen wie aus Schaffeln. Ein Mann am Radl ist gleich losgefahren zum nächsten Kommissariat.«

»Gut gemacht, Buben. Ich danke euch. Ihr dürft gehen, sobald der Mann mit der Uniform eure Namen und Adressen aufgeschrieben hat. Das ist notwendig für den Fall, dass wir noch etwas brauchen sollten von euch.«

»Dankschön, Herr Polizist.« Der Bub zog die Mundwinkel hinauf. Dann neigte er den Kopf. »Ähm, a Frag hätt i no. Wieso tragen Sie ka Uniform? San Sie ka richtiger Polizist?«

»Ich bin von der Geheimpolizei. Wir sind für heikle Angelegenheiten zuständig«, erklärte Frisch. »Hauptsächlich schleichen wir verdächtigen Personen hinterher, da würden wir mit Uniform auffallen.«

»Aha. Und der Tote da unten ist so eine heikle Angelegenheit?« Der Bub deutete mit dem Kopf in Richtung der Leiche.

»Ganz genau, und deshalb bitte ich euch, niemandem von dem Fund zu erzählen. Kann ich mich da auf eure Verschwiegenheit verlassen?« Frisch machte eine ernste Miene.

Die Schüler nickten wie auf Kommando. »Sehr wohl, Herr Geheimpolizist. Wir waren gar net hier, sondern in der Schul, wie es sich g'hört.« Die Schuhabsätze schlugen zackig aneinander.

»Danke für eure Hilfe, Buben.« Frisch griff mit der Handkante an seine Schläfe. »Und jetzt abtreten.«

Die drei Knaben blieben mit hängenden Armen stehen. Frisch nahm dem Uniformierten den Schirm aus der Hand und trat zur Leiche. Als er sich zu den Buben umdrehte, sah er, wie der Polizist die drei zum Zweispänner führte. Gleich würde er ihre Personalien notieren. Frisch zeigte den beiden Männern vom Leichentransporter seine Kokarde. Sie hatten die Holzkiste zum Abtransport des Toten auf den Boden gestellt.

»Einen Moment noch«, sage Frisch, stellte den Koffer ab und ging vor dem Toten in die Knie. Er klemmte den Griff des Schirmes zwischen Kopf und Schulter und musterte den Toten. Frisch schätzte sein Alter auf etwa dreißig. Das Gesicht war breit und der Nacken wuchtig. Der Körperbau war kräftig wie bei Männern, die schwere Arbeit verrichteten. Deutlich war eine frische Wunde von der Schläfe bis über die Wangenknochen erkennbar. Der Schlag musste heftig gewesen sein. Der Schläfenknochen schien eingedrückt, vielleicht sogar gebrochen. Das Oberhemd war zerrissen. In der Höhe des Schultergelenks stach ein kleiner schwarzer Anker hervor. Der Mann sah nicht aus, als ob er lange im Wasser gelegen wäre. Höchstens zwei Tage, eher nur einen. Die Haut zeigte keine Grünfärbung und war kaum aufgeschwemmt. Die Augenfarbe schimmerte in einem dunklen Braun. Der Körper roch kaum wahrnehmbar nach Fäulnis, das mochte aber auch an der schlechten Qualität des Flusswassers liegen, mutmaßte Frisch. Die Starre hatte sich zum Teil aus den Gliedmaßen gelöst. Wasserleichen verwesen langsam, besonders bei niedriger Temperatur. Frisch öffnete die lederne schwarze Umhängetasche. Er entnahm die kompakte Schlitzverschlusskamera, die auch ohne Stativ brauchbare Bilder produzierte. Nachdem er den Deckel vom Objektiv genommen hatte, fixierte er die Wunde. Da fiel ihm auf, dass die rötliche Umrandung die Form eines Pferdehufs hatte. »Ohne Zweifel«, murmelte er, »der Mann ist vom Eisen eines Pferdehufes getroffen worden. Möglicherweise haben wir es schon wieder nicht zwingend mit Mord zu tun.« Frisch fuhr herum. »Burschen!«, rief er zum Wagen hinüber. Die drei Buben saßen bereits im Polizeiwagen. »Ist euch ein Mann auf einem Pferd aufgefallen oder ein frei laufender Gaul?«

Der Größte der drei lugte aus dem Fenster. »Nein, Herr Polizist, nur das Fahrrad.«

Frisch nahm sich vor, später bei den Pferdeställen der Rennbahn nachzufragen. Er stand auf und knipste stehend mehrere Fotos. Dann nahm er die Dose mit dem schwarzen Pulver aus dem Ermittlungskoffer, ging wieder unter dem Schutz des Schirmes in die Knie, bestäubte die Finger des Toten und nahm auf einem speziellen Papierbogen Abdrücke, bevor die Männer von dem Transportwagen den Leichnam in die Holzkiste legten.

»Wir bringen den Toten zur Gerichtsmedizin in die Sensengasse«, sagte der Ältere. »Der Bericht wird per Boten an das Polizeiinstitut geschickt.«

»Ich danke Ihnen«, sagte Frisch. »Ich werde heute noch die Fingerabdrücke mit den Daten am Institut abgleichen. Vielleicht ist die Person der Polizei bekannt. Schaun wir mal.« Frisch nickte den Männern zu.« Guten Tag, die Herren. Ich bin fertig.«

Die beiden Männer legten einen Deckel auf die Kiste. Dann trugen sie den Leichnam zu dem Zweispänner, luden auf und fuhren los. Die drei Schulbuben stiegen aus dem Polizeiwagen, verabschiedeten sich zaghaft winkend von Frisch und zogen weiter. Hoffentlich Richtung Schule, dachte Frisch schmunzelnd. Der Regen hatte so rasch aufgehört, wie er begonnen hatte. Frisch spannte den Schirm ab und griff nach Koffer und Fototasche. Er war hier fertig. Kaum abwarten konnte er es, die Fingerabdrücke mit den Daten am Institut abzugleichen. Der analytische Urin des Chefinspektors in allen Ehren. Fakten waren hilfreicher, um die Wahrheit aufzuspüren.

Frisch bat die Uniformierten zu warten und lief etwa hundert Meter weiter zu den Stallungen der Rennbahn. Die dort arbeitenden Männer hatten nichts Außergewöhnliches beobachtet, und auch die Hufe der vorgeführten Rennpferde waren anders beschlagen, als es jener Abdruck am Kopf der Donau-Leiche zeigte. Frisch ließ sich ins Institut zurückchauffieren.

»Ich glaube, der Tote ist kein Österreicher«, sagte Frisch zu Pospischil etwa eine Stunde später. Sein Vorgesetzter saß im

Büro des Polizeiagenteninstituts über den Akten, den warmen Ziegelstein hatte er sich an den Rücken gebunden.

»Der Schnitt des Gesichts erinnert an die Reiter aus den Steppen im Osten, Chef.« Frisch empfand eine beinahe zärtliche Zuneigung zu Pospischil, der ihm alles beigebracht hatte, was er für die Arbeit eines Kriminalermittlers wissen musste. Ihm allein hatte er die Anstellung beim Institut zu verdanken. Der Chefinspektor hatte kein Hehl daraus gemacht, dass er ihn nicht für den geeigneten Kandidaten hielt. Allein der Beharrlichkeit von Pospischil hatte er den Staatsposten zu verdanken.

»Soso. Ein Mann aus dem Osten also«, murmelte Pospischil und sah von den Akten auf. »Na, wie war es unten im Prater? Haben Sie Spuren gesichert?«

»Ich habe brauchbare Fingerabdrücke«, sagte Frisch, »und ich denke, das Opfer ist von einem Pferd zu Tode getreten worden. Die Wunde am Schädel hat die Form eines Hufeisens.«

»Was? Ein Unfall?« Pospischil zog sich mit den Armen vom Stuhl hoch. »Autsch.« Der Schmerz im Rücken verzerrte sein Gesicht. »Der des Mordes an Daniel Kührer Verdächtige ist vermutlich nur besoffen in den Fluss gestolpert? Das ist äußerst unbefriedigend, Kollege.«

»Abwarten«, sagte Frisch und öffnete den Ermittlungskoffer. »Der Mann hat einen Hufeisenabdruck auf der Stirn. Ein Pferd aus den Stallungen der Krieauer Rennbahn war es nicht, das hab ich überprüft.«

»Ein Zusammenstoß mit einem Pferd? Das wird ja immer seltsamer.«

»Ich habe viele Bilder vom Toten und vom Fundort gemacht. Sie liegen in der Entwicklungslade des Labors.« Er ging zu dem Schrank mit den Abdrücken aller seit Bestehen des Instituts erfassten Fingerspuren. »Das wird bis in die Nacht hinein dauern«, seufzte Frisch. »Ich will es heute noch wissen. Ich habe so ein Gefühl, dass der Mann kriminell vorbelastet ist, und wenn er innerhalb unserer Grenzen auffällig geworden ist, finden wir seine Fingerabdrücke in der Kartei.«

»Ja«, sagte Pospischil nicht ohne Stolz, »seit ich diese Karten zur Erfassung der Fingerabdrücke aller jemals bei der Polizei vorgeladener Personen angelegt habe, konnten bereits viele Täter ausgeforscht werden. Geben Sie mir einen Packen rüber, ich helfe Ihnen beim Suchen.«

Frisch nahm einen Stoß Karteikarten und reichte sie dem Chef über den Tisch. Das Blatt mit den Fingerspuren der Wasserleiche legte er in die Mitte. Inzwischen regnete es wieder. Dicke Tropfen schlugen gegen die Fensterscheiben.

»Wissen S' Frisch, dass ich mal einen Abdruck ohne Papillarleisten gesehen hab. In ganz seltenen Fällen fehlen wegen eines genetischen Defekts den Fingerkuppen die Linien.«

»Unser Mann aus dem Osten verfügt über deutliche Papillarleisten«, antwortete Frisch und gähnte hinter vorgehaltener Hand.

»Zum Glück«, sagte Pospischil. »Das erleichtert uns die Suche. Die meisten Fingerabdrücke können wir ob ihrer schwachen Musterung auf den ersten Blick ausscheiden.« Pospischil seufzte. »Sind Sie auch so müd? Ich hole uns zwei kleine Braune aus der Kantine.« Ächzend stand er auf. »Vom Sitzen werd ich eh nur wieder steif in der Wirbelsäule. Ich muss mich bewegen.«

»Danke, Chef.« Frisch verzog die Mundwinkel zu einem Lächeln. »Ein kleiner Brauner wäre grad richtig.«

Labrador sprang auf und folgte dem Herrchen.

»Komm nur.« Pospischil tätschelte über den Kopf der Hündin. »In der Kantine werdens eine Schüssel Wasser für dich haben.«

Als Pospischil mit den zwei Tassen und Labrador im Schlepptau in das Büro zurückkehrte, saß Frisch zwischen den auf dem

Tisch ausgebreiteten Karten und grinste wie ein Hutschpferd. »Wenn wir jetzt noch den Kührer-Kopf in der Wohnung finden, als eine Art von Trophäe vermutlich, ist der Fall gelöst.«

»Haben S' was g'funden?« Pospischil stellte die Tassen auf den Tisch und riss die Augen auf.

»Ja, Chef. Die Wasserleiche ist ein Ukrainer.«

»Was hat er bei uns angestellt, der Ukrainer?«

»Auf sein Konto gehen schwerer Betrug, Glücksspiel und Körperverletzung. Er heißt Vladimir Potoan und führt in Serbien und in Galizien mehrere illegale Spielhöhlen. Die Polizei ist ihm seit Monaten auf der Spur, hat ihn immer knapp verfehlt. Er wechselt seine Aufenthaltsorte sprunghaft.«

»Sapperlot. Jetzt haben wir ihn.« Pospischil klatschte in die Hände. »Warten S'! Hat nicht der Daniel Kührer die eigene Schwester an wohlhabende Männer verkauft, weil er Geld für Schuldeneintreiber gebraucht hat? Wissen S', wie viele junge Männer sich jedes Jahr wegen Spielschulden umbringen?«

»Sehr viele, Chef. Ich kenne die Zahlen. Das sind vorwiegend Offiziere, die Selbstmord begehen, weil sie lieber das Leben als die Ehre verlieren. Der Daniel Kührer war alles andere als ein ehrenvoller Offizier. Ich schätze, der wäre eher zum Mörder geworden als zum Selbstmörder wegen einer zweifelhaften Ehre.«

»Brillant analysiert, Frisch. Erinnern Sie sich an das Gespräch im Büro des Oberinspektors? Wir sind auf der richtigen Spur. Wir müssen nur genauer hinschauen.«

»Aber wenn der Ukrainer tatsächlich den jungen Kührer auf dem Gewissen hat«, Frisch schüttelte den Kopf, »tät ich noch immer einen Logikfehler sehen. Net nur wegen der abartigen Zerstückelung und Verteilung im Belvedere-Park. Von einem Toten kriegst kan Heller mehr. Was hätte der Gläubiger davon, den Schuldner zu töten?«

»Sapperlot, Frisch. Seien S' net so fantasielos. Vielleicht hat sich der Kührer g'weigert zu zahlen und musste deshalb sterben. Sein grausamer Tod als Warnung an alle anderen mit offenen Spielschulden. So könnt's g'wesen sein.«

»Na gut, aber wieso liegt der Mörder Vladimir dann tot in unserer schönen blauen Donau?« Frisch zwirbelte seinen Schnurrbart. »Meinen S', der ist beim Spaziergang nach der Zerstückelung von dem Daniel Kührer zufällig von einem wild gewordenen Pferd getroffen und in die Fluten gestoßen worden?«

Pospischil grunzte. »Stimmt. Das wäre in der Tat zu ausgefallen.«

»Chef. Wir wissen nicht mal, wo er ins Wasser gekommen ist. Die Strömungen in der Donau sind stark. Sicher ist nur, dass er weiter oben im Norden in den Fluss geraten sein muss.«

»Kollege. Jetzt machen wir Nägel mit Köpfen.« Pospischil trank die Tasse mit einem Zug leer. »Ich fahre mit dem Foto von dem Ukrainer zum Vater Kührer in die Ungargasse und Sie fahren mit zwei Uniformierten in die Wohnung von der Donau-Leiche und stellen dort alles auf den Kopf. Wir brauchen den verdammten Schädel.«

»In Ordnung, Chef.« Frisch nahm einen Schluck von dem kleinen Braunen. »Hm. Der ist schön stark. Chef. Wo genau, sagten Sie, soll ich nach dem Schädel suchen?«

»Frisch, nehmen Sie Labrador mit. Und lassen S' die Hündin vorher an der Hand der Leiche schnüffeln. Ich hab sie von dem Präparierungsmittel gereinigt, so gut es ging. Aber ich glaub fest, die Labrador weiß auch so, um was es geht.«

»Können S' das auch im Urin spüren? So wie der verehrte Herr Chefinspektor?« Frisch grinste.

»Was für ein Urin?« Pospischil runzelte die Stirn, eine Sekunde später lachte er. »Ah, jetzt weiß ich, was Sie meinen. Die Intuition unseres Chefinspektors mit seinen Körpersäften. Na, ich halte mich lieber an Fakten. Nur an Fakten.«

»Sie hätten an der Universität studieren sollen, Chef.«

Pospischil winkte ab. »Das Auswendiglernen liegt mir gar nicht, lieber Kollege. Von Ihnen als akademisch gebildete Person kann ich allerdings was lernen in Sachen scharfer Analytik. Ich hoffe, es stört Sie nicht, wenn ich alter Hase ab und zu über ihre jugendlichen Schultern schau.«

»Es ist mir eine Ehre.« Frisch beugte den Oberkörper und zwirbelte mit den Fingern die Spitzen seines Schnurrbarts, wie er es jedes Mal machte, wenn er in Verlegenheit geriet. »Bleiben S' sitzen, Chef«, sagte er sanft, »schonen Sie Ihren Rücken. Die vom Labor haben die Fotos aus der Kamera sicher noch nicht fertig entwickelt.«

Pospischil lehnte sich seufzend zurück. Der herrliche Duft des Kaffees hing noch im Zimmer und entspannte sein aufgewühltes Gemüt.

KAPITEL 21

7. OKTOBER 1908

Unverzüglich fuhr Frisch mit Labrador und zwei Uniformierten im geschlossenen Pferdewagen in die Novaragasse Nummer zwei, eine schmale Gasse in der Leopoldstadt. Der kauzige Hausmeister wirkte wenig verwundert, dass die Polizei Einlass in die Wohnung des Ukrainers forderte. »Da gibt's einige im Haus, die ich net näher kennen möcht«, raunte er und schloss auf. Die Bleibe des Unterweltlers sah aus wie ein nobles Hurenhaus, oder so, wie sich ein frommer Christ ein solches wohl vorstellen würde. Rot gestrichene Wände, Zeichnungen nackter Frauen, rot überzogene Sitzmöbel, darauf schwarze Seidenkissen, dicke rote Kerzen, schwarzer Teppich, dunkel gestrichener Plafond mit opulenten Leuchten, deren baumelnde Glassteinchen leise klimperten, sobald ein Luftzug vorbeirauschte. Die Uniformierten und Frisch suchten nach dem Schädel, auch im Keller. Die Hündin blieb die ganze Zeit über ruhig, schien keine Spur zu wittern, obwohl Frisch ihr die präparierte Hand mehrmals vor die Nase gehalten hatte. Nach einer Stunde verließ die Gruppe die Wohnung mit einem Sack voll vermutetem Diebesgut, in erster Linie Schmuck, aber auch einen halben abgeschnittenen Finger in einem verschlossenen Glas mit einer nach Alkohol riechenden Flüssigkeit nahmen sie mit. Den Kührer-Kopf hatten sie nicht gefunden. Wäre auch zu einfach gewesen. Außerdem überlegte Frisch, wie sollte der Ukrainer die Leichenteile in den Brunnen des Schlossparks verteilt haben? Tagsüber? Nachts waren die Zugänge versperrt.

Als er im Fond des Wagens saß und die Bilder der pulsierenden Stadt an ihm vorbeizogen, mit all dem Schmutz, den Baustellen, aber auch mit all der Herrlichkeit einer Kaiserresidenz, kam ihm der Gedanke, es noch einmal beim Belvedere zu versuchen. Er dachte an die vielen Akteneinträge, an die Berichte und Gespräche, und da fiel ihm plötzlich auf, dass der Chef zwar mit seiner Hündin unmittelbar nach dem grausigen Fund der Leichenteile im Park gewesen war, doch die Suche nach kurzer Zeit erfolglos abgebrochen hatte, ohne im unteren Bereich gewesen zu sein. Frisch streckte seinen Rücken. War Pospischil unaufmerksam geworden? »Bittschön!«, rief er dem Fahrer zu. »Bringen S' mich zum Rennweg. Lassen S' mich und die Hündin dort aussteigen. Ich will mich umsehen. Das kann dauern. Sie brauchen nicht zu warten, können gleich weiter ins Institut. Ich nehme einen Fiaker zurück.«

Zwischen den Buchsbaumkugeln und den steinernen Figuren des Parks des Belvedere hingen silbern schimmernde Spinnfäden. Das hochsprühende Wasser der Kaskaden glitzerte im weichen Herbstlicht. Während Leopold Frisch mit der Hündin über den weißen Kies schlenderte, schweiften seine Gedanken mit Wehmut zum vergangenen Sommer zurück. Die arbeitsfreien Tage hatte er wie jedes Jahr, seit er unter der Woche in Wien wohnte, zu Hause am Semmering verbracht. Mit einem wohligen Glücksgefühl sah er die zartgrünen Weiden des Hirschenkogels vor sich, erinnerte sich an das Geläut der Glocken am Hals der Rinder. Dabei hatte sich dieser Sommer von den anderen davor unterschieden. Weder die Verspannungen der Muskulatur noch der dumpfe Kopfschmerz hatte sich in diesen Wochen gebessert. Frisch grübelte nach der Ursache seiner hartnäckigen Angespanntheit, die sich mit einer tief sitzenden Unzufriedenheit mischte, während die Hündin unermüdlich mit der Schnauze über den Boden wanderte.

Vielleicht lag es an der zunehmenden Beliebtheit des Luftkurorts bei den Wiener Sommerfrischlern. Scharen von Betuchten flüchteten im Juli und August aus der Hitze der Stadt in die kühlen Berge am Semmering. Frisch, der Ruhe und Einsamkeit schätzte, dachte an den zauberhaften Garten seiner Mutter. Diese wilde Unordnung. Da ein blauer Rittersporn, dort die rosa Froschgoscherln zwischen lila Akeleien und gelben Sonnenblumen, neben Kräutern und üppig wuchernden Heckenrosen in Rosa und Weiß. Er sah den einfachen Holztisch am Weg neben den Gemüsebeeten stehen, die schlichten Sessel ohne Auflage, wo man nicht lange drauf sitzen mochte, das mit Veilchenblüten gemusterte Schultertuch von Rosi über die Lehne geworfen. Er sah den Teller mit dem aufgeschnittenen Apfel, auf den sich die Bienen und Fliegen stürzten, das Glas Rotwein mit dem flackernden Sommerlicht. Unvermutet stiegen Tränen der Wehmut in seine Augen. Mit einem Schlag wusste er, was ihn bedrückte. In diesem Sommer hatte er die Rosi verloren. Die innige Verbindung zwischen ihren Herzen, die er für unzerreißbar gehalten hatte, hatte sich gelöst. Ein Schatten lag über dem Glück. Frisch presste die Kiefer aufeinander. Er liebte die Rosi über alles. Auch das Störrische, Widerspenstige. Vielleicht besonders das. Seufzend wischte er mit dem Handrücken über seine feuchten Wangen. Nein. Es war nicht zu spät. Liebe verzieh. Er musste mit ihr reden. Auch wenn sie es ihm vorwarf, es war nicht seine Absicht, ihr die Freiheit zu nehmen. Er atmete tief ein und aus.

Da raschelte es im trockenen Laub hinter ihm. Labrador reagierte und knurrte. Frisch fuhr herum, konnte aber nichts Verdächtiges erkennen. Das Wasser in den Brunnen rauschte. Da war wieder ein Geräusch. Stimmen. Die Leine straffte sich. Labrador spitzte die Ohren. Die Stimmen kamen vom Oberen Belvedere. Über die Freitreppe stieg Frisch hinauf, bis er zum

Vestibül des Schlosses blicken konnte. Vier Wachen in blauen Uniformen stolzierten mit Gewehren über den Schultern im Stechschritt. Vier weitere saßen auf Pferderücken und flankierten den Eingang. Das Tor öffnete sich. Frisch sah einen Mann mit leicht gebeugtem Rücken im Watschelgang mit aufgeregt fuchtelnden Armen heraustreten. Hinter ihm Frauen in schwarzen Kleidern mit weißen Schürzen.

»Ich glaube, unser verehrter Thronfolger beliebt durch den Park zu spazieren. Gleich werden sie das Gelände absperren. Komm, Labrador, gehen wir nach unten, den Hofstaat können wir bei unserer Arbeit nicht gebrauchen.« Frisch schmunzelte, weil er mit dem Hund geredet hatte wie mit einem Menschen. Labrador antwortete mit Schweifwedeln. »Labrador, jetzt wär's an der Zeit, nach dem Kopf zu suchen.« Frisch fasste in die Tasche und zog erneut die Hand heraus. Außer Resten des chemischen Präparates konnte er keinen offenkundigen Geruch feststellen, dennoch hielt er die Hand vor die Schnauze des Tieres. Es schien, als hätte Labrador etwas wahrgenommen. Ihre Schnauze glitt in hektischen Bewegungen über den Boden, während der Schweif weiter wedelte. »Dir macht das Leichensuchen wohl Spaß«, lachte Frisch. Mit langen Schritten eilte er dem schnüffelnden Tier über die Freitreppe hinterher, entlang der mit Efeu bewachsenen Mauer, die den Park vom Anwesen der Fürsten Schwarzenberg trennte. Vorbei an den verlassenen Holzbänken. Elegant lag das flache Gebäude des unteren Schlosses am Ende des Parkes. Eigentlich ein sehr schöner Platz zum Verweilen.

Da zog Labrador fest an der Leine. »Sag bloß, du hast etwas gewittert. Nur zu!« Plötzlich knurrte Labrador. »Was ist los?«, rief Frisch. »Hast du eine Spur?« Die Hündin zog stärker. Er rannte los, um ihr zu folgen. Seine Füße flogen über den schmalen Weg entlang der Orangerie auf den Eingang in der überdachten Passage am Rennweg zu. Zwischen dem Eingang zur Militärkanzlei und der Tür zur Modernen Galerie blieb die Hündin stehen und fing zu bellen an. Nicht nur das, sie beugte ihre Hinterbeine, gerade so, als wollte sie zum Sprung ansetzen. Speichel tropfte aus ihrem Maul. Frisch wich erschrocken vor den Drohgebärden zurück. Es war offensichtlich. Die Hündin hatte eine Fährte aufgenommen. Roch sie Blut? Frisch spürte, wie sein Herz heftig gegen die Brust schlug. Vielleicht hatte der Mörder von Daniel Kührer, überlegte er, die Leichenteile hier entlang zu den Brunnen und Teichen transportiert. Der Täter schien vom Rennweg her in den Park gegangen zu sein und nicht von oben. Die Hündin fletschte die Zähne. »Der Daniel Kührer wird doch nicht vor der Galerie getötet worden sein? Was riechst du? Ist es menschliches Blut, Labrador?« Er redete schon wieder mit dem Tier, als erwartete er ernsthaft, dass es antwortete. Frisch schüttelte den Kopf. Die Hündin duckte sich und knurrte.

Frisch sah sich um. »So nah der Straße vor der Militärkanzlei des Thronfolgers? Das kann nicht sein.« Labrador fletschte die Zähne.

»Was hast du nur? Ich sehe nichts Verdächtiges. Da ist kein Kopf. Auch kein Blut. Schon gut. Wir werden der Sache nachgehen.« Entschlossen ging er auf den Eingang der Militärkanzlei zu.

»Glaubst du, es wird bald Krieg geben?«, fragte Krzizek seinen Freund, den Major Brosch. Die beiden saßen im abgedunkelten Büro der Galerie und rauchten Zigarren. »In Dalmatien verlassen die montenegrinischen Arbeiter die Fabriken, um daheim für das Vaterland zu den Waffen zu greifen«, antwortete Major Brosch. »Die Idee einer südslawischen Einheit wächst. Ja, ich sehe die Gefahr eines baldigen Krieges.«

»Wir müssen uns den Deutschen anschließen.« Krzizek blies den Rauch in Kringeln hoch. »Nur an der Seite unserer mächtigen Nachbarn sind wir stark. Der alte Kaiser wird die Ansprüche der Balkanländer nicht allein abwehren können. Nicht auf Dauer.«

»Der Thronfolger plant eine Reise nach Amerika«, schweifte Brosch ab. »Er ist von dem Konzept der Vereinigten Staaten begeistert, könnte sich für Europa ein ähnliches Modell vorstellen. Nach seiner Ansicht wäre nur ein vereintes Reich imstande, Frieden auf dem Kontinent zu sichern. Jede Nation hätte ihren eigenen Staat mit eigener Verantwortung, alle zusammen wären ein glückliches Reich mit einem väterlichen Kaiser an der Spitze. Ich glaube, er hat recht, Josef. Der künftige Kaiser von Österreich wird mit allen Mitteln eine Eskalation der nationalen Streitigkeiten zu verhindern wissen. Ich werde ihm dabei mit all meiner zur Verfügung stehenden Kraft und Kompetenz beistehen. Wir brauchen den Frieden für unsere Völker. Ich glaube, dass Franz Ferdinand ein guter Kaiser sein wird.«

»Vereinigte Staaten von Europa werden nicht funktionieren«, erwiderte Krzizek und blies den Rauch aus. »Du kannst Europa nicht mit Amerika vergleichen. Zu viele Kriege sind geführt worden. Wir sprechen nicht die gleiche Sprache. Oder fühlst du dich etwa mit dem serbischen Volk oder mit den Franzosen verbunden? Nein, nur mit dem deutschen Volk werden wir uns verbrüdern. Nur die deutsche Seele fühlt wie die österreichische.«

»Nicht die Sprache allein macht Identität aus, Josef«, widersprach Brosch mit ruhiger Stimme.

»Da stimme ich dir zu. Es ist auch die Genetik, die Religion, die Erziehung, vor allem die Tradition. Es ist nicht gesund, die von Gott geschaffenen Unterschiede durch menschliche Hand gleichmachen zu wollen. Die Zerstörung der traditionellen ritterlichen Werte führt zum Untergang. Die barbarischen Völker würden über uns herfallen. Die Lage ist ernst. Wir müssen uns gegen die Gefahr von außen wehren. Wie unser verehrter Herr Bürgermeister Doktor Lueger bin auch ich für die Kennzeichnung verdächtiger Personen zum Schutz des Volkes.« Krzizek dämpfte den Stummel seiner Zigarre aus und redete sich in Fahrt. »Das streunende Zigeunervolk mit einer Ziffer am Handrücken tätowieren zu lassen ist ein erster Schritt. Ihre Niedertracht wäre sofort erkennbar, selbst wenn sie sich mit bürgerlicher Kleidung zu tarnen versuchten.«

Da mischte sich heftiges Hundegebell in das Gespräch. Krzizek musste seine Stimme erheben.

Major Brosch stand auf und ging zum Fenster. »Was ist denn da draußen los?«

»Ich werde nachsehen.« Krzizek nahm den Schlüssel vom Schreibtisch und lief aus dem Büro. »Diese streunenden Hunde werden zu einer Plage. Man sollte sie alle erschießen.«

»Lassen Sie mich vorgehen, ich kann gut mit Hunden umgehen«, sagte Brosch und eilte seinem Freund hinterher. Da schrillte die Türglocke.

Frisch drückte auf die Klingel zur Militärkanzlei. Ein älterer Mann in Uniform öffnete und forderte den Polizeiagenten auf, den bellenden Hund auf der Stelle zu beruhigen. Ansonsten müsse er zur Waffe greifen und das Tier zum Schweigen bringen. Frisch zog seine Kokarde und den Ausweis aus der Tasche und hielt sie dem Uniformierten vor die Nase. »Mäßigen Sie sich. Das ist ein Polizeihund und er hat eine Fährte aufgenommen. Bitte sagen Sie dem Herrn Major Brosch, ich muss ihn dringend sprechen.«

»Was wollen Sie von mir?«, hörte er eine scharfe Stimme im Rücken.

Frisch fuhr herum. »Ah, der Herr Major Brosch, habe die Ehre«, sagte er und unterband das Bedürfnis zu salutieren. »Polizeiagent Leopold Frisch. Ich müsste die Kanzlei durchsuchen.«

»Wie bitte?« Der Major runzelte die Stirn.

»Ich … ich«, schrie Frisch gegen das Gebell von Labrador an, »müsste die Räumlichkeiten der Militärkanzlei durchsuchen. Der Hund hat Blut gerochen. Wir suchen immer noch den Kopf des Mannes, der im Park zerstückelt aufgefunden wurde.«

Brosch zog die Augenbrauen hoch. »Zunächst wäre ich Ihnen sehr verbunden, wenn Sie den Hund zur Räson bringen. Das Gebell ist nicht auszuhalten. Und ohne richterlichen Beschluss werden weder Sie noch der Hund in der Militärkanzlei Seiner Exzellenz, des Thronfolgers herumschnüffeln.«

»Verzeihung, Herr Major.« Frisch tätschelte den Kopf der Hündin. Das Bellen ging in Winseln über. »Der Schädel von dem ermordeten Daniel Kührer ist noch immer nicht gefunden. Die Hündin hat hier vor der Tür zur Kanzlei eindeutig eine Spur aufgenommen. Ich muss dem nachgehen.«

»Wie kommen Sie darauf, dass der Hund ausgerechnet das Blut von dem Zerstückelten aus dem Park riecht?« Major Brosch schüttelte den Kopf. »In ganz Wien streunen wilde Katzen. Die reißen Tauben und Mäuse. Im Durchgang finden sich immer wieder Kadaver. Erst gestern habe ich da drüben eine Ratte liegen gesehen.« Der Major hob den Arm und zeigte in den dunklen Durchgang.

»Was ist da los?«

Da trat der Kleinere in Zivil mit in die Seiten gestemmten Armen bedrohlich nahe an ihn heran. Frisch fühlte sich immer unbehaglicher. Vielleicht war er zu voreilig gewesen. Wer weiß, was der Hund gerochen hatte, und der Umgang mit dem Militär war ihm noch nie angenehm gewesen.

»Wer sind Sie überhaupt? Was erlauben Sie sich? Wissen Sie nicht, wen Sie vor sich haben? Mein Name ist Josef Krzizek und ich bin k. u. k. Amtssekretär des Kultusministeriums.«

Frisch zog erneut Kokarde und Ausweis aus der Jacke und zeigte beides dem Amtssekretär. »Die Hündin hat etwas erschnüffelt. Wir sind auf der Suche nach dem verschollenen Schädel des Daniel Kührer, und mein Chef, der Herr Polizeiagent Pospischil, ist überzeugt, dass der hier irgendwo sein muss.«

»Ah, der Herr Pospischil, soso.« Krzizek verzog spöttisch den schmalen Mund. »Ja, wenn der Herr Agent das sagt, wird wohl was dran sein. Ein Ziviler irrt bekanntlich selten. Was meinst du, Alexander?« Krzizek lachte heiser.

»In die Militärkanzlei lass ich die nicht.« Major Brosch blieb beharrlich. »Wenn du es gestattest, kann der Hund in deiner Galerie schnüffeln. Für das Durchsuchen der Kanzlei braucht es einen gerichtlichen Beschluss.«

»Aber geh«, winkte Krzizek ab, »machen wir es nicht unnötig bürokratisch. Wir haben nichts zu verbergen.« Er grinste breit. »Selbstverständlich darf der Herr von der zivilen Polizei mit seinem Hunderl in unsere Galerie.« Krzizek deutete Frisch mit dem Kopf die Richtung zur Tür. »Gehen S' nur rein. Schauen Sie sich um. Ich fürchte halt, außer der stinkenden Wandfarbe wird Ihr Hund bei uns nichts riechen. Es wird grad für die Hagenbundausstellung neu ausgemalt und für den ›Kuss‹ vom Klimt muss auch noch umgeräumt werden. Momentan ersticken wir in Arbeit, dieser seltsame Mord geht uns allen auf die Nerven, verzeihen Sie, Herr … Herr … egal. Sollten wir für Ihre Begriffe a bisserl unwirsch erscheinen, bitte um Verständnis. Aber die Umstände, ich hoff, Sie verstehen?« Krzizek hüstelte.

»Ich verstehe, aber bei Mord …«, versuchte sich Frisch gegen den Redeschwall durchzusetzen. Vergeblich, der Sekretär fuhr in zynischem Tonfall dazwischen. »Also, ein menschlicher Schädel ist uns bislang nicht in den Räumlichkeiten des Schlosses aufgefallen, bedaure, verehrter Herr sowieso. In der Staatsgalerie werden S' den Mord nicht aufklären. Aber bitte, schauen Sie sich um, wenn Sie müssen.«

»Leopold Frisch ist mein Name und ich danke Ihnen für Ihr Verständnis, Herr Amtssekretär.« Wendig huschte er durch die offene Tür in die Galerie. Labrador folgte bei Fuß.

»Na, dann schauen wir mal, ob wir da drinnen einen abg'rissenen Schädel finden, ha, ha.« Krzizek klopfte dem Major Brosch auf den Oberarm. »Servus, lieber Alexander. Wir müssen unser Gespräch leider ein anderes Mal weiterführen. Du siehst, die Pflicht ruft.«

»Servus, lieber Josef.« Der Offizier salutierte.

Krzizek hob die Hand an die Schläfe.

Major Brosch verschwand durch die Tür in seine Kanzlei.

»Ich zeig Ihnen alles«, sagte Krzizek zu Frisch. »Aber viel Zeit hab ich nicht.«

»Ist die Frau Kührer heute nicht im Dienst, Herr Amtssekretär?« Die Hündin zog in das Innere der Galerie. Frisch hielt die Leine straff. Wenigstens bellte sie nicht mehr.

»Der Ärmsten ist es untersagt, zum Dienst zu erscheinen, wenn der Thronfolger im oberen Schloss verweilt«, erklärte Krzizek. »Dabei braucht sie das Geld dringend, weil der Ehemann keine Arbeit hat. Ein Jammer. Ich weiß. Aber gegen die Weisung des Erzherzogs kann ich nichts machen.«

»Die Frau Kührer ist aus dem Dienst entlassen worden?« Frisch blieb stehen. »Gerade jetzt? Nach dem Tod ihres Sohnes?«

»Sie hören mir nicht zu.« Krzizek verdrehte die Augen. »Sie ist nicht entlassen worden. Nur freigestellt. Momentan. Dass der tote Sohn von der Frau Kührer in unserem Schlosspark gefunden worden ist, ist ein Affront für den verehrten Erzherzog. Das kann man doch verstehen. Da sind wir schon im Groteskensaal. Schön, nicht?«

»Beeindruckend.« Frisch sah sich um. »Besonders die Stuckatur.«

»Der Hund ist sehr nervös. Was hat er denn?«

»Eine Spur. Wie ich schon sagte.«

»Schauen Sie«, fuhr der Sekretär fort. »Seine Exzellenz halten die mitunter nicht gerade diplomatisch agierende Geheimpolizei an der Fehlgeburt seiner Gattin in gewissen Maßen für mitschuldig. Außerdem hat sich die Frau Kührer leider unvorteilhaft bei der ehrenwerten Fürstin benommen.« Krzizek seufzte. »Manche Dinge entwickeln sich halt nicht positiv. Ich bin ein Mann mit Herz, verstehen Sie. So habe ich der Ärmsten versprochen, sie in der Abwesenheit seiner Exzellenz, was häufig vorkommt, in der Galerie arbeiten zu lassen und dafür zu entlohnen. Tageweise. Ich bin kein Unmensch, Herr Frisch.«

»Die Kührers hat das Schicksal hart getroffen«, murmelte Frisch.

»Ja. Da wären wir im Spiegelsaal.«

Für einen Moment war Frisch geblendet von dem grellen Gold der Wände. Er konnte sich nur kurz umsehen, da Labrador weiterdrängte.

»Des is aber a narrisches Viecherl.« Krzizek schüttelte den Kopf.

»Hunde haben sensible Riechorgane. Offenbar riecht sie etwas Verdächtiges.«

»Bei uns gibt's nichts Verdächtiges«, insistierte der Sekretär mit einem Seufzer. »Passen S' auf, dass der Hund da nichts kaputt macht!« Krzizek schnaufte. »Hier werden unschätzbare Werte aufbewahrt.«

»Ich pass schon auf, Herr Amtssekretär.«

Frisch und Krzizek eilten hinter Labrador durch die Ausstellungsräume, die nur spärlich mit Kunstwerken bestückt waren. Man sah, dass renoviert wurde. Frisch bemerkte im Vorbeigehen Kübel, Pinsel, Papierbögen, auf einer Leiter stand ein Mann in Arbeitskleidung und strich die Wand. Schließlich erreichten sie den Marmorsaal. Die prunkvolle Ausstattung war Frisch durchaus bekannt. Die Farben Braun und Gold dominierten zwischen rotem Stuckmarmor, weißer Stuckdecke und Heldenstatuen aus glänzendem Marmor. Labrador stürmte weiter zu einer schmalen, abwärts führenden Treppe. »Wo geht's da hin?«, fragte Frisch.

»Da unten ist nichts«, sagte Krzizek. »Nur die Toiletten.«

»Ich will mich auch dort umsehen.«

»Wenn Sie meinen.«

Die Männer folgten der Hündin in das Untergeschoß. Vor einer unscheinbaren Tür in einer mit vergilbten Tapeten verkleideten Wand begann Labrador wieder zu knurren. Frisch griff an den Türknopf. Verschlossen. »Wohin führt diese Tür?« Die Hündin stellte sich auf die Hinterbeine und scherte mit den Krallen gegen die Tapete.

»Im Keller befindet sich so etwas wie ein Depot für die Bilder, die wir aus Platznot nicht in der Galerie aufhängen können.« Krzizek schnaufte. »Es ist nur ein Provisorium, bis wir ein größeres Haus für die Kunst erhalten. Der Kaiser hat es schon genehmigt.«

»Würden Sie bitte aufsperren?«

»Wenn es denn sein muss.« Krzizek kramte in der Jackentasche und zog einen klimpernden Schlüsselbund hervor.

»Wer hat Zugang zum Depot außer Ihnen?« Frisch begann im Nacken zu schwitzen. Die Hündin knurrte wieder.

»Ah, da ist er ja.« Krzizek hielt einen Schlüssel in der Hand.

»Ich hab hier lang nicht aufgesperrt. Momentan hat unser Kurator, der Herr Ameseder, gelegentlich unten zu tun wegen der Vorbereitungen für die Hagenbundausstellung.«

»Dieser Herr Ameseder hat also einen Schlüssel? Und wer noch?«

Die Tür öffnete sich knarzend. »Ja, die Frau Kührer, die putzt überall, und der Portier, der ist für die Sicherheit zuständig. Es kommt leider immer wieder vor, dass sich Mäuse oder Ratten da unten verstecken. Man möchte gar nicht glauben, was so ein kleines Tier brunzen und scheißen kann. Der Gestank ist kaum wegzukriegen. Und leider schmeckt den Viechern der Firnis von Ölgemälden.«

»Sonst noch wer?« Frisch wurde ungeduldig.

Der Sekretär schüttelte den Kopf und drehte den Schlüssel.

Labrador legte die Ohren an und winselte.

»Was für ein verrücktes Viech.« Krzizek öffnete. »Ich geh am besten voraus. Weil wir haben kein elektrisches Licht im Keller. Neben dem Eingang sollte eine Taschenlampe hängen. Warten S'.« Krzizek dehnte seinen kurzen Körper Richtung Mauer. »Na servas, da staubt's. Wird Zeit, dass die Kührer mit dem Wedel wieder mal ordentlich durchfahrt. Da ist ja die Lampe.« Krzizek zeigte dem Polizeiagenten ein längliches gelbes Ding mit kupfernen Gewinden an beiden Enden und einem goldfarbenen Knopf in der Mitte. »Gleich haben wir Licht.« Krzizek drückte auf den Knopf und die Taschenlampe warf einen kräftigen Strahl über die schmale Treppe aus Holz bis auf einen kahlen Betonboden. »Na, dann gehen wir halt runter.« Krzizek watschelte voran. Frisch und die Hündin hinterher.

Der Strahl der Lampe leuchtete in einen etwa zehn Quadratmeter großen Raum mit niedriger Decke. Zwischen Holztafeln lehnten Leinwände verschiedener Größe dürftig mit Packpapier geschützt. Vom niedrigen Plafond hingen Staubfäden. Kleine schwarze Spinnen huschten über hell gekalkte Ziegelwände. »Ich sag Ihnen, da ist nichts bis auf ein paar verirrte Ratten und Spinnen.« Krzizek hob die Arme und zupfte an herabhängenden Fäden. »Grauslich.«

Da sprang die Hündin an den beiden Männern vorbei in die Dunkelheit. Frisch entglitt die Schlaufe der Leine. Um ein Haar wäre er dem Krzizek hinten draufgefallen. Im letzten Moment krallte sich der Amtssekretär am eisernen Treppengeländer fest.

»Jetzt bändigen S' das Viech endlich«, schimpfte Krzizek. »Des ist ja gemeingefährlich.«

»Geh, leuchten S' da hinten mal hin!«, rief Frisch aufgeregt. »Da dürft was sein.«

»Da is nix, verdammt noch einmal.« Krzizek hob die Lampe und leuchtete auf Labradors Hinterteil. Vor ihr lagen ein paar Lumpen im Staub. Die Männer eilten drauf zu. Ein scharfbitterer Geruch schlug ihnen entgegen. Frisch hielt den Atem an. Krzizek bückte sich und zog die Lumpen weg. Die Lampe leuchtete auf einen runden, hellen Fleck auf dem Boden. Die Hündin duckte sich und fletschte die Zähne.

»Da hat jemand gründlich gescheuert«, sagte Frisch. »Mit einem scharfen Putzmittel, ich kann es riechen. Aber da ist noch ein anderer Geruch.«

Krzizek zuckte mit den Schultern. »Ich sagte ja schon, da übernachten gerne Mäuse und Ratten. Da stinkt's nach den Ausscheidungen. Die Frau Kührer putzt sehr fleißig. Aber der Gestank nach Urin und Fäkalien geht schwer weg.«

»Dass hier unten die Frau Kührer tätig gewesen ist, bezweifle ich.« Frisch spürte, wie ihm die Gänsehaut über den schweißfeuchten Rücken rieselte. »Ich denke eher, dass ihr Sohn hier zerstückelt worden ist und jemand die Blutflecken vom Boden geputzt hat.« Labrador hörte in der Sekunde zu knurren auf, ging auf ihn zu und schmiegte die Stirn an sein Bein. Frisch bückte sich und klopfte Labrador sanft auf die Flanken. »Brav«, sagte er, »gut gemacht.«

»So ein Schwachsinn! In unserer Galerie wird niemand zerstückelt!« Krzizek schrie so laut, dass die Hündin wieder zu knurren begann. Frisch streichelte über das Fell. »Ruhig. Alles ist gut. Wir haben den Tatort gefunden.«

»Den Tatort?« Krzizek tobte. »Das ist lächerlich. Der blöde Hund hat den Urin von Mäusen oder Ratten gerochen. Sonst nichts. Glauben Sie, das würde niemandem auffallen, wenn da eine Leich … so ein vertrottelter Gedanke. Ich möchte unverzüglich mit Ihrem Vorgesetzten, dem Herrn Pospischil sprechen. Mit Ihnen red ich nicht mehr. Dies ist ein ehrenwertes Haus. Es steht im Besitz des österreichischen Kaiserhauses.« Krzizek wölbte seine Brust. »So ein Theater wegen des Gezeters eines Köters.«

»Bitte beruhigen Sie sich, Herr Amtssekretär.« Frisch ging in die Knie, strich mit den Fingerkuppen über die helle Stelle und roch daran. Außer einem scharfen Gemisch nach Waschbenzin und Exkrementen konnte er allerdings nichts wahrnehmen. »Ich würde zu gerne wissen, welche Flüssigkeit an dieser Stelle ausgetreten ist, bevor so gründlich sauber gemacht wurde«, murmelte Frisch.

»Es stinkt nach dem Urin und dem Kot der Mäuse und Ratten!« Die Stimme des Amtssekretärs überschlug sich. »Sie sind auf der falschen Fährte, so sehen S' des doch ein. Da will uns jemand etwas in die Schuhe schieben. Bestimmt die Anarchisten. Der Franz Ferdinand hat eine Menge Feinde. Ihr habt ja keine Ahnung. Ihr von der zivilen Polizei. Mein Freund, der Major Brosch, wird die Sache in die Hand nehmen. Das versichere ich Ihnen. Das Militär wird die Verschwörer entlarven und zur Strecke bringen!«

Frisch stand auf und sah dem um einen Kopf kleineren Sekretär fest in die Augen. »Sie geben mir jetzt die Adresse von diesem Kurator Ameseder. Dass der einen Schlüssel zur Galerie hat, war uns bislang nicht bekannt. Laut dem Ermittlungsakt haben nur Sie, die Bedienerin und der Portier Zugang.«

»Sie hören mir schon wieder nicht richtig zu.« Das Gesicht des Amtssekretärs war bedenklich rot angelaufen. »Jetzt behaupten S' auch noch, dass ich lüge! Unerhört!« Krzizek stemmte die Arme in die Hüften. »Ich habe der Polizei die volle Wahrheit gesagt. Herr Ameseder hat nur den Schlüssel für diese eine Tür zum Kellergeschoß. Zum Depot für die Bilder. Für das Eingangstor der Galerie hat er keinen. Was wollen Sie denn von dem Mann? Der ist ein anständiger und feiner Herr, für den ich beide Hände ins Feuer lege. Außerdem war er es, der die erste Hand im Brunnen gefunden hat. Es ist ja schon auffallend, wie Sie es darauf anlegen, ehrenwerte Bürger dieser Stadt zu diskreditieren. Suchen Sie Ihren Täter in Kreisen, die für kriminelle und staatsfeindliche Machenschaften bekannt sind. Bei den Juden, den Serben oder den Zigeunern, die unser schönes Reich mit ihrer Gottlosigkeit in eine primitive Mördergrube verwandeln.«

»Bitte beruhigen Sie sich. Wir müssen jede Spur verfolgen, das ist unsere Pflicht«, erwiderte Frisch beherrscht. »Und jetzt schlage ich vor, wir gehen wieder hinauf.« Frisch wurde es zu eng in dem stinkenden Kellergewölbe mit dem wütenden Sekretär. Er brauchte Luft.

»Nicht zu fassen«, empörte sich Krzizek beim Treppenaufstieg. »Was für eine Unverschämtheit. Ich werde mich beschweren.«

Als sie wieder oben waren, verriet er dennoch dem Polizeiagenten, wenn auch sichtlich widerwillig, die Adresse des Kurators Ameseder. Er wohnte in einer recht uneleganten Gegend von Wien. In der Vorstadt von Erdberg neben der Erdbergstraße Nummer siebzehn, die Frisch bekannt war. Dort hatte der Komponist Franz Schubert gelebt, bevor ihm die Syphilis, oder war es der Typhus? den Lebensatem genommen hatte. Die Durchsuchung der Militärkanzlei konnte Frisch sich sparen. Der Fall steuerte auf die Lösung zu. Er straffte den Rücken. Umgehend musste er beim Haftrichter vier Durchsuchungsbeschlüsse für sämtliche Personen, die Zugang zu diesem seltsamen Kellerdepot der Galerie hatten, veranlassen. Für den Krzizek, für den Ameseder, für den Portier und für die Kührer. Eine der vier Personen musste der Täter sein. Aus irgendeinem Grund hatte diese Person den Kopf nicht mit den anderen Leichenteilen in den Brunnen versenkt, sondern hatte einen anderen Plan dafür. Der Kopf war sicher noch beim Täter. Ja, dachte Frisch, so musste es sein. Ja, er war sich sicher.

KAPITEL 22

7. OKTOBER 1908, VORMITTAG

Pospischil hatte die Auswertung der Bilder im Labor des Instituts abwarten müssen, sonst wäre er früher losgefahren. Nun ärgerte er sich, weil es während der Fahrt von der Rossau hinunter in den dritten Bezirk zu regnen begann. Die feuchtkalte Luft war Gift für seinen Ischias. Als Pospischil aus dem Fiaker stieg, die Straße querte und auf das schmale Jugendstilhaus in der Ungargasse Nummer zwei zusteuerte, schüttete es wie aus Schaffeln. Er zog den Kopf ein und stolperte bis zu dem Vordach am Eingang des Zinshauses. Angewidert schüttelte er die kalte Nässe von den Schultern und sah sich um. Niemand sonst bewegte sich bei diesem Sauwetter ins Freie. Die Ungargasse war menschenleer. Selbst der so leutselige Hausmeister war nicht zu sehen. Das Fenster zu seiner Wohnung war geschlossen. Mit hochgezogenen Schultern, die Krempe des Hutes tief in die Stirn gezogen, eilte Pospischil auf das Tor zu, das unverschlossen war. Im Durchgang roch es modrig nach abgestandener Luft und Pferdedung, wie in vielen Wiener Zinshäusern. Mit einem Blick zur Seite in den Hof erfasste Pospischil, dass Franz Kührer nicht bei seinem Gaul war. Die hölzerne Tür war zu, der Riegel vorgeschoben. Pospischil spähte das Treppenhaus hinauf und bedauerte, nicht die Hündin bei sich zu haben. Klementine hätte sich mit Sicherheit gefreut, Labrador wiederzusehen. Beim Gedanken an das zarte Töchterchen der Kührers spürte der Polizeiagent ein Gefühl von Wärme in der Brust. Pospischil schluckte. Gerne wäre er Vater einer Tochter geworden. Die Gerti hätte sich wunderbar zur Tante geeignet. Er seufzte. Zu spät. Sein Lebensweg hatte ihn auf andere Pfade geführt. Die Elternschaft blieb ihm für immer verwehrt. Schwer atmend stieg er die Stufen aufwärts. Es roch nach warmer Milch. Pospischil läutete bei den Kührers.

Ein paar Augenblicke verstrichen, bis der Hebel im Inneren zurückgeschlagen wurde und das blasse, schuppige Antlitz von Franz Kührer im Spalt auftauchte.

»Immer kommen Sie zur Mittagszeit«, zeigte er sich mürrisch. »Wenn meine Kinder Ruhe brauchen.«

»Tut mir leid«, erwiderte Pospischil. »Aber es ist wichtig. Darf ich eintreten?«

Der Spalt weitete sich. Der Duft nach warmer Milch verstärkte sich. Franz Kührer trat zur Seite. »Bitte leise«, sagte er. »Wegen der Kinder.«

Pospischil öffnete den nassen Mantel, griff in die trockene Innentasche und zog das vor Kurzem im Labor des Polizeiinstituts entwickelte Foto heraus. Das Gesicht des toten Ukrainers war gut erkennbar und so positioniert, dass die Wunde an der Schläfe kaum sichtbar war. Die Augen wie zu schmalen Strichen verschlossen, die Lippen halb geöffnet, schien es, als würde er schlafen. »Kennen Sie diesen Mann?«

Franz Kührer warf einen flüchtigen Blick auf das Bild, bevor er den Kopf schüttelte. »Nein. Wer soll das sein?«

»Das ist einer von der ganz üblen Sorte«, trickste Pospischil. »Er lag tot am Ufer der Donau und wir haben die Vermutung, dass er mit Ihrem Sohn Daniel nicht nur bekannt war, vielmehr sieht es so aus, als ob er bei dem Mann in tiefer Schuld stand.«

Pospischil beobachtete argwöhnisch, wie sein Gegenüber unsicher wurde, nervös, fiebrig nach Ausflüchten suchte, nachrechnete, ob sich die Mühe der Verschleierung lohnte oder jedes Leugnen zwecklos war und er am besten gleich gestehen sollte. Pospischil konnte gut in Gesichtern lesen. Der Mund von Herrn Kührer öffnete sich, doch es kam nur ein Röcheln heraus. Als hätte man ihm die Zunge abgeschnitten.

»Herr Kührer«, bohrte Pospischil, »dieser üble Geselle wurde von einem Pferdehuf getötet. Darf ich einen Blick in Ihren Stall werfen?«

»Was?« Kührer riss die Augen auf. »In den Stall zum Seppel … wollen S' … wieso denn? Wozu denn?«

»Um das Pferd zu begutachten, genauer gesagt, die Hufeisen, wenn Sie gestatten.«

Franz Kührer stand wie erstarrt. »Die Hufeisen?«

»Wissen S'«, sagte Pospischil, »der Abdruck auf dem Schädel des Toten ist so was von deutlich und jeder Schmied nagelt anders. Der Hufabdruck ist quasi wie ein Fingerabdruck.«

Franz Kührer wurde knallrot im Gesicht. Eine dicke Ader wölbte sich an seiner Schläfe bis hinauf in die breite Stirn. Seine hellen Augen traten hervor.

»Geht es Ihnen gut, Herr Kührer?«

»Ich habe es für meine Familie getan«, kam es rau über die trockenen Lippen. »Für Klementine und für die Zwillinge. Vor allem für die Kinder. Ja, ich war's. Ich habe ihn umgebracht.«

Pospischil nickte. Der arme Franz Kührer war plump in die Falle getappt. Einem kaltblütigen Mörder wäre das nicht passiert. Er empfand Mitleid für den Mann. »Kommen S', Herr Kührer«, sagte er sanft, »gehen wir in die Küche, setzen wir uns nieder. Und dann erzählen Sie mir in aller Ruhe, was passiert ist. Danach schauen wir weiter.«

Da verdrehte der Mann plötzlich die Augen. Nur das Weiße war sichtbar, bis er ohne ein Wort in sich zusammensackte. Pospischil fing ihn gerade noch mit beiden Armen auf. Er war nicht schwer, wog gewiss nicht einmal siebzig Kilo. Behutsam ließ Pospischil den Körper zu Boden gleiten und lehnte die knochigen Schultern gegen die Wand. So blieb seine Lage halbwegs stabil. Dann lief er in die Küche, holte ein Glas vom Küchenkasten, rannte auf den Gang zur Bassena und ließ Wasser einlaufen. Dieses Glas hielt er dem Gestrauchelten an die Lippen. Die Berührung mit dem kühlen Nass ließ Kührer rasch zu sich kommen. Er trank ein paar Schlucke. Die Lider hoben sich zittrig. »Ich habe es für die Familie getan«, wiederholte er schwach. »Für die Kinder. Er hat uns gedroht, wollte den Kleinen etwas antun.«

»Ich verstehe«, sagte Pospischil. Franz Kührer war ein gebrochener Mann. Da brauchte man nicht Medizin studiert zu haben für eine Diagnose. »Setzen Sie sich auf den Sessel. Ich helf Ihnen.«

Krächzend zog der Mann sich auf, ließ sich folgsam auf den Sessel sinken.

»Haben S' vielleicht an Schnaps z'aus?«, fragte Pospischil. »Was Hochprozentiges tät uns beiden jetzt gut.«

Kührer deutete mit dem Kopf zu einem Brett an der Wand. Pospischil stand auf und holte die Flasche Obstler und zwei Schnapsgläser, die daneben standen. In Wien hatte wohl jeder Haushalt etwas Gebranntes auf Lager. Für emotionale Notfälle wie diesen. Die Flasche war halb voll. Hastig schenkte er ein. Für sich und den Kührer. Dann setzte er sich neben das Häufchen Elend. »Da trinken S'. A Schnaps hilft immer.«

»Er ist einfach vor der Tür g'standen«, fing Kührer mit dünner Stimme zu reden an, »wollte eine Menge Geld, das Daniel ihm schuldig war.« Sein Blick hob sich. In den glasklaren Augen versuchte Pospischil Verborgenes zu erkennen. Er sah keinerlei Regung. Rein gar nichts. Das irritierte ihn ein wenig.

»Die Erna und ich haben noch nie Geld g'habt«, sagte Kührer, »bis auf ein paar Münzen, die am Ende des Monats übrig bleiben. Davon kaufen wir Kleidung für die Kinder oder

Kohle für den Ofen, die Erna und ich gönnen uns kaum was. Aber wir kommen zurecht. Gestohlen haben wir nie was. Das schwör ich bei meiner Seel. Die Erna ist fleißig, arbeitet wie verrückt im Schloss. Es is a Glück, dass sie dort arbeiten darf, weil ich ja keine Arbeit mehr find wegen meiner Krankheit.«

Pospischil streichelte mit der Hand über die magere Schulter des Mannes. »Ist ja gut, Herr Kührer. Jetzt erzählen Sie mir bitte genau, wie der Schlag des Pferdes gegen den Kopf des Ukrainers passieren konnte.«

»Ich habe ihn von den Kindern wegg'lockt, aus der Wohnung raus.« Kührer leerte mit einem Zug das Glas, griff zur Schnapsflasche und trank weiter. »Ich wollt ihn zuerst nur warnen«, keuchte er. »Ihm drohen, wie er mir und meiner Familie gedroht hat. Damit er verschwindet und nie wieder zurückkehrt. Das müssen Sie mir glauben.«

Pospischil bemerkte eine Veränderung in den bislang müden Augen des Mannes. Ob es am Schnaps lag? Es war ein Funkeln des Hasses, ein Feuerwerk der Wut. Schon schlug Kührer mit der Faust auf den Tisch.

»Wenn ich zu sonst nichts mehr taug, meine Kinder weiß ich zu beschützen.«

Pospischil erschrak über die plötzliche Wandlung und zuckte zurück.

»Der kommt einfach daher und will unser mühsam erspartes Geld. Was glaubt der Pülcher? Wir san kane reichen Leut! Der hat den Daniel getötet. Der hat meinen Sohn zerstückelt!«, brüllte Kührer mit weit aufgerissenen Augen. »Ja, ich hab den Seppel auf ihn g'hetzt. Ja, ich hab den Schuft umbracht und danach mit dem Pferdekarren zur Donau g'führt und ins Wasser g'worfen.« Seine Hand fuhr über den Tisch. Das Schnapsglas flog von der Tischkante, polterte zu Boden. »Er hat's verdient. Er war a Mörder.«

»Papa! Papa!«

Pospischil fuhr herum. Klementine stand in einem geblümten Kleidchen in der Tür. Die blonden hüftlangen Wellen trug sie zu zwei Zöpfen gebunden. Wie ein Engel sah sie aus.

»Es ist alles gut«, sagte Pospischil und winkte dem Mädchen. »Dem Papa ist nur ein bisserl schlecht geworden. Geh wieder in dein Zimmer. Ich kümmere mich um ihn. Geh ruhig wieder schlafen, Kind.«

»Geh nur, Klementinchen«, sagte Franz Kührer schwach, als das Mädchen wie erstarrt stehen blieb. »Der Herr von der Polizei hat recht. Es ist alles gut. Jetzt … ist alles gut.«

Klementine rieb mit den Fäusten über ihre Augen, gähnte, drehte sich um und verschwand.

»Wissen Sie, was wir jetzt machen?«, sagte Pospischil. Er bückte sich nach dem unversehrten Glas, hob es auf und stellte es auf den Tisch. »Wir schreiben in unseren Bericht, Sie hätten mit dem Mann einfach nur reden wollen, aber dann ist er gestolpert und dem Pferd direkt vor die Hufe gefallen.«

Kührer riss die Augen auf. »Geht das denn?«

»Die Wahrheit«, sagte Pospischil, »ist die Summe unterschiedlicher Wahrnehmungen. Wir suchen uns einen gemeinsamen Nenner, wenn Sie so wollen.« Er stand auf. »Und jetzt werden wir herausfinden, wer Ihren Sohn getötet hat.« Pospischil reckte das Kinn und blickte nachdenklich durch die schmutzige Fensterscheibe in den von Mauern umgebenen Hof hinaus. »Der Ukrainer könnte es gewesen sein. Das halte ich allerdings für unwahrscheinlich. Die Methode, mit der vorgegangen wurde, spricht dagegen. Wie gesagt, die Wahrheit ist die Summe unterschiedlicher Wahrnehmungen. Sie sieht für jeden Menschen ein bisserl anders aus. Das Dumme dabei ist, wir Kriminalisten können mit dem Wischiwaschi nichts anfangen. Wir brauchen Fakten und Beweise.«

Franz Kührer griff nach dem Arm des Polizeiagenten. »Gott beschütze Sie. Sie sind ein Beamter mit einem großen Herzen. Solche gibt es wenige. Ich danke Ihnen und ich weiß, Sie werden den Mörder meines Sohnes finden und vor Gericht stellen.«

»Nichts zu danken«, sagte Pospischil. »Ich handle, wie ich handeln muss. Wir alle agieren nach unserer Natur, Herr Kührer.«

KAPITEL 23

7. OKTOBER 1908, NACHMITTAG

Die Elektrische brauste durch den regennassen Nachmittag über die schwach befahrene Erdbergstraße. Auf der Höhe der Kirche bimmelte es laut. Der Wagen hielt an. Frisch hatte Labrador erst in die Straßenbahn mitnehmen dürfen, nachdem er dem Schaffner seine Kokarde gezeigt und die Notwendigkeit der Hundebegleitung für eine Mordermittlung erklärt hatte. Nun grauste ihm davor, mit der Hündin in den Regen zu treten. Soweit er sich erinnerte, ekelte es ihn vor dem Geruch nasser Hundehaare. Mit einem Seufzer verließ er die Elektrische und senkte die Sohlen seiner Halbschuhe auf das Kopfsteinpflaster. Der Hündin schien der kalte Regen wenig auszumachen. Brav trottete das Tier neben ihm her. Als sie bei der Nummer neunzehn anlangten, waren Frischs Strümpfe vom hochspritzenden Wasser durchnässt. Er spürte schon ein Frösteln im Rücken. Hoffentlich wurde er nicht krank. Forschend sah er sich um. Das ebenerdige, mit einem roten Dach gedeckte Gebäude presste sich in eine Reihe identisch aussehender Häuser. Hinter den niedrigen Bauwerken schossen fensterlose Rückseiten mehrstöckiger Zinshäuser auf. »Der seltsame Charme der Vorstadt«, murmelte Frisch, »kaum zu glauben, dass sich ein Genie wie der Schubert hier wohlgefühlt hat.« Er ließ den Blick weiter kreisen. Weder Menschen noch Automobile noch Pferdefuhrwerke bewegten sich über die Erdbergstraße. Wie ein einsamer Wurm quälte sich die Elektrische auf den Schienen vorbei. Er läutete bei der Nummer neunzehn. Die Tür öffnete sich nach wenigen Sekunden und ein kleiner Mann mit Mantel und Hut stand vor ihm. Frisch griff in seine Jacke, um die Kokarde zu zeigen, doch Herr Ameseder, wer sollte es sonst sein, redete sofort drauflos. »Eigentlich wär ich schon fort. Dringende Angelegenheiten rufen mich ins Belvedere. Dort geht alles drunter und drüber ohne mich. Momentan bräucht ich zehn Händ und Füß.«

»Nur ganz kurz«, sagte Frisch.

»Na ja, kommen S' halt rein.« Ameseder trat zur Seite. »Da geht's zu den Bildern.« Er deutete mit der Hand. »Es ist ein Jammer, dass in Wien kaum einer mit der Kunst wirklich was anzufangen weiß. Würde die Menschheit Kunst und Kultur gebührend schätzen, gäbe es keine Kriege. Alle würden das schöne Leben dem Hass mit seiner Zerstörungswut vorziehen. Hab ich recht?«

Frisch trat in die Wohnung, die aus einem einzigen, mindestens vierzig Quadratmeter großen Zimmer mit hohen Wänden bestand. Überall hingen Bilder. Man sah kaum einen Zentimeter der weißen Mauern. Neben dem Bett und dem Tisch mit den Sesseln lehnten weitere Kunstwerke. Es roch nach Farbe und Holz. An der fensterlosen Wand reihten sich ein Ofen aus Eisen, daneben ein Schrank aus dunklem, abgegriffenem Holz und eine Staffelei.

»Wollen Sie sich setzen, vielleicht ein Glaserl Wein?«

»Nein, danke. Nur keine Umstände«, sagte Frisch und ließ sich nieder. Labrador legte sich zu seinen Füßen. Erstaunlich gut roch das Fell der Hündin, trotz der Nässe.

»Das Hunderl ist durstig, gell?« Herr Ameseder nahm eine Keramikschüssel aus dem Schrank, goss Wasser aus einem Krug hinein und stellte sie auf den Boden. Labrador schleckte geräuschvoll.

»An welches Bild hätte der Herr gedacht?«

»Wie bitte?« Da erkannte er den Irrtum. »Ach nein. Ich will nichts kaufen. Ich bin Doktor Leopold Frisch von der Geheimpolizei. Es geht um den Mord im Unteren Belvedere.« Er zeigte seine Kokarde.

»Ach, Sie san von der Polizei.« Ameseder verzog das Gesicht, als hätte er eine Zitrone im Mund.

»Haben Sie ein Kellerabteil in diesem Haus, Herr Ameseder?«

»Haha. Schön wär's. Hätte ich ein Untergeschoß zur Verfügung, müssten da heroben nicht so viele Bilder rumstehen und es wäre nicht so schrecklich ungemütlich. Nein, hier gibt es keinen Keller. Nicht, dass ich wüsste. Das hier war einmal eine Apotheke. Aber warum fragen Sie?«

»Wir durchsuchen die Kellerabteile aller Personen, die einen Schlüssel zur Galerie haben. Wir suchen den Kopf des Toten.«

»Bei mir suchen Sie den Kopf?« Ameseder lachte spitz. »Ist das Ihr Ernst?«

»Sie haben Zugang zum Depot der Modernen Galerie«, erklärte Frisch. »Das sagte uns der Herr Amtssekretär Krzizek. Darf ich fragen, wo Sie den Schlüssel verwahren?«

»Das ist schon richtig. Der ist in meiner Manteltasche.« Ameseder griff an seine Hüfte und fischte den Schlüssel hervor.

»Wohnen Sie alleine hier?«

»Schauen Sie sich um. Hätt da noch jemand Platz? A Maus vielleicht.«

Frisch musste schmunzeln. Der Kurator hatte Humor.

Ameseder steckte den Schlüssel zurück. »Verdächtigen Sie mich wirklich des Mordes an diesem bedauernswerten Zerstückelten aus den Brunnen des Schlossparks?« Er hob die Augenbrauen. »Ich bin ein Künstler, junger Mann von der Geheimpolizei. Zu Brutalität wär ich niemals imstand.«

»Wir ermitteln in alle Richtungen.« Frisch sah sich um. Besonders die Bilder mit den Landschaften gefielen ihm. »Wieso haben Sie eigentlich einen Schlüssel zum Depot der Modernen Galerie, Herr Ameseder? Ist das nicht etwas nachlässig bei all den Werten, die dort verwahrt werden? Verdienen Sie eigentlich gut mit Ihrer Arbeit?«

»Ich berate Museen und Galerien, kümmere mich um die Formalitäten für die Leihgaben von Ausstellungen, organisiere und verwalte. Mit dem Josef, dem Amtssekretär, bin ich seit ewig befreundet. Bitte, sagen Sie es nicht weiter, dass einem Hausfremden der Zugang gestattet wurde. Ich will nicht, dass mein Freund in Schwierigkeiten kommt.« Er lächelte. »Von Büroarbeit kann man gut leben in diesem Land, von Kunst leider nicht. Ich zumindest nicht.«

»Kannten Sie den Sohn von der Frau Kührer?«

»Nein.« Ameseder schüttelte den Kopf. »Die Frau ist nett und tüchtig. Eine fesche Person. Es tut mir unendlich leid, dass sie ihren Sohn verloren hat. Aber ich kannte ihn nicht und bevor Sie mich jetzt fragen, wo ich zur Tatzeit gewesen bin, muss ich Ihnen sagen, da war ich mit Sicherheit entweder allein in dieser Wohnung oder in der Galerie, da arbeite ich meist auch allein. Mit einem Alibi kann ich also nicht dienen. Mein ganzes Leben besteht nur aus diesem Zimmer und meiner Arbeit für die Kunst. Dennoch bin ich kein einsamer Mensch, Herr Frisch. Ich bin ein zufriedener, an manchen sonnigen Tagen sogar ein glücklicher Mensch.«

Die ganze Zeit über hatte Frisch aus den Augenwinkeln das Verhalten der Hündin beobachtet. Ruhig atmend lag sie zu seinen Füßen und schien dem Redeschwall des Herrn Kurator Ameseder andächtig zu lauschen. Als sie sich auch noch von seiner Hand den Kopf streicheln ließ und mit dem Schwanz wedelte, stand für Frisch fest, dieser Mann hatte kein Motiv für einen Mord an dem Sohn der Bedienerin und schon gar nicht hatte er einen abgehackten menschlichen Kopf unter seinem schmalen Bett, zwischen den Bildern oder hinter dem Ofen versteckt.

Frisch blickte auf die Uhr an der Wand. Ein Besuch bei diesem Portier ging sich noch aus.

Am späten Nachmittag saß Pospischil noch immer in seinem Büro an der Elisabethpromenade und arbeitete an dem Bericht. Draußen war es dunkel geworden, während das Licht der Schreibtischlampe das weiße Blatt in der Schreibmaschine wie eine Kostbarkeit beleuchtete. Pospischil fluchte, als die Glühbirne in der Deckenlampe zu flackern begann und die Buchstaben auf dem Papier vor seinen Augen verschwommen. Er war müde, die Konzentration ließ nach und er musste aufpassen, dass er nicht das Geständnis von Herrn Kührer in den Bericht tippte. Der Mann hatte es schwer genug. Pospischil dachte an den unappetitlichen Hautausschlag, der seine Arbeit als Fuhrmann unmöglich machte. Er seufzte und schlug in die Tasten. *Herr Kührer bat den Schuldeneintreiber Vladimir Potoan zur Mittagsstunde des 6. Oktober 1908 zur Aussprache hinunter in den Hof des Wohnhauses in der Ungargasse zwei, um die schlafenden Kinder in der Wohnung im vierten Stock nicht aufzuwecken. In diesem Hof, der auch als Stall für ein altes Pferd dient, kam es zu dem unglücklichen Vorfall. Der Schuldeneintreiber rückte dem vorschriftsmäßig angebundenen Tier zu nahe, dazu stolperte er über einen Kübel und kam rücklings zu Fall. Bevor Herr Kührer dem strauchelnden Mann zu Hilfe kommen konnte, schlug das Pferd nach hinten aus. Dabei traf ein Huf den Kopf des Schuldeneintreibers unglücklich. Herr Kührer beförderte im Schockzustand den Verunglückten mit seinem Fuhrwerk zur Donau und warf ihn dort ins Wasser. Dies geschah im Affekt, was er nun bereut. Herr Kührer wurde von Polizeiagenten Pospischil belehrt und abgemahnt. Da es sich hierbei nicht um eine vorsätzliche kriminelle Tat handelt, wird der Aktenfall geschlossen und archiviert.*

»Guten Abend, Herr Chef. Sie sind noch im Dienst?«

Pospischil fuhr herum. »Ah, der Kollege Frisch. Ja, ich habe auf Sie und auf Labrador gewartet. Ich kann Ihnen ja nicht das Tier auch noch über Nacht anhängen.«

Die Hündin steuerte auf Pospischil zu und legte die hechelnde Schnauze auf seinen Oberschenkel. »Ihr habt lange gebraucht, ihr zwei. Den Kopf habt ihr offensichtlich nicht gefunden?« Pospischil streichelte über das Fell.

»Labrador ist sehr wohl fündig geworden, Chef«, berichtete Frisch. »Zwar nicht beim Ukrainer in der Wohnung, jedoch in der Galerie. Im Keller gibt es einen Depotraum. Dort hat Labrador uns hingeführt. Obwohl vor Kurzem mit einem Reinigungsmittel sauber gemacht wurde, hat die Hündin sofort Alarm geschlagen. Ich bin sicher, in dem Depotraum wurde der Daniel Kührer zerstückelt, wenn nicht sogar getötet. Chef, ich habe umgehend beim Hohen Gericht Durchsuchungsbeschlüsse für die Wohnungen und Keller des Herrn Krzizek und der Frau Kührer beantragt. Morgen Früh werde ich die Dokumente abholen, wenn es Ihnen recht ist.«

»Das ist mir sehr recht, Kollege. Gut gemacht.« Ein Moment der Stille folgte, bevor Pospischil aufblickte und fragte: »Wieso waren Sie denn in der Galerie? Das haben wir gar nicht abgesprochen gehabt.«

»Chef, mir ist eingefallen, dass Sie den unteren Teil des Anwesens noch gar nicht mit der Hündin abgegangen sind.« Frisch lächelte gequält.

»Ach so. Ja, richtig. Wenn junge Kollegen so intensiv mitdenken, gefällt mir das«, sagte Pospischil. »Aber warum haben Sie für den Portier keinen Beschluss beantragt? Verwahrt der nicht auch einen Schlüssel?«

»In der Wohnung des Portiers war ich gerade, Chef. Seine Wohnung lag auf dem Weg. Labrador hat dort keine Spur entdeckt. Auch nicht im Keller des Hauses. Zuvor besuchte ich einen gewissen Herrn Ameseder in der Vorstadt. Der Herr ist Maler, er arbeitet als Kurator für die Galerie und hat einen Schlüssel zu dem Depot im Keller. Jedoch hat Labrador bei ihm ebenso wenig etwas Verdächtiges erschnüffelt. Außerdem war er es ja, der die erste Hand im Park gefunden hat. Nein, der war es nicht. Chef, unser Mörder hat den Kopf des Toten als eine Art Trophäe bei sich zu Hause versteckt. Entweder der Amtssekretär oder die Kührers waren es. Davon bin ich überzeugt, so unglaublich das klingt.«

»Bravo, Kollege. Bravo. Überaus tüchtig.« Pospischil tippte die Erklärungen seines Kollegen mit flinken Fingern in die Schreibmaschine an das Ende des Berichts. Dann lockerte er die Walze und zog das Papier heraus. »Ich hab's mir gleich gedacht. Der Kopf führt uns zum Täter. Zu unserem Glück, lieber Kollege, begehen Verbrecher gar nicht so selten Fehler. Unser Mörder war vermutlich in Panik. Das würde die wahnwitzige Zerstückelung und Verteilung der Leichenteile im Park erklären und erst recht die Geschichte mit dem einbehaltenen Schädel. Gut gemacht, Kollege.«

»Wenn ich mir erlauben darf, Chef. Sie haben bisher immer gesagt, der Kopf müsse sich im Park des Schlosses befinden.«

Pospischil verzog das Gesicht. »Das war ja nicht gänzlich falsch. Sie haben mit Ihrem analytischen Verstand halt noch ein Stückerl weitergedacht als ich alter Mann. Respekt.«

Frisch grinste.

»Für mich ist dieser Krzizek primär verdächtig, Kollege Frisch. Der ist ein Choleriker der schlimmsten Sorte.« Pospischil erhob sich ächzend. »Obwohl ich ihn nicht für so dumm halte, die Leiche derart unprofessionell zu entsorgen. Dass die

Kührers den eigenen Sohn getötet hätten, kann ich mir nicht vorstellen. Dafür fehlt mir die Fantasie. Aber was weiß man schon. Man kann in niemanden hineinschauen.«

»Es ist schon vorgekommen, dass Eltern ein eigenes Kind töten«, erwiderte Frisch trocken.

»In dieser verrückten Welt ist in der Tat alles möglich«, seufzte Pospischil und dachte an den Franz Kührer. Sollte er sich so in ihm getäuscht haben? Mit beiden Händen massierte er über die schmerzenden Lenden. »Sapperlot. Morgen müssen wir den fehlenden Kopf endlich finden. Der Fall muss ein Ende haben.«

»Ja, Chef.« Frisch gähnte hinter vorgehaltener Hand. »Ständig denke ich darüber nach, wer fähig sein könnte, einen anderen Menschen nicht nur zu töten, sondern auch noch in Teile zu zersägen.«

»Lieber Frisch, an die Widerlichkeiten der menschlichen Natur werden Sie sich auch nach noch so vielen Jahren Polizeidienst nie wirklich gewöhnen. Glauben Sie mir.« Pospischil hob die Arme. »Wissen S' was. Morgen nach Dienstschluss besuchen S' mich in der Lange Gasse. Da vergessen S' die Grässlichkeiten für eine Weile. Na, was sagen Sie?«

Frisch strahlte. »Sehr gerne, Chef.«

Abschließend schilderte Pospischil seinem Kollegen in knappen Sätzen die Unfallversion zum Tod des Schuldeneintreibers aus der Donau und dann, gegen zwanzig Uhr, machten sich die beiden Polizeiagenten mit der Hündin auf den Weg nach Hause. Die Oktobernacht war kalt und mondhell.

KAPITEL 24

8. OKTOBER 1908

Nach einer sternenklaren Nacht war die Luft so kalt, dass sie in den Lungen brannte. Den warmen Wollschal um den Hals drapiert, spazierte Erna Kührer auf den Rennweg zu. Als sie im Durchgang zwischen der Militärkanzlei zur linken und der Modernen Galerie auf der rechten Seite ankam, verharrte sie lauschend. Die Ruhe war verdächtig. Alle Fenster ringsum lagen im Dunkeln. Ihr Blick glitt über die Kaskaden zwischen den Buchsbäumen, Brunnen und weißen Kieswegen hinauf zum Oberen Belvedere. Ein feiner Nebel schluckte die Farben der anbrechenden Tageshelle. Die grüne Patina des kupfernen Schlossdachs war nicht zu erkennen. Sie seufzte. Der Thronfolger schlief vermutlich noch in seinen parfümierten Laken. Sie stellte sich vor, wie neben ihm die Fürstin, der eingebildete Trampel, vom Leben einer Kaiserin träumte. Wütend löste Erna den Blick von dem Schloss am Hügel und drehte sich um. Sie würde einen kurzen, heimlichen Besuch in der Galerie wagen können. Ihre Hand tastete in die große braune Tasche, suchte nach dem kalten Metall, dem Schlüssel zur Galerie. Nur für ein paar Minuten wollte sie nachschauen, ob alles in Ordnung war. Keiner, schon gar nicht der Thronfolger, der sie hier nicht haben wollte, würde es bemerken. Ihr Herz schlug kräftig gegen ihre Brust. Sie musste sich beeilen, bevor der Krzizek zum Dienst erschien.

Zur frühen Stunde stand Pospischil mit Labrador vor dem Haus in der Ungargasse zwei. Unbedingt wollte er den Herrn

Amtssekretär noch vor seinem Weg zur Arbeit in der Wohnung antreffen. Frisch würde mit den Uniformierten nachkommen, sobald er das Schriftstück mit der gerichtlichen Erlaubnis der Durchsuchung der Räumlichkeiten der beiden des Mordes an Daniel Kührer dringend tatverdächtigen Personen erhalten hatte. Pospischil kratzte sich am Ohr. Er sollte auf das Eintreffen des Einsatzkommandos warten. Ein Frösteln stieg in seinen Nacken. Es lag weniger an der kühlen Oktoberluft. Pospischil schüttelte sich ab. In den Jahren seiner Polizeiarbeit hatte er viel Kriminelles erlebt, ein solches Verbrechen war aber ungewöhnlich. Die Kührers durften es nicht gewesen sein. Was würde sonst aus den Kindern werden? Der cholerische Krzizek wäre ihm als Täter schon lieber. Der hatte einen verschlagenen Blick und einen kranken Ehrgeiz. Jemand, der durch die Verbindung mit einer Freifrau edles Blut zeugen wollte, war ihm nicht geheuer. Pospischil, als Polizeiagent der Objektivität und Sachlichkeit verpflichtet, gestand sich allerdings ein, dass er diesem Amtssekretär vieles zutraute, aber einen derart grausamen Mord eigentlich nicht. Es fehlte ein Motiv. Diese Tat war die eines Wahnsinnigen. Einem kranken Hirn entsprungen. Pospischil dachte an den Hausmeister. Der hätte ein Motiv gehabt, hatte ständig Streit mit dem Kührer-Sohn gehabt und wusste um das Verbrechen an der kleinen Schwester. Aber der hatte keinen Schlüssel zur Galerie. Pospischil klopfte sich mit der flachen Hand auf die Stirn. Sapperlot, wie konnte er so dumm sein. Ein Hausmeister hatte einen Generalschlüssel. Er konnte in jede Wohnung hinein und hätte leicht den Schlüssel aus der Krzizek- oder aus der Kührer-Wohnung entwenden können. Es gab also noch einen weiteren Tatverdächtigen, noch dazu einen mit Motiv!

Er wollte nicht länger warten und klingelte am Eingang der Nummer zwei. Wenige Sekunden später ging das Licht in der

Souterrain-Wohnung des Hausmeisters an und das Fenster zur Straße öffnete sich.

»Herr Buchholz, bitte lassen Sie mich hinein.«

»Mitten in der Nacht?«, schnauzte der Mann mit verschlafenem Gesicht.

»Es ist dringend.«

»Kumm glei.« Kurz darauf erschien er im weißen Nachthemd und Schlapfen am Eingangstor.

»Herr Buchholz, haben die Mieter hier alle ein Kellerabteil?«

»Ja klar. Wo sonst täten s' denn ihre Erdäpfel und Kohlen lagern?«

»Danke, Herr Buchholz. Und zu Ihrer Beruhigung: Ich schätze, dies wird der letzte Polizeibesuch in der Causa Kührer in diesem Hause sein.«

Die Augenbrauen des Hausmeisters hoben sich. »Es wird also heut jemand verhaftet? Wer war's denn?«

»Das kann ich Ihnen nicht sagen und ich erinnere Sie an unser Verschwiegenheitsabkommen«, tat Pospischil beschwörend. »Halten Sie sich weiterhin bedeckt, bittschön.«

»Ich habe verstanden, Herr Polizeiagent.« Buchholz salutierte im Nachthemd. »Wenn ich der Polizei behilflich sein kann, jederzeit.«

»Danke«, nuschelte Pospischil, während er dachte, du bist noch nicht aus dem Rennen, Verdächtiger. Schnaufend stieg er mit Labrador die Treppen hinauf in die Beletage und klopfte bei den Krzizeks. Der Herr Amtssekretär war erwartungsgemäß wenig erfreut über den frühen Besuch. Er öffnete die Tür in Ausgehmontur. Offenbar hatte Pospischil ihn gerade noch erwischt.

»Pst«, sagte Krzizek, »meine Frau schläft noch.«

»Es dauert nicht lange«, flüsterte Pospischil, »würden Sie bitte mit mir in den Keller gehen und für mich Ihr Abteil öffnen?«

»Da unten war ich schon ewig nicht mehr«, murrte Krzizek.

»Da steigt für gewöhnlich nur die Dienstmagd wegen der Kohlen für den Ofen hinunter. Was wollen Sie denn in meinem Keller?«

»Wir gehen nur einer Spur nach. Reine Routine.«

Herr Amtssekretär Krzizek schaute auf den Hund, dann wieder auf Pospischil. »Herrgott, gestern war Ihr Kollege bei mir in der Galerie. Suchen Sie noch immer diesen Kopf? In unserem Keller? Sind Sie verrückt?« Er war laut geworden. Aus dem Inneren der Wohnung hörte man das Schlagen einer Tür. »Ach nein«, zischte Krzizek, »jetzt ist meine Frau munter worden. Es geht ihr gar nicht gut. Sie braucht ihren Schlaf.«

»Ja, dann kommen S' halt einen Sprung mit mir in den Keller. Wenn wir nichts finden, bin ich in fünf Minuten weg«, drängelte Pospischil.

Seufzend hob der Amtssekretär den Arm, fischte von der Vorzimmerwand einen Schlüssel und zog sanft die Tür hinter sich zu. »Statt dass Sie bei den Obdachlosen und Staatsfeinden nach dem Mörder suchen, belästigen Sie anständige Bürger. Weit hat es unsere Geheimpolizei gebracht«, suderte der Amtssekretär, während er vor dem Polizeiagenten die Treppen abwärts stieg.

»Ich bitte Sie, Herr Krzizek. Ich mache nur meine Arbeit.«

Im Keller roch es wie in allen Wiener Untergeschoßen. Ein muffiges Gemisch aus feuchten Ziegeln und Kohlenstaub.

Von der Decke baumelte eine elektrische Glühbirne. Sie warf ein fahles Licht in die schmalen, niedrigen Gänge und auf die dicht mit braunen Brettern verschlossenen Abteile. Es standen weder Namen noch Nummern an den Türen.

»Ich weiß nicht, wo mein Abteil ist«, murmelte Krzizek und sah sich suchend nach allen Richtungen um. »Da müsst ich die Dienstmagd fragen, oder meine Frau. Vielleicht weiß die es.«

Da fing Labrador zu knurren an.

»Wo ist denn nun Ihr Abteil?«, fragte Pospischil zunehmend ungeduldig. Die Hündin knurrte. »Ist es das hier oder das daneben? Wir könnten schauen, in welches Schloss der Schlüssel passt.«

»Ich weiß es nicht. Ich sagte bereits, ich weiß es nicht. Was hat denn der Hund? Warum knurrt er so?«

»Er riecht etwas, vermutlich etwas Menschliches, etwas Totes«, antwortete Pospischil. »So sperren Sie schon auf.«

Der Schlüssel lag in der Hand des Amtssekretärs. Pospischil sah das Zittern. Dann hob Krzizek den Arm und griff nach einem losen Brett an der Wand.

»Herr Amtssekretär! Was machen Sie! Sind Sie verrückt?«

Pospischil spürte einen dumpfen Schmerz am Hinterkopf, dann wurde ihm schwarz vor Augen. Das laute Bellen von Labrador hörte er wie aus weiter Ferne, bis es ganz verstummte und Stille ihn einhüllte.

»Jessas, was ist denn passiert? Herr Polizeiagent! Um Gottes willen!«

»Herr Buchholz? Sind Sie das?«

»Na, Sie san guat. Der Hund ist mir entgegengelaufen und hat narrisch bellt und zogen hat er an meinem Ärmel. Zuerst hab ich Angst g'habt vor ihm, aber dann hat er gewinselt und is zur Kellertreppe hing'laufen. Da bin i runter und hab Sie am Boden liegen g'sehn. Ist Ihnen schlecht worden? Soll i an Doktor rufen?«

Pospischil griff sich in den Nacken. Der stechende Schmerz raste wie ein elektrischer Schlag in seinen Schädel. Blitzschnell zog er die Hand zurück und war erleichtert, als er kein Blut sah. Eine dicke Beule war aber deutlich fühlbar. »Der Krzizek«, stöhnte er, »des Gfrast hat mi niederg'schlagen. G'hört dem des Abteil dort?« Er zeigte mit dem Finger auf den Verschlag, bei dem vor wenigen Minuten Labrador angeschlagen hatte. Jetzt stand sie davor und fletschte die Zähne.

»Der Herr Krzizek?« Herr Buchholz riss die Augen auf. »Ist er der Mörder von dem Daniel?«

»Wenn das Kellerabteil dort der Familie Krzizek gehört, dann womöglich ja.«

»Aber nein, das ist das Abteil von der Familie Kührer.« Buchholz riss die Augen auf. »Das ist net möglich! Oder doch?«

»Ich fürchte ja«, antwortete Pospischil müde. »Verdammt, wo bleiben die Kollegen!«

Erna Kührer schlich durch die Räume des Unteren Belvedere. Stark roch es nach der noch feuchten Farbe an den Wänden. Trotz der Düsternis wagte sie nicht, das Licht aufzudrehen. Unter ihren Füßen raschelte es. Sie dachte an eine Maus und zuckte zurück, es war aber nur das Zeitungspapier zum Schutz des Marmorbodens. Erna seufzte. Da würde sie viel putzen müssen … sobald … ja sobald der Thronfolger das Schloss wieder verlassen hatte. Erna ging weiter zum Treppenabgang, stieg abwärts und steuerte auf die kleine Tür neben den Toiletten zu. Gerade als sie den Schlüssel aus ihrer Tasche geholt und den Bart in die Öffnung gesteckt hatte, hörte sie ein Geräusch von oben. Jessas, der Herr Amtssekretär, durchfuhr es sie. Erna zog die Hand zurück, steckte den Schlüssel in die Tasche und lauschte auf die sich nähernden Schritte.

»Frau Kührer! Sie?«

Erna fuhr herum. »Herr Ameseder, Grüß Sie Gott. Was machen Sie so früh in der Galerie, wenn ich fragen darf?«

»Die Hagenbundausstellung, Frau Kührer. Ich habe einen Termin mit dem Amtssekretär, um mir mit ihm gemeinsam die renovierten Räume anzusehen. Er scheint noch nicht da zu sein. Was machen Sie eigentlich da? Sollten Sie nicht …«

»Putzen will ich«, fuhr sie ihm energisch ins Wort. »Ist das nicht offensichtlich? Nach der Renovierung? Bei dem vielen Dreck?« Sie seufzte. »Des schaff ich ja gar net bis zur Anlieferung des Klimt-Bildes.«

»Frau Kührer, der Herr Krzizek hat mir gestern gesagt, dass der Herr Thronfolger Ihnen den Zutritt verboten hat.«

Erna starrte Herrn Ameseder hasserfüllt entgegen. »Ja, soll denn hier alles verdrecken wegen dem depperten Ferdinand? Der, wenn Sie mich fragen, kein Herz in der Brust hat. Wie kann man denn eine Mutter, die ihr Kind durch ein Verbrechen verloren hat, auf die Straße setzen und ihres Lohnes berauben?«

»Frau Kührer. Bitte gehen Sie nach Hause. Es tut mir ja leid, aber der Thronfolger ist nun mal der Thronfolger. Seien Sie vernünftig. Es wird sich alles beruhigen mit der Zeit.«

»Vernünftig?« Erna Kührer stemmte die Hände in die Hüften. »Ich will nur meine Arbeit machen. Meine Pflicht hab ich zu erfüllen.«

Herr Ameseder hob die Augenbrauen. »Frau Kührer, Sie haben einen Schlüssel zur Galerie, nicht wahr?«

»Ja natürlich hab ich den. Ich muss doch putzen.«

»Hat Sie die Polizei schon gefragt, ob Sie in Ihrem Zinshaus daheim ein Kellerabteil haben?«

»Wie bitte? Was geht die Polizei mein privates Kellerabteil an?« Erna schluckte.

»Die suchen den Kopf von Ihrem Sohn.« Herr Ameseder glotzte, als ob plötzlich ein Horn aus ihrer Stirn gewachsen wäre. »Es is nur …, weil Sie auch einen Schlüssel zur Galerie haben.«

Erna spürte, wie die Hitze in ihren Nacken stieg. »Ich muss nach Haus!« Blitzschnell rannte sie an dem Kurator vorbei und stolperte im Halbdunkel auf den Ausgang am Rennweg zu.

»Ihr werdet schon sehen«, rief sie über die Schulter zurück, »was ihr davon habt, mich zu demütigen, mir alles nehmen zu wollen. Ihr werdet schon sehen!«

In der Ungargasse war nichts, wie es sein sollte. Das Tor zum Haus der Nummer zwei stand sperrangelweit offen. Der Hausmeister stand davor und fuchtelte mit den Armen auf und ab. Als ob der schwergewichtige Mann versuchen wollte abzuheben und zu fliegen. Der Hund von der Polizei bellte, während der nette ältere Beamte in Zivil und ein jüngerer, schlanker, wohl auch einer von der zivilen Polizei, durcheinanderschrien. Mitten drinnen in dem Gewirr der Franzl und die Kinder. Erna spürte, wie etwas gegen ihre Brust und ihre Kehle drückte. Sie kam zu spät! Wie sie da standen mit bleichen Gesichtern und ängstlichen Blicken! Es traf sie wie ein Messerstich ins Mutterherz. Die Kinder und der Franzl waren ihr Ein und Alles. Hätte sie bloß den Kopf nicht mit nach Hause genommen! Dabei hatte sie ihm eh gleich das Fleisch abgeschabt und ihn mit Kalk bestäubt, damit die Ratten nicht kommen und er nicht zu stinken anfangt, ihr Bua. Erna grub die Hände in das harte Leder der Handtasche. Geduckt schlich sie sich an die Menschengruppe heran. Etwas abseits stand der Herr Amtssekretär Krzizek mit fahlem Gesicht. »Ich hab glaubt, es war mei Frau. Sie is krankhaft eifersüchtig und kann rasend jähzornig werden, wenn es ihr net gut geht. Den Kührer-Sohn hat s' net riechen können. Es tut mir leid«, hörte sie ihn jammern, den Schlappschwanz. Als ob die blasse Freifrau zu so einer Tat fähig gewesen wär!

Der Hund sah sie als Erster und knurrte. Zwei Männer in Uniform drehten sich ihr zu. »Verschwindets! Schauts, dass weiterkommts! Gsindel!« Erna schwang die Tasche wie eine Waffe in der Hand und rannte so schnell sie konnte durch den Durchgang in das dunkle Haus. Leichtfüßig tapste sie die Kellertreppe hinab. Die Tür des Abteils war aufgebrochen. Die beigen Leinensäcke mit den Erdäpfeln lagen seitlich an der Wand. Erna blieb das Herz vor Schreck stehen. Der Schädel ihres Sohnes lag auf dem Boden im Kohlenstaub. Er war entfleischt, bis auf die Knochen abgeschabt und mit Kalk bestäubt. Warum nur hatte sie ihn nicht im Park versenkt wie die anderen Teile? Was war nur in sie gefahren?

»Da ist die Kührer! Fasst sie!« Feindselige Blicke trafen sie. Zwei kräftige Arme packten sie grob, stießen sie gegen die Ziegelwand, bogen ihre Hände auf den Rücken und legten ihr Handschellen an. »Meine Kinder«, stammelte sie, »bringt die Kinder zu meinem Mann. Er ist unschuldig.«

Dem Haftrichter schilderte Erna Kührer zwei Stunden später ohne sichtbare Emotion den Mord an ihrem ältesten Sohn. In ihren Fingern hing ein Schreiben mit dem Siegel des Besitzers des Mietshauses in der Ungargasse Nummer zwei, Baron von Blaustein. Ein Beamter nahm das Papier an sich und las den Text laut vor.

Aufgrund mehrfacher Beschwerden der Hausbewohner über das flegelhafte Verhalten Ihres ältesten Sohnes sowie der Brandgefahr durch dessen exzessives Rauchen von Zigaretten und Hantieren mit Schwefelhölzern, sehe ich mich als Hauseigentümer gezwungen, Ihrem Sohn den Zutritt zu der Wohnung im vierten Stock mit sofortiger Wirkung zu untersagen. Sollte dem nicht nachgekommen werden, ist wohl oder übel eine Kündigung der gesamten Familie Kührer aus dem Wohnhaus unumgänglich. Mit bedauernden Grüßen.

»Na, da hören Sie es ja. Was hätt ich denn machen sollen?« Erna Kührer hob die Hände. »Wir san arme Leut, haben ka Geld für a neue Wohnung, und bei dem schlechten Ruf von unserm Ältesten hätt uns kein anständiges Haus mehr g'nommen.«

Auf die Frage des Haftrichters, ob es keine andere Möglichkeit gegeben hätte, das Problem zu lösen, antwortete sie: »Der Winter steht vor der Tür, Herr Richter. Glauben Sie, ich lass meine Kinder bei der Kälte auf der Straße stehen? Na. Es gab keine andere Möglichkeit, Euer Ehren, um meine Familie zu beschützen. Ich hab eh glei fest hing'haut, damit er net lange leiden hat müssen. Dann hab ich ihn in die Galerie geschleppt, bis runter in den Raum für die nicht ausg'stellten Bilder. I hab mir halt denkt, dort geht eh nie einer hin. Höchstens der Herr Ameseder. Der kummt g'wiss net mitten in der Nacht, hab ich mir denkt. Es war also genug Zeit, zu tun, was notwendig war. Dann war es do net so leicht, wie ich glaubt hab. Der Daniel hat an schweren Körper. Es hat mich Anstrengung kostet, ihn durch die Galerie bis in den Keller runter zu schleppen. Unten hab i versucht, ihn mit der Axt zu zerteilen. Aber die Knochen waren zu dick. Besonders die im Gnack. Mich hat die Kraft verlassen. Also hab ich ihn eine Nacht lang im Depot liegen lassen. Am nächsten Tag zeitig in der Früh hab ich es mit der Säge probiert. Mein Mann hat a Menge Werkzeug im Hof, wissen S'. Mit der Metallsäge is es besser gangen. Ja, und dann hab ich die Teile in Säcke packt, mit Steinen beschwert und in den Brunnen und Teichen verteilt. I hab mit dem Zersägen länger braucht, als i denkt hab, eigentlich wollt i den Daniel in die Donau schmeißen, dafür hat mir dann a wieder die Kraft g'fehlt, und wie hätt ich ihn denn so weit transportieren sollen? Nur den Kopf wollt i bei mir behalten. I bin do sei Mutter. I kann doch net alles von ihm weggeben. Verstehen S', Herr Richter? Obwohl, wie ich g'merkt hab, dass er unsere Klementine wegen seiner Schulden an Herrschaften verkauft, da hab i mir denkt, des kann net mei Kind sein. Aber wahr is es ja trotzdem, es hülft ja nix. Und bittschön, mein Mann hat von dem Ganzen nichts g'wusst. Das schwör ich beim lieben Gott. Niemand hat uns je g'holfen mit unseren Sorgen.« Erna blickte auf. Ihre Augen schimmerten feucht. »Einmal, ganz kurz, war ich glücklich. Als ich glaubt hab, die Fürstin Sophie im Oberen Belvedere könnt a bisserl wie a Freundin für mi sein und mi zu ihrer persönlichen Zofe befördern. Es hätt alles so schön werden können. Dann war der blöde Trampel a bloß a herbe Enttäuschung. So wie alle andern.« Sie schüttelte den Kopf und ballte die Fäuste. »Unsereiner hat ka Glück im Leben. Na, ehrenwerter Herr Richter, es hat ka andre Möglichkeit geben, als den Daniel zu erschlagen. Der Bub hätt sonst alles zerstört, was der Franzl und ich uns aufbaut haben und was uns lieb und heilig worden is. In unserer Familie bin ich die Starke. Ich hab mich allaweil um das Grobe kümmert. Mein Mann ist durch und durch unschuldig.« Erna Kührer zeichnete mit dem Daumen der rechten Hand ein Kreuz auf Stirn und Brust. »Der Herrgott wird's mir vergeben. Es hat sein müssen.«

Nachdem Erna Kührer das Geständnis mit ihrer krakeligen Unterschrift bestätigt hatte, durfte Franz Kührer das Gerichtsgebäude verlassen und seine Kinder zu sich holen.

Bereits am ersten November 1908 fand im Wiener Kriminalgerichtsgebäude die Verhandlung statt. Sie endete mit einer Verurteilung der Sohnesmörderin zum Tode durch den Strang. Der hohe Gerichtshof empfahl die letzte Entscheidung der kaiserlichen Gnade. Seine Majestät Kaiser Franz Joseph I. begnadigte schließlich in seiner unendlichen Güte Erna Kührer zu zehn Jahren schweren Kerkers.

KAPITEL 25

IM NOVEMBER 1908 (NACH DEM ENDE DER HAGENBUNDAUSSTELLUNG IN DER MODERNEN GALERIE)

»Im Namen des k. k. Ministeriums für Kultus und Unterricht bedanke ich mich für eine Anzahl von testamentarischen Spenden, meine sehr verehrten Gäste. Der Bau eines nach Kaiser Franz Joseph benannten neuen Museums in der Reichshauptstadt Wien wird dank dieser großzügigen Mittel in Kürze verwirklicht werden. Die moderne Kunst wird in Zukunft in Wien im angemessenen Rahmen eines eigenen Museums am Wiener Ring gezeigt. Heute, meine sehr verehrten Gäste, haben wir uns hier versammelt, um ein ganz besonderes Werk in unserer kleinen von Kaisers Gnaden zur Verfügung gestellten Galerie im unteren Schloss Belvedere zu präsentieren. Den ›Kuss‹ von Gustav Klimt. Begrüßen Sie mit mir den verehrten Meister. Applaus, meine Herrschaften! Ein Hoch auf den Künstler.«

Tobender Applaus setzte ein. »Bravo! Bravo!«, rief die Menge.

Krzizek hob die Hand. »Bitte noch um eine Minute Ihrer Aufmerksamkeit, bevor wir uns der Betrachtung dieser einzigartigen Neuerwerbung widmen!«

Der Applaus verstummte.

»Lassen Sie mich mit Freude eine weitere Botschaft verkünden. Im nächsten Jahr wird der Posten eines ehrenwerten Direktors für die Leitung dieses wunderbaren Hauses am Rennweg ausgeschrieben. Auch wenn die moderne Kunst bald ein eigenes Prachtgebäude in der Inneren Stadt beziehen wird, bleibt die Galerie als öffentliche Ausstellungsfläche im Unteren Belvedere für das Volk erhalten. Dank der Großzügigkeit unseres hochverehrten Kaisers. Ein Hoch der Monarchie!« Tusch. »Ein Hoch der Monarchie!« Tusch.

Krzizek winkte den seitlich wartenden Gustav Klimt herbei. Mit strahlender Miene schüttelte er die Hände des Künstlers, übergab ihm das Wort und stieg vom Podest. Gustav Klimt überragte mit seiner Körpergröße die meisten der Gäste und verzichtete auf das Podest. Mit angenehmer und kräftiger Stimme sprach er kurze Worte des Dankes und der Freude ob der öffentlichen Wertschätzung für sein Gemälde. »Die moderne Kunst erfährt mit diesem Bildankauf die ihr gebührende Anerkennung durch das k. k. Kultusministerium.« Herr Klimt sprach noch ein paar knappe Worte zur Entstehungsgeschichte des Gemäldes. Von Ornamentik und japanischen Einflüssen. Und dann, endlich, zog er das weiße Tuch von dem gepriesenen Werk. »Der Kuss« wurde vom Publikum beklatscht. »Ich bin glücklich, dass dieses Bild nun in den Besitz des österreichischen Staates übergeht!«, beendete der Künstler die Rede. Abschließend eröffnete Amtssekretär Krzizek das Buffet.

»Josef, hast dir auch schon einen Schnauzer wachsen lassen«, scherzte Major Brosch wenig später am Buffet. »Wird eh scho Zeit, dass auch du nach der Mode gehst.«

Krzizek grinste. »Ich will keineswegs altmodisch wirken.«

»Josef«, sagte Major Brosch, »du hast mich mal gebeten, dich vorzuwarnen, wenn sich der Thronfolger auf den Weg in das Untere Belvedere macht. Erinnerst dich?«

»Nein«, Krzizek riss die Augen auf, »sag bloß, Seine Kaiserliche Hoheit beehrt uns da herunten mit seinem Besuch. ›Der Kuss‹ wird Seiner Hoheit, unserem künftigen Kaiser, dem Allerhöchstdieselben, g'wiss net g'fallen. Das Bild ist viel zu modern für seinen Geschmack.«

»Lass dich überraschen und bereite dich vor. In wenigen Minuten wird er da sein. Als ich ihm erzählt hab, dass die moderne Kunst nach der Errichtung des neuen Museums am Karlsplatz aus dem Schloss Belvedere ausziehen und seine geliebte Galerie dann wieder allein den Alten Meistern gehören würde, da war der Thronfolger Feuer und Flamme für die Neuerwerbung vom Klimt und hat sich sofort bereit erklärt, dem Künstler höchstpersönlich die Hand zu schütteln. Wahrscheinlich denkt er sich, das Bild wird eh nicht lange in seinem Haus hängen.« Brosch lachte. »Ja, Seine Hoheit sind auf dem Weg zu uns. Es ist wahr.«

»Was für eine Ehre!« Krzizek schnappte nach Luft. »Wenn morgen die Kronen Zeitung eine Zeichnung vom Thronfolger vor dem Klimt-Gemälde bringt, rennen s' uns übermorgen das Haus ein. Es geschehen tatsächlich noch Wunder in diesen schweren Zeiten. Großartig gemacht. Ich danke dir, lieber Alexander.«

Der Major lachte. »Na, mein Verdienst war das nicht. Mir brauchst nicht zu danken, mein lieber Freund. Ich freu mich mit dir.«

Eine junge, groß gewachsene Frau in schwarzem Kleid, eine kleine weiße Schürze um die schlanke Mitte gebunden, servierte auf einem silbernen Tablett Champagner in breiten Gläsern. »Bittschön, gnädige Herrschaften, greifen Sie zu.« Keck zwinkerte sie in die Richtung von Brosch und Krzizek.

»Was für ein wunderschönes Fräulein habt ihr da aufgegabelt!«

Der Ameseder, der alte Charmeur! Krzizek grinste seinem Freund entgegen.

»Wo treibt ihr solche Kostbarkeiten auf? In ganz Wien such ich seit ewig nach so einem liaben G'sichterl. So was Schönes will ich malen. Ob das Fräulein dazu bereit wär?« Die Angesprochene errötete und zog mit niedergeschlagenem Blick weiter.

»Grüß dich Gott, mein Lieber. Das schöne Fräulein wirst du öfter bei mir sehen. Sie ist meine neue Angestellte in der Galerie. Künftig wird sie nicht nur für Sauberkeit, vielmehr wird sie für eine angenehme Atmosphäre am Rennweg sorgen. Ich hab das Fräulein vorigen Sonntag durch einen glücklichen Zufall kennengelernt. Bin mit meiner Gattin raus in den Wienerwald g'fahren. Das Fräulein hat zu wenig Geld für das Billett der Elektrischen im Börserl g'habt, da hab ich ihr die paar Heller spendiert, und als sie mir erzählt hat, dass sie auf Arbeitssuche sei, da war das Geschäft besiegelt.«

»Ah, ist sie etwa der Ersatz für die Frau Kührer?« Herr Ameseder riss die Augen auf. »Süperb. Wirklich bezaubernd.« Da verfinsterte sich seine Miene. »Diese Frau Kührer, nicht zu fassen. Dass eine Mutter imstande ist, den leiblichen Sohn zu töten und zu zerstückeln, hätt ich mein Lebtag net gedacht. Entsetzlich. Wozu die einfachen Leut fähig sein können in der Not, das sollte uns zu denken geben, meine Herren. Da schlummert ein enormes Gefahrenpotenzial im Volke.«

»Ja, in der Tat. Eine unglaubliche Geschichte.« Krzizek hüstelte. »Zum Glück hat sich die Presse an die Geheimhaltung in Bezug auf die Örtlichkeit gehalten. In keinem Blatt wurde der bestialische Mord mit unserem Schloss Belvedere und dem schönen Park in Verbindung gebracht. Nicht mal in der Kronen Zeitung, und die schreiben sonst jeden Schmarrn. Aber lassen wir an diesem besonderen Tage die finstere Vergangenheit hinter uns, blicken wir voraus in eine glorreiche Zukunft der Kunst in unserer hochgeschätzten Monarchie!« Krzizek hob das Glas und die Herren prosteten ihm zu.

Wenige Tage später, an einem kalten und wolkenlosen Novembersonntag, besuchten der Polizeiagent Johann Pospischil, seine Schwester Gerti und der befreundete Polizist Martin Neuhofer die Moderne Galerie am Rennweg. Gerti war noch nie zuvor im Unteren Belvedere gewesen. Durch den Park war sie schon einmal spaziert. Auch das war lange her. Eine fleißige Hausfrau hatte für solche Vergnügungen selten Zeit. So schaute sie erstaunt umher, da sich einiges verändert hatte. Vor allem der akkurate Schnitt der Buchsbäume war neu. Trotz der herrschenden Kälte mussten ihre beiden Begleiter eine ausgedehnte Runde mit ihr durch den barocken Park gehen. Später im Schloss drehte sie sich im Spiegelsaal vergnügt im Kreis und beinahe hätte sie angefangen, Walzer zu tanzen, hätte ihr Bruder sie nicht diskret daran erinnert, dass ein Tanz hier wohl unangemessen sei.

Die Weite des Raumes, die durch die Spiegelflächen noch offener erschien, weckte in Gerti das Gefühl von grenzenloser Lebenslust. Und wenn sie diese Freude in sich spürte, konnte sie sie nicht bei sich halten und musste sie zeigen. Die Alten Meister mit ihrer dunklen Malerei mochte sie nicht besonders, aber von der im goldfarbenen Rahmen präsentierten Neuerwerbung des Hauses war sie begeistert. Andächtig stand sie vor dem »Kuss«. Nicht sattsehen konnte sie sich an der Darstellung des sich innig umarmenden Paares umgeben von Gold und kräftigen Farben. »Ja mei«, seufzte sie selig, »so malen die Künstler heutzutage halt. Ist einmal was anderes. Mir g'fallt's. Schauts, wie sinnlich das Gesicht von der Frau in den Armen ihres Geliebten hängt.«

»Das Moderne ist luftiger und heller«, stimmte Neuhofer etwas verhaltener mit ein. »Obwohl, g'wöhnen muss man sich erst an das Neue, an das Andere.«

»Jetzt, wo ich es länger betrachte«, sagte Pospischil, »g'fallt es mir auch schon ein bisserl. Auf der Zeichnung in der Kronen Zeitung hat es nicht so schön ausg'schaut. Allerdings hat man es da ja nur in Schwarz und Weiß gesehen.«

»Ja, wenn's sogar der Thronfolger mit seiner merkwürdigen Liebe für das Althergebrachte mag!« Gerti wiegte ihren Körper hin und her beim Bewundern des Bildes. Dann seufzte sie abermals und verschränkte die kräftigen Arme vor der Brust. »Was es in Wien alles gibt neuerdings. I dank dem Herrgott, dass ich in dieser herrlichen Stadt leben darf.«

Pospischil lächelte. »Ja, da stimme ich dir zu, liebe Gerti. Wien ist eine lebenswerte Stadt geworden. Dank unseres bemühten Bürgermeisters.«

»Und dank unseres kunstsinnigen Kaisers«, fügte Gerti lachend hinzu.

»Für die meisten ist Wien lebenswerter geworden, aber nicht für alle«, warf Neuhofer ein. »Wennst den Kanal an der Rossau runtergehst und an die Obdachlosen vorbeimarschierst, schaut die vermeintlich heile Wiener Welt glei weniger prachtvoll aus.«

»Lieber Martin«, säuselte Gerti. »Zum Kanal musst ja net runtergehen. Solange du oben auf der Straße bleibst, ist Wien prächtig.«

»Mir fallt grad die frühere Bedienerin von der Galerie ein«, sagte Pospischil nachdenklich, »die jetzt bei schwerem Kerker ihre Sünden abbüßt.«

»Hörst auf, ständig an die Arbeit zu denken, Hansi«, schimpfte Gerti. »Sogar am Sonntag redest von nix anderem als von Mördern und Verbrechern. Ich bitt dich, reich endlich die Pensionierung ein. Hast genug gedient, musst endlich auf dich achten. Und auf mich und Labrador natürlich auch. Wir brauchen dich, Hansi. Lass uns das Leben genießen, Brüderchen. Solange der Herrgott uns no lasst.«

»Hast ja recht, Gerti. Der Frisch soll mein Nachfolger werden. Der ist reif dafür. Nächste Woche rede ich mit dem Chefinspektor. Versprochen, liebe Gerti.« Pospischil griff mit beiden Händen an die Schultern seiner Schwester, zog sie zu sich und hauchte einen Kuss über ihre Wange. Von der bald zu erwartenden Erbschaft der alten Tante im östlich von Wien liegendem Marchfeld, einem recht passablen Häuschen mit wunderbarem Garten, wollte er ihr später erzählen. Bei einer so betagten Dame durfte man wohl von einem baldigen Ableben ausgehen, ohne pietätlos zu sein. Der Gedanke weckte Erinnerungen an Tage unbekümmerter Kindheit auf dem Land und er wandte sich ab, um seine Tränen zu verbergen.

Gerti strahlte und sogar Neuhofer lächelte selig wie selten zuvor.

DANKSAGUNG

Bedanken möchte ich mich beim Wiener Picus Verlag für die Veröffentlichung dieses Romans, bei meiner Großcousine Michaela Ulrich für ihre wertvolle Unterstützung als Testleserin, weiters bei den »Österreichischen KrimiautorInnen (A.I.E.P.)« sowie bei den »Mörderischen Schwestern«.

Ohne euch wäre vieles nicht entstanden.